DIE TOTEN VOM MONT VENTOUX

Ralf Nestmeyer ist Historiker und lebt in Nürnberg. Er gehört zu den renommiertesten deutschen Reisejournalisten. Neben zahlreichen Reiseführern und Sachbüchern hat er für den Emons Verlag die Bände »111 Orte in der Provence«, »111 Orte an der Côte d'Azur«, »111 Orte in der Normandie« sowie den Provence Krimi »Roter Lavendel« geschrieben. Er ist Mitglied im PEN-Zentrum Deutschland. www.nestmeyer.de

RALF NESTMEYER

DIE TOTEN VOM MONT VENTOUX

Provence Krimi

emons:

Bibliografische Information der Deutschen Nationalbibliothek
Die Deutsche Nationalbibliothek verzeichnet diese Publikation in der Deutschen Nationalbibliografie; detaillierte bibliografische Daten sind im Internet über http://dnb.d-nb.de abrufbar.

MIX
Papier aus verantwortungsvollen Quellen
FSC® C083411
FSC
www.fsc.org

Cäcilienstraße 48, 50667 Köln
info@emons-verlag.de

Umschlagmotiv: ClickAlps/Lookphotos
Umschlaggestaltung: Nina Schäfer, nach einem Konzept von Leonardo Magrelli und Nina Schäfer
Umsetzung: Tobias Doetsch
Gestaltung Innenteil: César Satz & Grafik GmbH, Köln
Lektorat: Susann Säuberlich, Neubiberg
Books on Demand GmbH, Norderstedt
Printed in Germany
ISBN 978-3-7408-0299-8
Provence Krimi
Originalausgabe

EINS

Johannes hatte das Gefühl, dass ihm die Luft wegblieb. Seine Muskeln brannten, und der Schweiß tropfte ihm in großen Perlen von der Stirn, obwohl ihm ein steter Wind ins Gesicht blies.

»Quäl dich, du Sau!«, rief Frank breit grinsend in Udo-Bölts-Manier, als er so unaufhaltsam wie eine Nähmaschine in die Pedale trat und sich langsam, aber unerbittlich mit seinem Fahrrad an Johannes vorbeischob. »Komm, lass nicht abreißen!« Er drehte sich auffordernd um, bevor er zu Stephan aufschloss, der die Führungsarbeit übernommen hatte.

Franks Ansporn war gut gemeint, aber Johannes hatte zunehmend Mühe, nicht den Anschluss zu verlieren. Seit zwei oder drei Minuten radelte er nahezu am Anschlag, und das Ziel lag noch in weiter Ferne. Doch er wollte nicht aufgeben, presste die Zähne zusammen und versuchte, sich mit letzter Kraftanstrengung an Franks Hinterrad zu heften, um dessen Windschatten auszunutzen. Über den Helmen seiner Vorderleute schimmerte die fahle Kuppe des Mont Ventoux am Horizont – weltentrückt und faszinierend zugleich.

»Wie wäre es, wenn wir nochmals eine kurze Pause machen?«, keuchte Johannes, denn er ahnte, dass er bald nicht mehr mithalten konnte.

»Du willst doch nicht, dass dich der Besenwagen mitnimmt?«, stichelte Frank.

Wie jedes Jahr Ende Mai unternahmen die drei Zahnärzte, die sich seit ihren Tübinger Studientagen kannten, wieder gemeinsam eine Radtour. Sie hatten ihre Praxen für eine Woche zugesperrt, um sich eine kurze Auszeit von der Familie und dem Berufsalltag zu gönnen. Bergpässe statt Wurzelbehandlungen.

Meist waren sie irgendwo in den Alpen unterwegs, doch dieses Jahr stand die Provence mit dem legendären Mont

Ventoux auf dem Programm. Schon vor Wochen hatten sie in einem so komfortablen wie strategisch günstigen Hotel in Crillon-le-Brave drei Zimmer reserviert. Wie im Reiseführer beschrieben, war das Hotel mit einem Pool und hervorragendem Restaurant nicht nur gut ausgestattet, sondern besaß zudem einen herrlichen Blick auf den Mont Ventoux, der von der Frühstücksterrasse aus betrachtet zum Greifen nah schien.

Es war ein herrlicher Tag, nicht allzu heiß, aber dennoch fast wolkenlos. Früh am Morgen waren die drei von ihrem Hotel aus aufgebrochen und hatten sich in der hügeligen Ebene locker eingeradelt, bevor sie am späten Vormittag nach Malaucène kamen. Nach einer kurzen Kaffeepause in dem Landstädtchen machten sie sich auf den Weg, den Gipfel über die Nordflanke zu erobern.

Frank hatte die Tour beim Frühstück ironisch als »Trainingsetappe« bezeichnet, aber der Anstieg war genauso steil und anstrengend wie die klassische Route auf der Südwestflanke. Die von dem Dorf Bédoin zum Gipfel des Mont Ventoux hinaufführende Strecke, die mit ihrer berüchtigten unrhythmischen Schlussrampe 1951 erstmals zum Streckenplan der Tour de France gehört hatte, war für den übernächsten Tag geplant.

Johannes griff nach seiner Trinkflasche und fluchte insgeheim über die überflüssigen Pfunde, die sich im Winterhalbjahr auf seinen Hüften angesammelt hatten. Er hätte als Entschuldigung seinen Praxisumzug anführen können, der sich wochenlang verzögert und ihn viele Nerven und Trainingszeit gekostet hatte, aber das half ihm jetzt auch nicht weiter.

Der Anstieg war so steil wie befürchtet. Nur Stephan mit seinem Fliegengewicht schien die Steigung wenig auszumachen. Schon in den ersten Minuten hatte er souverän die Spitzenposition eingenommen. Seither trat er mit gleichbleibender Frequenz unerbittlich in die Pedale, ohne auch nur einmal aus dem Sattel gehen zu müssen. Selbst in den engen Kehren der Haarnadelkurven ließ er sich nicht aus dem Rhythmus bringen.

Nachdem Johannes nochmals einen Gang hatte herunterschalten müssen, registrierte er frustriert, dass der Abstand zu seinen beiden Freunden langsam größer wurde und sie ihn bald endgültig abhängen würden. Doch er wollte nicht »abreißen lassen«, wie man landläufig so sagte, positionierte sich besser auf dem Sattel und versuchte noch einmal, alle Kräfte zu mobilisieren.

Johannes litt, doch er hielt trotzig den Blick stur auf den Asphalt gerichtet, kämpfte sich Meter für Meter bergauf.

Als er an einem mäßig steilen Abschnitt nach vorn sah und sich in einem Anflug von letztem Aufbäumen gerade überlegte, ob er die Lücke vielleicht doch noch einmal schließen könnte, sah er aus den Augenwinkeln ein Rennrad am gegenüberliegenden Straßenrand liegen. Er hob den Kopf und konnte im Vorbeifahren ein buntes Radtrikot mit der Werbung einer bekannten französischen Bank erkennen.

Verunsichert drosselte er das Tempo und entdeckte einen Radfahrer mit weißem Helm, der am Rande einer angrenzenden Parkbucht bewegungslos im Gras lag.

»Stopp! Haltet sofort an, da ist jemand gestürzt!« Johannes' Stimme überschlug sich fast.

»Aufgeben zählt nicht!«, schrie Stephan zurück und drehte sich kurz um.

»Nein, das ist kein Spaß«, krächzte Johannes in einem geradezu unnatürlich hohen Ton und bremste. Dann rollte er ein Stück zurück, ging aus den Pedalen und ließ sein Rad zur Seite fallen. »Der blutet sogar!«, stieß er kurzatmig hervor, als er sich über den Radfahrer beugte.

Frank und Stephan eilten herbei.

»Oh, das sieht nicht gut aus«, sagte Frank und kniete sich stöhnend nieder.

Der Radfahrer lag in einer eigentümlich verkrümmten Haltung neben seinem Fahrrad. Mund und Nase waren blutverschmiert, das Trikot ebenfalls.

»Ich befürchte, da kommt jede Hilfe zu spät«, murmelte Johannes mit entsetztem Blick. Er tastete das Handgelenk des gestürzten Radfahrers ab. »Definitiv kein Pulsschlag.«

Erschüttert standen die Freunde wortlos um den Mann herum, dessen Gesichtszüge seltsam schmerzverzerrt erstarrt waren.

»Ich bin zwar nur Zahnarzt, aber eines ist sicher: Der ist nicht durch den Sturz gestorben«, befand Johannes und beendete das Schweigen. Er ging in die Hocke und deutete auf die große Blutlache, die sich unter dem Toten gebildet hatte. Soweit man sehen konnte, war nahezu die ganze Vorderseite seines Trikots blutdurchtränkt.

»Ist das nicht der Typ, der uns unten beim ersten steileren Anstieg derart locker überholt hat, als wären wir eine Rentnertruppe?«, fragte Stephan.

»Er könnte es durchaus sein. Auf alle Fälle sollten wir so schnell wie möglich die Polizei verständigen«, sagte Frank, der sichtlich um Fassung rang.

»Hat denn hier niemand etwas bemerkt?« Stephan drehte sich um und blickte mit angespanntem Oberkörper über den Parkplatz, als würde er erwarten, dass sich irgendjemand hinter der nächsten Hecke versteckt hatte.

»Dahinten steht ein Auto.« Frank deutete auf einen schwarzen Porsche Cayenne, der am anderen Ende einer lang gestreckten Parkbucht stand und von Buschwerk und einem Baum halb verdeckt wurde. »Sitzt da nicht noch jemand drin?«

Johannes holte aus der Rückentasche seines Radtrikots sein Handy hervor, doch dann sah er sich fragend um: »Weiß jemand von euch, welche Nummer der Notruf in Frankreich hat?«

Stephan schüttelte den Kopf. Frank gab keine Antwort und stapfte in Richtung Porsche davon.

Als er sich dem Auto behutsam näherte, sah er, dass die Fahrertür geöffnet war, und hörte zu seiner Verwunderung, dass der Motor noch lief.

Hektisch nestelte Johannes an seinem Handy herum, als Frank aufschrie und wild gestikulierend um den Porsche herumlief: »Oh mein Gott – was ist denn hier los? Kommt schnell her!«

***

Capitaine Olivier Malbec stand an der Supermarktkasse und war gerade damit beschäftigt, seinen Wocheneinkauf auf das Kassenband zu legen, als ihn der Anruf der Einsatzzentrale erreichte.

Um den Hypermarché am Rande der Stadt machte Malbec sonst einen großen Bogen, sah man einmal davon ab, dass er hier gelegentlich seine Toilettenpapier- und Mineralwasservorräte aufstockte. Viel lieber wäre er bereits am Donnerstagvormittag über den großen Wochenmarkt von Calmont-les-Fontaines geschlendert und hätte sich am Duft von frisch gebackenem Brot sowie gegrilltem Geflügel berauscht oder sich an den zu Pyramiden aufgetürmten Tomaten- und Auberginenbergen erfreut.

Seit er nach Calmont-les-Fontaines gezogen war, liebte Malbec diesen Bummel über den Wochenmarkt. Ein kurzer Plausch mit dem Metzger oder dem Fischhändler, um sich nach einem besonderen Angebot zu erkundigen. Am Käsestand hatte man die Wahl zwischen zahlreichen Sorten Ziegen- und Schafskäse. Nur hier bekam er einen Brousse du Rove – im Supermarkt suchte er diesen leckeren Ziegenfrischkäse, der nach dem Ort Le Rove in den westlich von Marseille gelegenen L'Éstaque-Bergen benannt war, an der Käsetheke meist vergeblich.

Doch leider hatte Malbec den Wochenmarkt verpasst, da er am Donnerstag kurzfristig schon am frühen Morgen einen Termin in Avignon hatte wahrnehmen müssen. Dienst statt Marktvergnügen. Und so war er zwangsweise zum Hypermarché gefahren, um sich mit einem Einkaufswagen seinen Weg vorbei an den riesigen Regalen durch die autobahnbreiten Gänge zu bahnen, während aus den Lautsprechern ein undefinierbarer Brei an vermeintlicher Wohlfühlmusik auf ihn herabrieselte.

Das Telefon klingelte zum vierten Mal. Mit einem geübten Handgriff fischte Malbec sein Mobiltelefon aus seiner linken Hosentasche, während er sich vorbeugte und mit der anderen Hand das Lammcarré aus dem Einkaufswagen hob.

»*Oui*«, meldete er sich trocken. »Grüß dich, François. Was liegt an?«, erkundigte er sich, während er weiter seine Einkäufe auf das Band stellte. Er hielt kurz inne und presste sich den Zeigefinger der anderen Hand gegen das freie Ohr, da das Kind im Einkaufswagen hinter ihm just in diesem Augenblick einen Schreianfall bekam.

»Wirklich dringend? Könnte sich da nicht Jacques Taurel drum kümmern?« Malbecs gereizter Unterton war nicht zu überhören, dennoch nahm er den Bericht konzentriert zur Kenntnis. »Ist in Ordnung. Ich komme sofort, aber kannst du mir die Sachlage noch genauer schildern. Warte einen Moment, ich verstehe dich gerade nicht besonders gut …« Er quetschte sich mit einem »*Pardon*« an seinem Vordermann vorbei.

»Monsieur! Wo wollen Sie hin? Sie können Ihre Einkäufe nicht einfach hier auf dem Band liegen lassen«, befand die Kassiererin sichtlich genervt. »Ich werde den Filialleiter rufen …«

Mit einer Geste der Entschuldigung hob Malbec die Arme, drehte sich nochmals kurz um und murmelte etwas von einer wichtigen dienstlichen Angelegenheit, bevor er mit großen Schritten dem Ausgang entgegenlief und durch die automatischen Schiebetüren nach draußen verschwand.

»Warum hast du eigentlich nicht Capitaine Cabanel angerufen, der müsste doch heute Bereitschaft haben?«, fragte er in das Telefon, das er noch immer an sein Ohr presste.

»Ist im Prinzip richtig, nur leider hat sich Roland gestern Abend den Knöchel gebrochen«, rechtfertigte sich François.

»Wie hat er denn das angestellt?«

»Er ist auf der Geburtstagsfeier seiner Schwester betrunken die Treppe heruntergestürzt.«

Malbec lachte schallend. »Das ist jetzt nicht dein Ernst?«

»Doch, doch, allerdings kann ich nur bestätigen, dass es auf einer Geburtstagsfeier passiert ist. Der Rest ist reine Spekulation.«

»Da bin ich jetzt schon auf seinen Bericht gespannt.«

»Zuvor müsstest du allerdings schnellstmöglich zum besagten Tatort fahren.«

Vor dem Supermarkt ließ sich Malbec die genauen Koordinaten geben, dann setzte er sich ins Auto, startete den Motor, schlängelte sich über den überfüllten Parkplatz und fuhr zügig davon.

Adjudant François Blanc hatte unstrukturiert von mehreren Toten und einem schwer verletzten Radfahrer berichtet, die an einem Parkplatz nördlich des Mont Ventoux gefunden worden waren. Da Blanc den Vorfall in einem leicht gelangweilten Ton geschildert hatte, hatte Malbec anfangs gedacht, er solle in einem tödlichen Autounfall mit Fahrerflucht ermitteln. Erst nach mehrmaligem Nachfragen hatte ihm Blanc mit stoischem Gleichmut endlich mitgeteilt, dass es sich wahrscheinlich um einen Mordfall mit mehreren Toten handelte.

Sous-Lieutenant Taurel, der als Offiziersanwärter erst seit ein paar Wochen auf der Dienststelle war, konnte verständlicherweise nicht allein mit so einem Fall betraut werden. Er sei aber bereits unterrichtet und ebenfalls auf dem Weg zum Tatort, ließ ihn Blanc wissen.

Den Einsatz verfluchend, nahm Malbec am Kreisverkehr die zweite Ausfahrt in Richtung Mont Ventoux und gab Gas. Er hatte sich schon die ganze Woche auf seine freien Tage gefreut. Schließlich hatte er in den letzten Monaten zahlreiche Überstunden angehäuft, während er vergeblich versucht hatte, den Mord an einer Studentin aufzuklären, die vergewaltigt und erwürgt in einem Melonenfeld bei Cavaillon aufgefunden worden war. Die Studentin lag mit dem Gesicht nach unten in einer Ackerfurche, ihre Hände waren mit einem

Paketklebeband auf dem Rücken fixiert, und die Pobacken wiesen Spuren von körperlicher Misshandlung auf. Obwohl Spermaspuren sichergestellt worden waren und die lokalen Medien mehrfach ausführlich über den Fall berichtet hatten, gab es bisher keinerlei Hinweise auf den Täter. Man hatte einen Einsatzstab gebildet, den Malbec leitete, doch leider verliefen die Ermittlungen trotz großem öffentlichen Druck – die Studentin war die Tochter eines beliebten Lokalpolitikers und vor über einem Jahr verschwunden – seit Wochen im Sande. Fest stand bisher nur, dass der Fundort nicht mit dem Tatort identisch war. Außerdem musste die etwa zwanzigjährige Frau erst vor wenigen Wochen ein Kind entbunden haben.

Auf der Dienststelle herrschte Personalmangel. Malbec war nicht der Einzige, der seine Überstunden abbauen wollte. Zudem verbrachte Sergent Thibault noch ihre Flitterwochen auf Réunion.

Malbec schluckte seinen Ärger hinunter. Ihm blieb nichts anderes übrig, als den Einsatz selbst zu übernehmen. Zwar hatte er geplant, das Dachgeschoss seines Hauses weiter zu renovieren, und zudem Nathalie für den Abend zum Essen eingeladen – aber Dienst war Dienst. Die Aussicht auf ein paar ruhige Tage war jedenfalls dahin – und ohne Lammcarré musste er seine abendlichen Pläne sowieso ändern.

Malbec kam flott voran. Die Landstraße, die von Carpentras nach Vaison-la-Romaine führte, war gut ausgebaut und breit genug für das eine oder andere Überholmanöver.

Während er nach Norden fuhr und die Kurven schnitt, soweit es ging, rätselte er, wie man auf die Idee kommen konnte, mehrere Menschen neben einer viel befahrenen Touristenroute zu ermorden. Ein Amoklauf schied wohl aus. Eine Familientragödie?

Er telefonierte mit der Spurensicherung, die ebenso wie der Staatsanwalt schon verständigt worden war, dann schaltete er das Radio ein, um sich abzulenken.

Mächtig schob sich der Mont Ventoux in sein Blickfeld.

Linker Hand erkannte Malbec Le Barroux mit seinem wuchtigen quadratischen Château, schon konnte er die an Klöppelspitzen erinnernden Bergspitzen der Dentelles de Montmirail am Horizont ausmachen.

Als er hinter Malaucène auf die zum Gipfel des Mont Ventoux hinaufführende Landstraße einbog, ärgerte sich Malbec über eine Wohnmobilkolonne, die auf der kurvigen Strecke bergauf nur schwer zu überholen war. Bepackt mit Kanus auf dem Dach und Mountainbikes am Heck ließen ihn diese Fahrzeuge an eine mobile Freizeitmesse denken.

Die Provence ist eine traumhafte Ferienregion, keine Frage – aber warum müssen sich die Touristen mit ihren ungelenken Bussen immer durch die engsten Schluchten oder über die höchsten Bergkämme kämpfen, fragte sich Malbec. Zu allem Unglück befand sich auch noch eine größere Gruppe Radfahrer auf der Straße und spielte Peloton, so dass der Wohnmobiltross gezwungen war, sein bereits gemächliches Tempo nochmals zu verlangsamen.

Malbec konnte den Gegenverkehr nicht richtig einschätzen, da ihm die Schlafkojen, die sich wie Eitergeschwüre über die Fahrerkabinen stülpten, die Sicht versperrten. Angespannt trommelte er mit den Fingern auf das Lenkrad. Die Sonne spiegelte sich auf der Windschutzscheibe.

Er klappte die Sonnenblende herunter und wartete ungeduldig auf einen längeren übersichtlichen Straßenabschnitt. Obwohl er den großen Auftritt nicht liebte, wäre er jetzt gern mit Blaulicht an den Autos vorbeigefahren, aber er hatte sich den Citroën-Kastenwagen von seinem Nachbarn Claude ausgeliehen, da er vor seinem Supermarkteinkauf im örtlichen Mr.-Bricolage-Baumarkt noch Wandfarbe und andere Baumaterialen besorgt hatte. Kein Blaulicht, kein Durchkommen. Abgesehen davon, war Claudes Auto sicher weit über zehn Jahre alt und ziemlich behäbig. Eine Klimaanlage gab es auch nicht, aber wenigstens erfrischte der Fahrtwind, der durch das geöffnete Seitenfenster hineinströmte.

Obwohl der Citroën nicht gerade üppig motorisiert war,

hatte Malbec keine Lust, stundenlang hinter diesem trägen Konvoi herzuzockeln. Als er eine größere Lücke im Gegenverkehr erspähte, setzte er hupend und blinkend zu einem ersten waghalsigen Überholmanöver an und scherte gerade noch rechtzeitig vor einem aufblinkenden Kleinlaster wieder ein.

Hinter ihm rumpelte es mächtig auf der Ladefläche, doch das war Malbec egal. Sein Adrenalinspiegel schnellte schlagartig in die Höhe, seine Halsschlagader pochte. Im Rückspiegel sah er, dass der Fahrer des Wohnmobils den Kopf schüttelte – wahrscheinlich hielt er ihn für einen französischen Verkehrsrowdy.

Als er in einer leichten Linkskurve freie Sicht hatte, konnte Malbec endlich die restliche Kolonne in einem Zug überholen. Zufrieden blickte er in den Rückspiegel und registrierte, dass die Wohnmobile immer kleiner wurden.

Schon von Weitem sah Malbec ein Blaulicht blinken, das zu einem Rettungswagen gehörte. Er beschleunigte noch einmal, der Motor röhrte und jaulte, dann bremste er mit knirschenden Reifen auf dem Bankett neben dem Parkplatz. Malbec stieg aus und versuchte sich ein Bild von der Situation am Tatort zu machen.

Neben den Sanitätern stand noch ein knappes Dutzend Personen herum, einige davon in Radfahrermontur. Jacques Sauteuil, der Chef de Police von Malaucène, hatte ihn bereits erspäht und kam ihm entgegen.

»Malbec – gut, dass Sie endlich da sind«, begrüßte er ihn mit dem breiten Singsang seines provenzalischen Akzents.

»Es tut mir leid, Sauteuil, schneller ging es nicht.«

»War auch nicht als Vorwurf gemeint, aber wie Sie sich denken können, fühle ich mich als Dorfpolizist vollkommen überfordert. Normalerweise muss ich mich ja nur mit Verkehrsunfällen, Streitereien und ein paar kleineren Delikten auseinandersetzen.«

»Sauteuil, jetzt stapeln Sie aber tief«, sagte Malbec ohne Ironie, denn er hatte beruflich schon mehrmals auf Sauteuil zählen können – er war ein umsichtiger Polizist, der jeden Klatsch und jedes Gerücht im Ort kannte.

Sauteuil rieb sich entsetzt die Wangen. »Vier Tote an einem einzigen Tag! Das gab es wohl in der Geschichte von Malaucène noch nie. Und der letzte Mord liegt auch schon mehr als zwanzig Jahre zurück.«

»Vier Tote?«, fragte Malbec ungläubig.

»Ja, ein toter Radfahrer und drei Leichen in einem Porsche Cayenne«, sagte Sauteuil und deutete auf das Auto, das am Ende des Parkplatzes stand.

»Alle wurden erschossen – jedenfalls soweit ich das beurteilen kann. Für den Notarzt gab es leider nichts mehr zu tun. Auf eine Reanimation hat er verzichtet. Beim Porsche läuft noch der Motor. Ich habe penibel darauf geachtet, dass keine Spuren zerstört werden.«

Malbec unterhielt sich kurz mit dem Notarzt, dann wandte er sich wieder an Sauteuil: »Gibt es irgendwelche Zeugen?«

»Nein, nicht dass ich wüsste.«

»Das wäre ja auch zu schön gewesen. Wer hat die Toten gefunden?«

»Die Notrufzentrale wurde von einem der Radfahrer informiert«, antwortete Sauteuil und deutete dezent auf eine kleine Sportgruppe. Zwei der jungen Männer standen verunsichert am Rande der Parkbucht herum, einer saß am Boden, den Kopf zwischen die Knie geklemmt.

»Ich habe ihre Personalien bereits aufgenommen. Es sind drei deutsche Zahnärzte. Das hat die ganz schön mitgenommen. Der dort am Boden sitzt, hat sich sogar übergeben müssen.«

»Oh. Danke für Ihre Unterstützung. Wo liegt der tote Radfahrer?«

»Dort drüben.« Sauteuil drehte seinen Kopf in Richtung Straßenrand, wo das Vorderrad eines auf der Seite liegenden Rennrades auszumachen war.

Die beiden Polizisten querten die Parkbucht und liefen zu dem toten Radfahrer hinüber, der am Rand des Straßengrabens lag. Malbec bückte sich und musterte den verkrümmt, mehr in Seitenlage als auf dem Bauch daliegenden Toten. Er schätzte den Mann auf Anfang oder Mitte vierzig, dunkles, lockiges Haar quoll unter seinem weißen Fahrradhelm hervor. Auf seiner Hose und seinem Trikot war das Signet einer bekannten Bank zu sehen, die seit Jahren ein erfolgreiches Tour-de-France-Team unterhielt. Der Mann war sehr hager und zugleich ziemlich durchtrainiert.

Malbec fiel auf, dass seine gebräunten Beine, wie bei ambitionierten Radfahrern üblich, vollkommen rasiert waren. Und wie Malbec wusste, diente die Rasur weniger der Windschlüpfrigkeit, sondern erleichterte die Wundversorgung nach einem Sturz.

Der Tote trug Rennradschuhe, und an seinem linken Handgelenk glänzte über dem Handschuh eine wuchtige Rolex-Uhr. So gut es auf die Schnelle möglich war, versuchte Malbec, die Szenerie zu erfassen. Er wunderte sich darüber, dass der Tote fast fünf Meter von seinem Fahrrad entfernt im Gras lag. Wurde er durch den Schuss aus dem Sattel gefegt, oder war er schon zuvor abgestiegen? Malbec fühlte sich überfragt, und wenn er ehrlich war, wusste er ja momentan nicht einmal, ob der Radfahrer beim Aufstieg oder bei der Abfahrt vom Mont Ventoux erschossen worden war.

Gerade als er sich umdrehen wollte, bemerkte Malbec, dass eine Radfahrergruppe am Straßenrand angehalten hatte und die Geschehnisse auf dem Parkplatz neugierig beobachtete.

Er schnaufte verächtlich. »Sorgen Sie bitte dafür, dass die dort drüben verschwinden«, sagte er an Sauteuil gewandt. »Wir brauchen hier keine Gaffer, außerdem trampeln die uns vielleicht noch die wenigen brauchbaren Spuren kaputt.« Er wies Sauteuil an, jeden, der nichts am Tatort zu suchen hatte, konsequent und mit Nachdruck fernzuhalten.

»Wird sowieso langsam Zeit, dass die Spurensicherung auftaucht, damit der Tatort gesichert und mit einem Absperrband weiträumig abgeschirmt werden kann«, beschwerte er sich lautstark, als er zum Porsche Cayenne am anderen Ende der Parkbucht hinübersah. Er war kein Freund dieser aufgeplusterten SUVs, deren überdimensionierte Proportionen meist als Schutzpanzer für das zu große Ego ihres Besitzers herhalten mussten.

Malbec lief den Parkplatz hinauf, dessen oberes Ende von Bäumen gesäumt war. Der Wind blies ihm ins Gesicht und spielte mit seinen Haaren. Erst als er sich dem Porsche bis auf wenige Meter genähert hatte, hörte er den Motor leise vor sich hin brummen. Die Fahrertür und beide Türen auf der Beifahrerseite standen weit offen, die hinteren Scheiben waren dunkel getönt, das Beifahrerfenster sowie das Heckfenster waren vollkommen zersplittert, so als hätte der Täter wild um sich geschossen.

Obwohl Olivier Malbec im Laufe seiner Dienstjahre schon an so manchen üblen Tatort gerufen worden war, musste er kurz schlucken, als er das Auto genau inspizierte. Der Anblick war entsetzlich. Ein Szenario wie aus einem Quentin-Tarantino-Film. Der Fahrer war vornüber gesackt, seine von hohen Geheimratsecken geprägte Stirn war gegen das Lenkrad gepresst, der linke Arm hing senkrecht herunter, die rechte Hand lag noch über dem Hebel der Gangschaltung.

Malbec trat vorsichtig näher und sah, dass das Blut des Fahrers über das Armaturenbrett und die Windschutzscheibe verteilt war.

Um die Details besser erkennen zu können, schob er seine Sonnenbrille nach oben. Auf dem Beifahrersitz saß eine dunkelhaarige Frau eigenartig verkrampft. Ihre Kopfwunden hatten so stark geblutet, dass ein Teil ihrer hellblauen Bluse dunkel glänzte. Die Reste einer zersplitterten Brille lagen auf dem Schoß ihres Kleides. Das Alter der Frau schätzte Malbec auf Anfang oder Mitte vierzig. Die Haut an ihren weißen Oberarmen erschien ihm milchig, ja geradezu transparent.

Glassplitter und schwarze Plastiksplitter waren über den gesamten Innenraum verteilt. Zwei oder drei Projektile hatten wohl die Seitenverkleidung der Tür zerfetzt, eine halb leere

Wasserflasche lag zusammen mit einer Packung Taschentücher in der Türschale.

Ein paar Glassplitter knirschten leise, als Malbec ein Stück in die Knie ging, um sich einen besseren Überblick zu verschaffen: Die zur Seite geneigte Tote trug noble Schuhe von Louboutin, wie er an den roten Sohlen erkannte. Zudem bemerkte er, dass sich auf der Fußmatte eine kleine Blutlache gebildet hatte, deren Ränder bereits eingetrocknet waren.

Malbec stand auf, ging um die ebenfalls offene hintere Tür der Beifahrerseite herum und spähte in den Fond des Geländewagens. Hinter dem Beifahrersitz lag eine weitere Frauenleiche. Das Blümchenmuster ihres langen Sommerkleids war mit Blutspritzern übersät. Da sie vollkommen zusammengesackt und von einem Kopfschuss entstellt war, konnte Malbec ihr genaues Alter schlecht einschätzen. Ihr Haar glänzte so tiefschwarz, dass es gefärbt sein musste. Der Inhalt ihrer zur Seite gekippten Handtasche war über den Sitz verstreut.

Wie immer bei solchen Gewaltverbrechen lief Malbec eine leichte Gänsehaut über den Rücken. Trotz seiner fast zwanzig Dienstjahre konnte er sich nicht an die Grausamkeit gewöhnen. Auf Außenstehende mochte er ungerührt wirken, sahen sie in ihm doch nur einen Kommissar, der routinemäßig sein Ermittlungsprogramm abspulte, innerlich gingen ihm die meisten Fälle aber ziemlich nahe. Vor allem, wenn er allein an einem Tatort war, hüllte ihn das Szenario stets wie eine Blase ein. Jetzt war es nicht anders: Dieser Vierfachmord erschütterte ihn wegen seiner scheinbar sinnlosen Brutalität.

Malbec erschauderte und versuchte, die aufsteigenden Gedanken zu vertreiben, die ihn daran erinnerten, wie fließend die Grenze zwischen Leben und Tod war.

»Merde«, zischte er nahezu lautlos und überlegte, ob er noch auf die Spurensicherung warten sollte. Während er zur Fahrerseite hinüberging, streifte er sich einen der dünnen weißen Latexhandschuhe über, die er sich vorsorglich von Jacques Sauteuil hatte geben lassen. Der Plastikgeruch war

ihm genauso verhasst wie das quietschende Geräusch beim Überziehen.

Er beugte sich vor und drehte den Zündschlüssel um, so dass der Motor erstarb. Er atmete kurz auf, doch schon nach wenigen Sekunden begann ihn die fast gespenstische Stille zu beunruhigen. Der Wind rauschte; einzig ein entferntes Vogelzwitschern war zu hören. Der Autoverkehr an der Passstraße war vollkommen zum Erliegen gekommen, da die Nordroute des Mont Ventoux inzwischen beidseitig gesperrt worden war. Nur noch ein paar vereinzelte Radfahrer, die bereits auf der Gipfelstraße gewesen waren, kämpften sich im Wiegetritt tapfer den Berg hinauf. Spätestens an der Straßensperre würden sie zum Umkehren aufgefordert werden.

Malbec ging langsam um den Porsche Cayenne herum und wunderte sich, warum dieser schräg zum Parkplatz stand, wobei die hinteren Reifen tief in den morastigen Untergrund eingesackt waren, den der Regen der letzten Tage aufgeweicht hatte. Er betrachtete die Reifenspuren: Sie deuteten auf ein Wendemanöver hin. Hatte der Fahrer vor dem Schützen zu fliehen versucht?

Das Auto trug ein französisches Nummernschild. Es war eines der modernen Kennzeichen, so dass eine geografische Zuordnung nicht mehr so automatisch möglich war wie durch die einst zwingend auf dem Kennzeichen vermerkte Kennzahl des Départements. Früher ließ sich an der »75« sofort erkennen, dass man es mit einem Pariser Schnösel zu tun hatte, und bei der »84« wusste man, dass es sich um einen Einheimischen aus dem Département Vaucluse handelte. Ursprünglich hatte man die Kennzahlen auf den Nummernschildern gänzlich abschaffen wollen. Nachdem jedoch zahlreiche Lokalpatrioten energisch dagegen protestiert hatten, wurde die Département-Kennzahl zum frei wählbaren Bestandteil des Kennzeichens erklärt. Wer wollte, konnte auch nur seine Sympathie für eine bestimmte Region signalisieren, ohne dort mit seinem Wohnsitz gemeldet sein zu müssen.

Der Porsche auf dem Parkplatz trug die »78« für das zur Île-de-France gehörende Département Yvelines. Ein Immobilienmakler, der im vornehmen Versailles wohnte? Oder handelte es sich vielleicht nur um einen Leihwagen? Spätestens nach der Halterabfrage würde man mehr wissen.

Über den Leichen und den blutverschmierten Ledersitzen kreisten schon ein paar Schmeißfliegen in freudiger Erwartung eines Festmahls. Vergeblich versuchte Malbec, die goldgrün glänzenden Insekten mit hektischen Handbewegungen von den Wundrändern zu verscheuchen. Die Weibchen erkannten in den offenen Wunden den perfekten Ort, um ihre Eier abzulegen.

Das Entwicklungsstadium der Schmeißfliegenmaden stellte für einen versierten Gerichtsmediziner einen perfekten Indikator dar, um den Todeszeitpunkt bestimmen oder zumindest eingrenzen zu können. In diesem Fall war das aber wohl nicht nötig – Malbec konnte sich nicht vorstellen, dass die Toten mehrere Stunden unbemerkt geblieben waren. Dafür war die Nordroute des Mont Ventoux in dieser Jahreszeit zu stark befahren.

Er ließ seine Gedanken kreisen: Waren die Toten im Porsche miteinander verwandt? Standen sie in irgendeiner Beziehung zu dem toten Radfahrer?

Malbec hielt die Luft an und gab sich krampfhaft Mühe, den Blutgeruch auszublenden, doch die besondere metallisch-süßliche Verbindung, in die sich aufgrund der Hitze bereits ein paar modrige Untertöne gemischt hatten, ließ sich nicht ignorieren.

Langsam stand er wieder auf und trat nachdenklich zwei Schritte zurück, um die Szenerie zu betrachten. Er war sich sicher, dass dies kein einfacher Raubmord war, gleichzeitig stieg in ihm die Erkenntnis auf, dass dieser Mordfall die üblichen Ermittlungsdimensionen sprengen würde.

Er hielt noch einen Moment inne, dann wandte er sich ab, entfernte sich vom Tatort und zückte sein Mobiltelefon, um Unterstützung anzufordern. Mit einem unzufriedenen

Brummen kommentierte er die Nachricht, Staatsanwalt Robin Brice sei schon auf dem Weg zum Tatort.

Malbec stöhnte innerlich auf: Brice hatte ihm gerade noch gefehlt. Er war so stocksteif wie seine perfekt gebügelten Hemden und versuchte dies stets mit einer aufgesetzten Freundlichkeit zu überspielen, die Malbec an Mormonen-Missionare erinnerte, die oft in Paris und anderen Großstädten herumstanden, um Gottes Botschaft lächelnd zu verbreiten. Andererseits war Brice gewissenhaft und beharrlich. Wenn er einen Verdacht hegte, dann verfolgte er diesen mit einer bewundernswerten Sturheit, die keine Rücksicht auf mögliche Konsequenzen nahm.

Malbec steckte sein Mobiltelefon ein und überlegte, welcher Zusammenhang zwischen dem toten Radfahrer und den drei Toten im Auto bestehen könnte. Ein Zufall? War da jemand einfach nur zum falschen Zeitpunkt am falschen Ort gewesen? Bei genauerer Betrachtung erinnerte ihn die ganze Konstellation jedoch eher an eine Exekution oder an einen Racheakt. Der oder die Täter waren so hemmungslos wie brutal vorgegangen.

Dass unter den Opfern zwei Frauen waren, verwunderte Malbec am meisten. Wenn Frauen ermordet wurden, handelte es sich fast immer um ein Beziehungsdrama oder eine sexuell motivierte Tat. Letzteres schien ihm in diesem Fall aber genauso unwahrscheinlich wie ein Raubmord. Handelte es sich um einen Auftragsmord? Eine Familienfehde? Oder stand die Tat in Zusammenhang mit einem Bandenkrieg zwischen internationalen Waffen- oder Drogenschmugglern?

Malbec ging noch einmal zum Auto zurück, um sich die Szenerie mit all ihren schrecklichen Details einzuprägen. Soweit er sehen konnte, hatten sich die Opfer nicht gewehrt. Entweder waren sie von mehreren Tätern in Schach gehalten worden, oder sie hatten den oder die Schützen gekannt, so dass das Überraschungsmoment ausgenutzt werden konnte.

Malbec warf einen erneuten Blick auf den toten Fahrer, dessen Haar in dichten dunklen Locken bis zum Hemdkragen reichte. Seine Gesichtsfarbe war hellbraun, wahrscheinlich ein nicht europäischer Hauttyp.

Er zögerte kurz, dann ging er langsam in die Hocke, drückte den Rücken des Fahrers ein Stück nach vorn und zog ihm seine Geldbörse vorsichtig aus der Gesäßtasche.

Es war eine noble Lederbörse, gefüllt mit mehreren Fünfhundert-Euro-Scheinen, ein paar kleineren Banknoten sowie diversen Kredit- und Plastikstatuskarten. Malbec entdeckte auch einen Führerschein sowie einen Reisepass.

Es handelte sich um einen britischen Pass, ausgestellt auf einen Chalid Alkhateeb, wohnhaft in Richmond upon Thames.

Malbec seufzte auf. Er hatte zwar schon vermutet, dass der Tote arabischer Abstammung sein könnte, aber ein toter Engländer mit arabischen Wurzeln würde die Ermittlungen verkomplizieren – bei länderübergreifenden Todesfällen waren diplomatische Abstimmungen unvermeidlich. Und wenn die beiden anderen Toten im Auto auch noch einen ausländischen Hintergrund hatten, würde es nicht lange dauern, bis sich die Pariser Ermittler in den Fall einmischten und ihn eventuell an sich zögen.

Einerseits konnte Malbec das zwar recht sein, schließlich hatte er derzeit schon genug um die Ohren, andererseits konnte er es aber nicht ausstehen, wenn sich übergeordnete Behörden in seine Ermittlungsarbeit einmischten und versuchten, ihm Vorschriften zu machen. Das kränkte seine Eitelkeit.

Malbec durchsuchte die Geldbörse weiter. Die Kredit- und Kundenkarten waren alle auf den Namen Alkhateeb ausgestellt. Mehrere Visitenkarten wiesen ihn als Vice President aus, der für einen international agierenden Investmenttrust tätig war. Zudem fand er noch einen gefalteten Zettel mit ein paar kryptischen Notizen sowie zwei Fotos mit Kinderporträts.

Malbec stand auf, umrundete den Porsche erneut und blieb vor dessen Heck stehen. Sekundenlang hielt er inne, bevor er den Kofferraum vorsichtig einen Spalt öffnete, so als befürchtete er, eine weitere Leiche zu entdecken. Er trat einen Schritt zurück und zog seine Hand vom Kofferraumdeckel weg, der mit gebremstem Schwung nach oben schnappte.

Erleichtert atmete er aus, als er nur eine Reisetasche, zwei Klappstühle sowie Kinderspielzeug samt einer Stoffpuppe erkennen konnte.

Malbec wandte sich von dem Porsche ab, als er das Auto der Spurensicherung erkannte, das auf dem inzwischen dicht belagerten Parkplatz hielt. Er wusste, dass jetzt das volle Programm durchlaufen würde: Film- und Fotoaufnahmen vom Tatort würden angefertigt, Fingerabdrücke am Porsche genommen, Zigarettenkippen eingesammelt und die Reifenspuren auf dem Parkplatz mit Gipsabdrücken gesichert. Zuletzt musste sich noch jemand um den Abtransport der Leichen in die Gerichtsmedizin kümmern.

Er streifte sich die Handschuhe ab und lief ein paar Schritte Richtung Einfahrt hinunter, um Bernard Réval, den Leiter der Spurensicherung, zu begrüßen, als ihm ein wohlbeleibter grauhaariger Mann mit dunkelgrauem Sakko schwer atmend den Weg verstellte.

»Sind Sie eventuell der verantwortliche Kommissar?«, schnarrte er mit einem überheblichen Ton und musterte Malbec kritisch, der ihn um einen Kopf überragte.

»Ja, der bin ich«, antwortete Malbec gereizt und trat einen Schritt zurück, um seine Individualdistanz zu wahren. Er ahnte, dass die Frage seinem wahrscheinlich seltsam anmutenden Outfit geschuldet war.

Da er keinerlei Lust hatte, sich dafür zu rechtfertigen, dass er in einer mit Farbklecksen besprenkelten Cargohose in einem Mordfall ermittelte, ging er zum Gegenangriff über: »Wären Sie so freundlich, mir zu verraten, wer Sie sind und was Sie hier zu suchen haben?«

»Ich bin Gaston Richard, der Bürgermeister von Malaucène«, ließ ihn Monsieur Richard mit einem selbstzufriedenen Lächeln wissen und streckte Malbec seine Hand entgegen. »Sauteuil, mein Chef de Police, hat mich angerufen und mir von den Vorkommnissen berichtet. Ich bin sofort hier hinaufgefahren, um mir selbst ein Bild vor Ort zu machen. Schließlich liegt der Parkplatz auf unserem Gemeindegebiet.«

»Capitaine Malbec.« Zögerlich erwiderte Malbec den Handschlag, blieb aber sichtlich reserviert – ein übereifriger Lokalpolitiker war das Letzte, was er jetzt brauchte.

»Monsieur le Capitaine. Mir fehlen die Worte – diese Morde sind schrecklich, vor allem gerade jetzt zu Beginn der Sommersaison. Das ist gar nicht gut für den Tourismus in der Region«, sagte der Bürgermeister aufgebracht und zündete sich eine Zigarette an. »Morgen wird die Geschichte in allen Zeitungen stehen.«

»Nicht nur in der Zeitung – so viel kann ich Ihnen versichern: Es wird nicht lange dauern, dann werden hier die ersten Fernsehteams auftauchen«, entgegnete Malbec abgeklärt. Lokalpolitiker vom Typ Richards waren ihm verhasst. Sobald sie – aus welchem Grund auch immer – die Mehrheit der Wählerstimmen auf sich hatten vereinen können, waren sie von einem eigenartigen Sendungsbewusstsein erfüllt und fortan nur noch am vermeintlichen Wohle ihrer Stadt interessiert. Eine eigenartige selbstverliebt-symbiotische Beziehung.

»Die Folgen könnten fatal sein«, fuhr Gaston Richard fort. »Wir haben erst Ende Mai. Das hier kann uns schlimmstenfalls die gesamte Saison verhageln. Ich weiß nicht, ob Sie sich das vorstellen können, aber da hängen viele Arbeitsplätze dran.«

Malbec war genervt, dennoch zwang er sich zur Ruhe. »Lieber Herr Bürgermeister, Ihre Sorgen um Ihre Gemeinde in allen Ehren – aber wir ermitteln hier in einem Mordfall, und ich wäre Ihnen daher wirklich dankbar, wenn Sie den Tatort umgehend verlassen würden. Ihr Chef de Police wird Sie sicherlich über den Stand der Ermittlungen auf dem Laufenden halten.«

»Ich will Ihre Ermittlungen ja nicht behindern, aber das

hier«, er machte eine die Umgebung fassende Bewegung, »kann unsere Gemeinde noch richtig viel Geld kost…«

»Die Tourismusbilanz von Malaucène interessiert mich überhaupt nicht«, blaffte Malbec zurück. »Ich weiß nur, dass es darum geht, einen mehrfachen Mord aufzuklären, und dass Sie in spätestens zwei Minuten von hier verschwunden sind.« Er streckte demonstrativ den Zeige- und Mittelfinger seiner rechten Hand empor und verharrte kurz in dieser Pose, um zu unterstreichen, dass er es ernst meinte.

Gaston Richards Gesichtsfarbe verdunkelte sich merklich, und seine Backen blähten sich auf.

»Dann wollen wir mal hoffen, dass Sie den Täter möglichst schnell finden …«, entgegnete er, schnippte seine Zigarette durch die Luft und drehte sich grußlos um.

Malbec blickte ihm missmutig nach. Zwar konnte er Richards Beweggründe in gewisser Weise nachvollziehen – aber für diesen überheblichen Auftritt hatte er keinerlei Verständnis. Kopfschüttelnd wandte er sich Bernard Réval zu und gab ihm einen kurzen Überblick über die Situation am Tatort. Anschließend telefonierte er mit der Zentrale und forderte weitere Verstärkung an, um das Gelände rund um den Parkplatz durchsuchen zu lassen. Befriedigt nahm er zur Kenntnis, dass Avignon und Aix-en-Provence bereits ihre Unterstützung zugesagt hatten.

Mit Sorge betrachtete Malbec die zunehmende Betriebsamkeit auf dem abgesperrten Areal. Inzwischen befanden sich weit mehr als ein Dutzend Personen auf dem Parkplatz. Es fiel ihm schwer, den Überblick zu bewahren und auszumachen, wer am Tatort nichts verloren hatte.

Die Spurensicherung arbeitete bereits auf Hochtouren. Bernard Réval und seine in weiße Overalls gehüllten Mitarbeiter waren dabei, den Tatort bis auf den letzten Winkel zu durchkämmen und Beweise zu sichern. Patronenhülsen, Zigarettenstummel und allerlei Zivilisationsmüll wurden in durchsichtige Tütchen gepackt, um sie später im Labor zu untersuchen. Ein Mitarbeiter kniete am Boden und war damit beschäftigt, Reifenabdrücke sicherzustellen. Ein anderer hielt die Situation am Tatort akribisch mit der Kamera fest.

Soweit Malbec sehen konnte, gehörte auch Chantal Kleber zum Team, die er an ihrem langen Pferdeschwanz erkannte.

Ungeduldig drehte er sich um, nachdem sich jemand zum zweiten Mal hinter seinem Rücken auffällig geräuspert hatte: »Monsieur Taurel – welch eine Überraschung! Sie sind auch schon da?«

»Ja, Chef, Entschuldigung, aber es hat etwas länger gedauert«, druckste Jacques Taurel herum, bevor er offenbarte, einen relativ umständlichen Weg gewählt zu haben.

»Sie haben was?«, fragte Malbec entgeistert nach.

»Nun, ich bin über Bédoin gefahren.«

»Das kann nicht Ihr Ernst sein. Sie sind über die Südroute gefahren und haben erst den Gipfel des Mont Ventoux erklommen?«

»Äh, ja, ging nicht so schnell, da waren viele Radfahrer unterwegs …«

Malbec rieb sich fassungslos über die Stirn.

»Auf der Karte sah es so aus, als sei dies der direkteste Weg«, versuchte Taurel sich zu verteidigen.

»Immerhin haben Sie den Weg zum Tatort gefunden«, resümierte Malbec trocken.

Jacques Taurel gehörte erst seit zwei Monaten zu Malbecs Commissariat. Er galt als Internetfreak und hatte die Offiziersakademie in Melun mit Bestnoten abgeschlossen, doch schienen seine praktischen Einsatzmöglichkeiten begrenzt zu sein, da er sich mit jugendlicher Unbekümmertheit oft in Details verzettelte, die für Außenstehende nicht nachvollziehbar waren. Dafür hob er sich positiv von den üblichen muskelbepackten Offiziersanwärtern ab, die fast ihre gesamte Freizeit im Fitnessstudio verbrachten und sich nur für Ernährungspläne interessierten.

»Haben Sie eigentlich kein Navigationssystem im Auto?«, hakte Malbec nach.

»Doch, sicher.«

»Und warum haben Sie sich nicht auf Ihr Navi verlassen?«

»Wegen Houellebecq.«

»Wegen *Houellebecq*? Was hat denn Michel Houellebecq mit Ihrem Navigationssystem zu schaffen?«

»Nun, ich habe vor ein paar Monaten Houellebecqs Roman ›Karte und Gebiet‹ gelesen und seither eine Schwäche für die kunstvolle Grafik der Michelin-Karten entwickelt.«

Nachdem ihn Malbec verständnislos angesehen hatte, erklärte Taurel, er habe erst durch die Lektüre von Michel Houellebecqs Roman erkannt, dass sich eine einfache Michelin-Landkarte als eine warholeske Ikonografie der Gegenwart lesen lasse. Seither verwende er bei seinen Ausflügen durch die Provence nur noch die gelben Michelin-Karten.

»Vielleicht lernen Sie im Rahmen Ihres literarischen Kartenstudiums irgendwann die normative Kraft eines Höhenprofils zu schätzen.« Malbec drehte sich verständnislos um und stapfte, den schlaksigen Taurel im Schlepptau, mit großen Schritten dem toten Radfahrer entgegen. Dort hatte bereits Chantal Kleber ihre Arbeit aufgenommen.

»Hallo, Olivier«, begrüßte sie Malbec mit einem Lächeln.

»Hallo, Chantal – ich hätte nicht gedacht, dass wir uns so schnell wieder an einem Tatort sehen«, entgegnete Malbec.

Chantal arbeitete schon seit Jahren beim Institut de recherche criminelle de la Gendarmerie nationale, und Malbec hatte ihre umsichtige Art zu schätzen gelernt, als er die Ermittlungen im Fall der toten Studentin im Melonenfeld übernommen hatte. Die Hintergründe des Mordfalls waren bislang ungeklärt. Obwohl Chantal zahllose Stunden im Labor verbracht hatte, hatten sich keine brauchbaren Erkenntnisse ergeben. Gemeinsam hatten sie mehrfach darüber spekuliert, welche Bedeutung der abgeklebten Skibrille zukam, warum an den Fußsohlen der Toten Reste von Chlor und Ockerpigmenten nachgewiesen werden konnten und was es mit dem in der Nähe gefundenen Campinggaskocher auf sich hatte. Während Chantal vermutete, der Kocher habe dort nur zufällig im Acker gelegen, war Malbec sich nicht so sicher, ob es da nicht doch einen Zusammenhang mit dem Mord gab. Und warum hatte die Tote am linken Handgelenk ein Preisschild getragen?

Doch dieser Mordfall war jetzt in den Hintergrund gerückt. Malbec stand am Mont Ventoux auf einem mit gelben Plastikspurentafeln verzierten Grünstreifen neben einem toten Radfahrer.

»Gibt es schon irgendwelche besonderen Erkenntnisse?«

Chantal Kleber schüttelte kurz den Kopf. »Nein, wenn man davon absieht, dass ich meine weiteren Pläne für das Wochenende komplett vergessen kann.« Sie bückte sich zu ihrem großen geöffneten Aluminiumkoffer hinunter. »Eigentlich wäre ich jetzt längst bei meiner Freundin in Marseille.«

»Ich kann dich beruhigen. Nicht nur *deine* Pläne sind geplatzt«, brummte Malbec. »Hatte der tote Radfahrer irgendwelche Papiere bei sich?«

»Nein«, antwortete Chantal Kleber und ging geschmeidig in die Knie. »Leider nicht. Immerhin aber ein Mobiltelefon, dessen Daten noch ausgelesen werden müssen. Sonst habe ich nur zwei Energieriegel gefunden, aber die werden uns wohl nicht viel weiterhelfen ...« Sie stöhnte und fügte hinzu: »Die Ergebnisse kannst du schon bald in unserem Bericht lesen. Allerdings wird sich die Auswertung der Spuren am Porsche wohl länger hinziehen. Wir werden das Auto noch heute mit einem Abschleppwagen ins Präsidium transportieren lassen, dort Stück für Stück auseinandernehmen und bis in den letzten Winkel untersuchen. Fingerabdrücke, Faserspuren – wir werden nichts übersehen.«

»Danke, ich weiß eure Arbeit zu schätzen«, sagte Malbec. »Wenn es irgendwelche überraschenden Zwischenergebnisse gibt, ruf mich doch bitte einfach an.«

»Übrigens – dein Heimwerkeroutfit sieht richtig umwerfend aus«, sagte Chantal augenzwinkernd.

Während Malbec noch nach der passenden Antwort suchte, ließ ihn ein schwer einzuordnendes dumpfes Geräusch aufblicken: Ein Helikopter näherte sich dem Parkplatz mit immer lauter wummernden Rotorblättern in einer langen Kurve aus südwestlicher Richtung.

Malbec ahnte das drohende Unheil. Er schützte sich mit der Hand vor der blendenden Sonne und konnte sogar das Logo von »M6« erkennen. Zwar hatte er damit gerechnet, dass die Presse schnell Wind von dem Vorfall bekommen würde, aber dass das Reporterteam eines privaten Fernsehsenders über seinem Kopf kreiste, bevor der Staatsanwalt am Tatort war, verstörte und empörte ihn gleichermaßen. Viel Phantasie war nicht notwendig, um sich auszumalen, worüber in den Abendnachrichten ausführlich berichtet werden würde. Glücklicherweise hatte Chantal Kleber schon reagiert und vorausschauend eine dunkelgraue Plane über dem toten Radfahrer ausgebreitet, bevor sie sich auf den Weg zum Porsche machte.

Die modernen Kommunikationstechniken hatten den Arm des Gesetzes wieder einmal eingeholt. Irgendjemand musste die Presse verständigt haben – kein Wunder, versuchten doch die Medien seit Jahren, solche Meldungen mit Honoraren einzukaufen. Jeder Leser, jeder Zuschauer galt inzwischen als potenzieller Reporter, der seine Beobachtungen dank Smartphone und Internet der Redaktion direkt zusenden konnte.

Malbec sah genervt nach oben: Die Rotorblätter knatterten über dem Parkplatz, der Pilot hielt den Hubschrauber direkt über dem Tatort mit leichten Kreisbewegungen in Position, so dass der Kameramann aus der geöffneten Tür filmen konnte. Es würde nicht lange dauern, bis auch andere TV-Sender versuchten, eigene Berichterstatter mit Übertragungswagen zum Mont Ventoux zu schicken. Medialer Voyeurismus. Immerhin war der Abstand so groß, dass weder Staub noch Sand aufgewirbelt wurden.

Malbec zog angewidert die Mundwinkel nach unten, aber er wusste, dass es letztlich ein vergebliches Unterfangen war, die Medien in Schach zu halten und die Richtung der Berichterstattung in den Griff zu bekommen. Wie ein ausgehungertes Wolfsrudel umkreisten sie ihr vermeintliches Opfer, lechzten nach höheren Einschaltquoten und Auflagen. Er konnte sich den Medienwirbel und die morgigen Schlagzeilen lebhaft vorstellen.

Doch er wollte sich nichts vorwerfen lassen.

»Können Sie bitte ein Auge darauf haben, dass hier niemand fotografiert?«, sagte er an Taurel gewandt, der blass um die Nasenspitze geworden war. »Ich will keine Nahaufnahmen und schon gar kein Bild von den Toten in irgendeiner Zeitung oder im Internet sehen. Und wenn jemand verdächtig mit seinem Mobiltelefon herumhantiert, konfiszieren Sie es vorsichtshalber sofort.«

Er blickte auf die Uhr seines Mobiltelefons. Eigentlich hätte er schon längst in der Küche stehen müssen, um das nicht eingekaufte Lammcarré vorzubereiten. Erneut versuchte er, Nathalie zu erreichen, aber es meldete sich nur die Mailbox.

Malbec unterbrach die Verbindung, da er vor einer unpersönlichen Absage zurückscheute. Den Gedanken, eine SMS zu schreiben, verwarf er ebenfalls. Nathalie würde nicht erfreut sein, hatte doch schon vor zwei Wochen ein unvorhersehbarer Einsatz ihre gemeinsamen Wochenendpläne kurzerhand über den Haufen geworfen. Er ahnte, dass er ihr Verständnis für seine schwer planbaren Arbeitszeiten in letzter Zeit zu sehr strapaziert hatte.

Als ihm bewusst wurde, dass er nicht nur die nächsten Tage, sondern die kommenden Wochen hauptsächlich im Commissariat verbringen würde, wollte er sich ihre Reaktion gar nicht vorstellen. Da würde es auch nicht helfen, die Wahrheit häppchenweise zu servieren. Seine Laune verschlechterte sich zunehmend. Die geplante Renovierung seines Hauses kam schleppend voran, die Arbeiten würden sich wohl noch länger hinziehen.

Auf dem Parkplatz ging es zu wie in einem Taubenschlag. Inzwischen kreisten bereits zwei Hubschrauber der Gendarmerie nationale über dem Areal. Ein Feldhase floh in wildem Zickzack, als der erste Hubschrauber unter ohrenbetäubendem Lärm auf einer benachbarten Freifläche zur Landung ansetzte.

Malbec hielt sich die Ohren zu und stellte zufrieden fest, dass es sich um die angeforderte Verstärkung aus Avignon handelte. Er informierte die Kollegen und gab Anweisungen für das weitere Vorgehen. Mit den verfügbaren Einsatzkräften konnte das Gelände hinter dem Parkplatz auf Spuren durchsucht werden.

Malbecs Mobiltelefon klingelte. Commandant Chevaline erkundigte sich nach der Situation am Tatort und entschuldigte sich, dass er sich erst jetzt meldete, da er auf dem Tennisplatz gewesen sei.

In knappen Worten erläuterte Malbec seinem Vorgesetzten, was sich nach seinem bisherigen Kenntnisstand auf dem Parkplatz ereignet hatte.

»Haben Sie die Spurensicherung benachrichtigt und Verstärkung angefordert?«, fragte Louis Chevaline in einem herausfordernden Ton, so, als wolle er einen Polizeischüler prüfen.

»Ja, Bernard Réval ist mit seinem Team bereits vor Ort«, antwortete Malbec so ruhig wie möglich und ballte seine Hand zur Faust. Er konnte Chevaline nicht leiden. Eine Antipathie, die auf Gegenseitigkeit beruhte. Seitdem Chevaline seinen Posten vor einem halben Jahr angetreten hatte, knirschte es zwischen den beiden.

»Gut. Haben Sie weitere Maßnahmen eingeleitet?«

»Alle umliegenden Polizeistationen sind informiert. Die Zufahrt zur D 974 ist einen Kilometer oberhalb von Malaucène mit gelben ›Route-Barrée‹-Schildern gesperrt. Außerdem wurde eine Ringfahndung ausgegeben. Auf allen größeren Straßen im Département werden momentan stichprobenartig Kontrollen durchgeführt.«

»Ist sicher einen Versuch wert. Vielleicht hilft uns ja Kommissar Zufall.«

»Ja, aber eigentlich weiß keiner so recht, nach wem wir suchen. Der oder die Täter hatten mehr als zwei Stunden

Zeit, um zu verschwinden. Theoretisch könnten sie schon mit einem Glas Pastis am Hafen von Cassis sitzen.«

»Das wollen wir mal nicht hoffen.«

»Ich lasse von mir hören, sobald ich neue Erkenntnisse habe.«

»Ahh, bedenken Sie bitte, dass sich das Pariser Innenministerium auch schon gemeldet hat«, versuchte Chevaline eine Drohkulisse aufzubauen, so als müsse allein dieser Hinweis Malbec zu besonderen Glanztaten beflügeln.

Malbec beendete das Gespräch unter einem Vorwand. Chevalines autoritäres Gehabe, mit dem er seine Unsicherheit überspielte, ging ihm auf die Nerven.

Erfreut sah er auf dem Display, dass Nathalie ihm eine Nachricht auf der Mailbox hinterlassen hatte.

***

Ein kalter Nordwind war in der letzten Viertelstunde aufgekommen, immer wieder strichen heftige Böen über den Parkplatz, der mit Absperrbändern der Kriminaltechniker eingezäunt war. Geräuschvoll flatterten die rot-weißen Bänder mit der Aufschrift »Police Zone Interdite« im Wind.

Malbec begann zu frösteln. Kein Wunder: Mit seinem T-Shirt war er hier auf weit über tausend Metern Höhe nicht gerade passend angezogen. Er schätzte, dass es rund zehn Grad kälter war als am Fuß des Berges in Malaucène. Da er weder einen Pullover noch eine Jacke dabeihatte, blieb ihm nichts anderes übrig, als den Temperaturunterschieden mit stoischer Ignoranz zu begegnen.

Er drehte sich um und blickte zum Porsche hinüber, wo Bernard Réval und einer seiner Mitarbeiter in ihren weißen Schutzanzügen auf einmal hektisch gestikulierten und ihn heranwinkten.

Im Eilschritt lief er zum anderen Ende des Parkplatzes, als ihm Chantal bereits entgegeneilte.

»Im Fußraum des Fonds haben wir ein kleines Kind entdeckt!«, berichtete sie mit seltsam veränderter Stimme, die zwischen heiser und schrill changierte.

Malbec sah sie ungläubig an. »Ein Kind? Das kann nicht sein … Ich habe …«

»Doch, ein Mädchen«, fiel ihm Chantal hektisch ins Wort. »Vielleicht drei oder vier Jahre alt.«

»Ist es auch erschossen worden?«

»Nein, die Kleine lebt und ist unverletzt. Aber sie ist völlig traumatisiert.«

»Oh mein Gott!«, entfuhr es Malbec, der sich erst jetzt an den leeren Kindersitz erinnerte, den er auf der Rückbank gesehen hatte. »Im Fußraum?«

»Ja, sie hatte sich unter den Beinen der toten Frau versteckt und war durch das Kleid verdeckt.«

»Und die Kleine sitzt da noch immer?«, fragte Malbec, während er neben Chantal im Stechschritt zum Auto zurückeilte.

Fassungslos blickte er in den Fond. Wie hatte er das Kind nur übersehen können?

»Leider reagiert sie nicht auf uns«, erläuterte der herangetretene Réval, den auch jetzt nichts aus der Ruhe zu bringen schien. »Wir können sie ja schlecht mit Gewalt herauszerren.«

Dies war einer jener Momente, in denen sich Malbec früher eine Zigarette angesteckt hätte. Reflexartig tastete seine Hand die linke Hemdtasche ab, obwohl er das Rauchen schon vor ein paar Jahren aufgegeben hatte.

»Habt ihr es schon mal auf Englisch versucht?«, fragte er Chantal Kleber.

»Englisch – nein, wieso?«

»Der Fahrer besitzt einen englischen Pass«, erklärte Malbec. »Frag sie doch mal, ob sie Durst hat.«

Chantal beugte sich zu dem Mädchen herab und flüsterte ihr etwas ins Ohr. Doch es reagierte immer noch nicht.

»Sie redet nicht mit mir.«

»Mmh – ich habe eine Idee.« Malbec drehte sich um, ging

zum geöffneten Kofferraum und holte eine bunte Stoffpuppe heraus. Trotz Révals vorwurfsvollem Blick drückte er Chantal die Puppe mit den auffälligen orangefarbenen Zöpfen in die Hand.

Chantal stupste die Kleine mehrmals vorsichtig mit der Puppe an.

Tatsächlich hob sie langsam den Kopf und sah Chantal ängstlich an. Dann streckte sie ihre Arme aus, so dass Chantal sie aus dem Wagen heben und behutsam auf den Arm nehmen konnte.

»Ist sie verletzt?«, fragte Malbec und deutete auf das blutverschmierte Kleid des Mädchens. »Brauchen wir einen Arzt?«

Chantal schüttelte den Kopf. »Das Blut stammt wohl nicht von ihr.«

Beruhigend sprach sie auf das Kind ein, das in ihrer Obhut leise zu schluchzen begonnen hatte, und wiegte es sanft hin und her.

Réval sah Malbec vielsagend an. *»Alors?«*

»Ach, Chantal«, fühlte Malbec sachte vor und sprach ihren Namen betont langsam aus, »wie wäre es, wenn du dich eine Zeit lang um die Kleine kümmern würdest?«

»Bitte?«, antwortete Chantal irritiert, während sie dem Mädchen beruhigend über das Haar strich.

»Mein Vorschlag war durchaus ernst gemeint«, bekräftigte Malbec lächelnd.

»Das hier ist nicht meine Baustelle, wie ihr euch vielleicht denken könnt. Außerdem wäre es besser, einen Sozialdienst zu verständigen, damit sich geschultes Fachpersonal um das Kind kümmern kann«, befand Chantal.

»Ja, aber das dauert zu lange, daher wäre es wohl das Einfachste und Beste, wenn du das vorerst übernimmst. Jedenfalls so lange, bis die Angehörigen ausfindig gemacht und verständigt sind.«

»Das meint ihr jetzt nicht wirklich? Außerdem bin ich hier nicht entbehrlich.«

»Soll ich etwa unseren Offiziersanwärter Taurel damit betrauen?«, fragte Malbec.

»Außerdem hast du doch so viele Überstunden«, flötete Réval.

Chantal verdrehte die Augen, musterte das Mädchen, das seinen Kopf an ihre Schulter gelehnt hatte, und stimmte schließlich zu.

Réval räusperte sich und teilte mit, dass er bereits veranlasst habe, die Toten in die Gerichtsmedizin zu transportieren. Ein Leichenwagen sei unterwegs. Die Obduktion der Opfer könne somit umgehend erfolgen.

Malbec ging den Parkplatz hinunter, wo er von Sauteuil sehnlichst erwartet wurde.

»Wem gehört eigentlich der alte Citroën da drüben?«, wollte er wissen.

»Mir – warum? Ich habe mir die Kiste für ein paar Besorgungen ausgeliehen.«

»Nun, ich befürchte, Sie haben da ein Problem.«

»Wieso, habe ich falsch geparkt?«, blaffte Malbec.

»Nein, aber es tropft weiße Farbe aus der Heckklappe«, erklärte Sauteuil mit einem verschmitzten Grinsen.

»Auch das noch!« Malbec entfernte sich fluchend.

ZWEI

Obwohl Olivier Malbec mittlerweile schon seit eineinhalb Jahrzehnten in der Provence lebte, fiel es ihm manchmal noch immer nicht leicht, den eigenartigen Singsang der Einheimischen zu verstehen. Der breite, vollmundige Akzent des Midi faszinierte ihn, doch er selbst bestellte Brot und Wein mit einem nasal modulierten *pain* und *vin* statt mit einem satten *päng* und *väng* und drückte seine Zustimmung mit einem dezenten *oui* statt mit einem kräftigen *uä* aus.

Es kam zwar nur selten vor, aber manchmal ließ man ihn spüren, dass er ein »Fremder« war, dass er nicht dazugehörte. Er kannte diese Ablehnung, die vor allem den Parisern in der Provence entgegenschlug, da man sie gern für den Anstieg der Immobilienpreise verantwortlich machte. Dabei wären viele Dörfer aus Mangel an Arbeitsplätzen und Infrastruktur vom Aussterben bedroht, hätten nicht vermögende Ausländer – und darunter selbstverständlich auch zahlreiche Pariser – einen Zweit- oder Alterswohnsitz in der Region erworben. Doch allein aufgrund seines überschaubaren Gehalts fühlte sich Malbec diesem Feindbild nicht zugehörig.

Schon durch die »zweisprachigen« Ortsschilder wurde er daran erinnert, dass es noch eine andere Provence gegeben haben musste. Unter dem französischen Ortsnamen fand sich stets eine gleich große Metalltafel mit der provenzalischen Schreibweise. Cavaillon stand auf den rot umrandeten Schildern gleichbedeutend neben Cavalhon, und am Ortseingang von Gordes wurde man dezent darauf hingewiesen, dass die D 15 hier durch Gòrda führte.

In seinen ersten Dienstjahren hatte Malbec mit einem älteren Kollegen namens Claudel zusammengearbeitet, dessen Hobby die regionale Sprachkultur gewesen war. So wie andere ihre Freizeit beim Angeln oder Golfen verbrachten, so hatte sich Claudel seit Jahrzehnten mit der Geschichte und den verschiedenen Ausprägungen des Provenzalischen beschäftigt. Und Malbec hatte in den zwei Jahren, in denen er sich ein Büro mit Claudel teilte, gewissermaßen einen diesbezüglichen Crashkurs belegt.

Claudel hatte ihm damals ausführlich erklärt, dass das Provenzalische einer der Hauptdialekte des Okzitanischen sei. Das Okzitanische hatte sich aus dem spätantiken Vulgärlatein entwickelt und im Zeitalter der Troubadours seine größte Blüte erlebt. Es war nicht nur die Sprache des Volkes, es wurde gleichberechtigt mit dem Latein auch als Amtssprache gepflegt.

Wie Claudel ausgeführt hatte, ging das Wort *oc* auf das lateinische *hoc* zurück, während sich aus dem im Norden Frankreichs verbreiteten *oil* das heutige *oui* herausgebildet hatte.

Lange Zeit standen beide Sprachgemeinschaften gleichberechtigt nebeneinander; erst die Vernichtung der Katharerkultur leitete den Niedergang des Okzitanischen ein. Zahlreiche Adelige und Mönche strömten damals aus dem Norden Frankreichs herbei, um sich Ländereien und Pfründe zu sichern, und brachten dabei ihre Sprache mit.

Innerhalb weniger Jahrzehnte wurde die *langue d'oil* auch in Südfrankreich zur gebräuchlichen Verwaltungssprache. Das Provenzalische wurde im Laufe der Jahrhunderte immer mehr zurückgedrängt. Als nach der Revolution von 1789 die allgemeine Schulpflicht eingeführt wurde, war das Französische als einzige Unterrichtssprache zugelassen. Da sich im Gebrauch des Französischen der soziale Aufstieg manifestierte, wurde das Provenzalische nur noch im bäuerlichen Milieu gesprochen.

Doch die Provenzalen rebellierten sanft. In der Mitte des 19. Jahrhunderts entstand der Félibrige, eine sprachlich-kulturelle Erneuerungsbewegung, die vom Aufkommen eines provenzalischen Nationalismus beeinflusst wurde. Ihr bekanntester Vertreter war Frédéric Mistral, der im Jahre 1904 für sein Bauernepos »Mirèio« sogar mit dem Literaturnobelpreis ausgezeichnet worden war. Ein paar Jahre später hatte Malbec einmal in einem Antiquariat in einer älteren Ausgabe dieses Buches geblättert, es aber als langweilig und sehr sperrig empfunden.

Zuletzt war es dann der nationalistische Front National von Le Pen, der mit dem Slogan »La Prouvènço ais Prouvençaus« Stimmung gegen Immigranten machte und die Provence für die Provenzalen reklamierte.

Eigentlich hatte sich Malbec nicht vorstellen können, Paris jemals zu verlassen. Er hatte im Hôpital Saint-Joseph das Licht der Welt erblickt und kannte jeden Straßenzug innerhalb des Boulevard périphérique. Er liebte das Nachtleben im Bastille-Viertel, die trägen Sonntage auf der Terrasse eines Straßencafés und die Spaziergänge am Canal Saint-Martin. Frankreich war für ihn Paris; für den provinziellen Rest hatte er sich nie wirklich interessiert, sah man von den diversen Urlaubsreisen ab.

Zur Polizei war Malbec nach einem abgebrochenen Politikstudium eher durch Zufall gekommen. Er hatte nicht damit gerechnet, dass man ihn zum Bewerbungsgespräch einladen würde. Und als dann die Zusage kam, hatte er noch bis zum letzten Tag gezögert, da er sich nicht sicher gewesen war, ob dies tatsächlich der richtige Beruf für ihn war.

Die Ausbildung war hart gewesen, doch hatte sie ihm mehr Spaß gemacht, als er erwartet hatte. Ein Jahr unterstützte er den Sicherheitsdienst der französischen Botschaft in Kairo, anschließend landete er bei der Drogenfahndung und verdiente sich dort seine ersten Sporen. Schon bald wusste er, wo sich nachts am Seineufer oder im Bois de Vincennes die Dealer trafen; er war mit der Drogenszene von Barbès, diesem finsteren arabischen Souk im Schatten von Sacré-Cœur, vertraut und kannte ihre Gestik und ihren Jargon, mit dem sie ihre Vorbilder aus den Rap-Videos imitierten, um in den Straßen der Goutte d'Or besser zu bestehen.

Malbec hatte ein lokales Kontaktnetz aufgebaut, so dass er frühzeitig informiert worden war, wenn wieder einmal schlecht gestrecktes Heroin im Umlauf gewesen war. Stolz war er immer noch auf seinen größten Coup, bei dem es ihm gelungen war, eine Lieferung von einer halben Tonne Kokain kurz vor der Übergabe zu beschlagnahmen.

Doch dann hatte er Valérie kennengelernt, als er seinen Sommerurlaub im Ferienhaus von Freunden in Bandol an der Côte d'Azur verbrachte. Schon nach wenigen Minuten war er ihrem Lachen verfallen, mit ihren anderen Reizen geizte sie noch beträchtlich länger.

Da Valérie in Marseille beim Office de Tourisme arbeitete, führten sie zwangsweise eine Wochenend- und Fernbeziehung. Doch nach zwei Jahren waren sie es leid gewesen, ständig mit dem TGV hin- und herzupendeln, auch wenn der Schnellzug nur dreieinviertel Stunden benötigte. Hinzu kam, dass die Dienstpläne der Drogenfahndung mit ihren vielen unvorhersehbaren Abend- und Wochenendeinsätzen die Zweisamkeit nicht gerade förderten. Schweren Herzens hatte sich Malbec entschieden, einen Versetzungsantrag nach Marseille zu stellen, der überraschend schnell genehmigt wurde, nachdem ihn sein Dienststellenleiter stirnrunzelnd gefragt hatte, ob er das ernsthaft wolle.

Valérie hatte ihm die Kriminalromane von Jean-Claude Izzo geschenkt, um ihm den Umzug zu erleichtern. Und obwohl er Krimis eigentlich nicht mochte, hatte er Izzos Marseille-Trilogie mit Vergnügen gelesen.

Oberhalb des Vieux-Port hatten sie gemeinsam eine schöne Wohnung im Panier-Viertel bezogen, das damals gerade im Umbruch gewesen war und sich allmählich von seinem schlechten Ruf löste. Malbec hatte das mediterrane Lebensgefühl und die Nähe zum Meer schnell schätzen gelernt, doch wurde er im Großstadtmoloch von Marseille nie heimisch; ihm fehlten die Kontakte zur Drogenszene, die er sich in Paris über die Jahre hinweg erarbeitet hatte.

In Marseille fühlte er sich oft als Fremdkörper, zudem erschreckte ihn immer wieder die ungewohnte Brutalität, mit der die verfeindeten Clans ihre Territorien absteckten.

Einmal war ein Caïd, wie die führenden Drogenhändler genannt wurden, im berüchtigten Stadtteil Val-Plan vor den Augen seiner neunjährigen Tochter auf offener Straße mit einer Kalaschnikow-Salve buchstäblich hingerichtet worden. Nur durch Glück blieb das Mädchen nahezu unverletzt. Die Täter – sie flohen in einem gestohlenen Kleinwagen, der später in Marignane unweit des Étang de Berre ausgebrannt aufgefunden wurde – wurden nie gefasst.

Die Drogenmafia hatte im Milieu eine Parallelwirtschaft etabliert, wobei auch immer wieder Polizisten vor diesem Krebsgeschwür kapitulierten und sich korrumpieren ließen. Eines Tages entging Malbec bei einer Wohnungsdurchsuchung in dem als »Cité interdite« berüchtigten La Castellane nur durch viel Glück einer Schießerei aus dem Hinterhalt. Einer der als Aufpasser arbeitenden Choufs musste die umgangssprachlich *charbonneurs* genannten Dealer gewarnt haben. Und die Gesetzlosen folgten nur ihren eigenen Regeln und Moralvorstellungen.

Als Valérie die stellvertretende Leitung des »Comité départemental du tourisme« in Avignon angeboten worden war, hatte sie nicht lange gezögert und den interessanten Posten angenommen, der ihr neue Perspektiven eröffnete. Schon bald stand die Idee im Raum, Marseille zu verlassen und sich in der einstigen Papstmetropole oder irgendwo in einem der kleinen Städtchen in der Umgebung niederzulassen.

Im Rückblick fiel es Malbec leicht, zu behaupten, dass die sich abzeichnenden Risse in ihrer Beziehung nicht zu überbrücken gewesen waren, die gemeinsamen Zukunftspläne erschienen da als letzter Rettungsanker.

Zudem war ihm die aggressive Stimmung in den Drogenghettos von Marseille mit ihren klaren Frontlinien regelrecht verhasst gewesen und hatte seine Lebensfreude erheblich gemindert. Monat für Monat stumpfte er mehr ab. Die von Graffitis, Vandalismus und heimtückischen Morden gezeichnete Spirale der Gewalt näherte sich dem Abgrund, und er wollte nicht hinabgerissen werden. Zwar arbeitete die Stadtverwaltung damals daran, Marseille als zukünftige Europäische Kulturhauptstadt zu einem neuen Image zu verhelfen, aber Malbec glaubte nicht daran, dass dies die Kriminalitätsrate abschwächen würde. Vielmehr würden im Zuge dieser Umstrukturierungsmaßnahmen die Armen und Abgehängten nur weiter in die verruchten Viertel getrieben werden.

Als Malbec Jahre später in der Zeitung las, dass sogar Zinédine Zidane, der wohl berühmteste Sohn Marseilles, plante, seine Fußballakademie Z5 nicht etwa in La Castellane zu errichten, wo er aufgewachsen war, sondern im vornehmeren Les Milles bei Aix-en-Provence, wusste er, dass er damals die richtige Entscheidung getroffen hatte, indem er Valéries Drängen nachgegeben hatte.

Ein halbes Jahr hatte er noch einen Kollegen in Aix vertreten müssen, dann war ihm die Mordkommission des Départements Vaucluse als neue Dienststelle zugeteilt worden. Warum auch hätte er in dieser lebensfeindlichen Vorstadtwüste zwischen den Plattenbauten der Sozialwohnungen, wo Armut und Drogen eine Schicksalsgemeinschaft bildeten, weiterhin für Recht und Ordnung sorgen und sein Leben Tag für Tag aufs Spiel setzen sollen? Nein, er hatte nicht als zweiter Fabio Montale enden wollen.

***

»Ich fasse das Ganze jetzt noch einmal kurz für das Protokoll zusammen: Sie wollten heute Vormittag den Mont Ventoux auf der Nordroute mit dem Fahrrad erklimmen, dabei haben Sie, Monsieur Hiltrop, einen stark blutenden Radfahrer am Wegesrand entdeckt, der wahrscheinlich einem Gewaltverbrechen zum Opfer gefallen war – richtig?«

Adjudant Émile Poinsot sah in die Runde und wartete, dass die eilig hinzugezogene Behelfsdolmetscherin, die eigentlich Lehrerin am örtlichen Gymnasium war, seine Frage übersetzt hatte.

Die drei Freunde nickten. Frank Kerbel, Johannes Hiltrop

und Stephan Schneider saßen in einem stickigen, lichtlosen Raum im Polizeipräsidium, um ihre Aussagen zu Protokoll zu geben. Obwohl sie sich zwischenzeitlich im Hotel umgezogen und geduscht hatten, waren sie bleich und spürbar mitgenommen.

»Haben Sie die Schüsse gehört?«

Die drei verneinten die Frage.

»Hat jemand von Ihnen den Toten berührt?«

»Ja, ich«, antwortete Stephan mit fast tonloser Stimme. »Ich hatte gehofft, dass er noch lebt.«

»Wie heißen Sie?«

»Ich dachte, ich könnte vielleicht helfen«, stammelte er.

»Ich habe Ihnen ja keinen Vorwurf gemacht, aber ich benötige Ihren Namen für das Protokoll.«

»Stephan Schneider.«

»Wie schreibt man das?«

Stephan buchstabierte der Dolmetscherin seinen Namen.

»Ich auch.« Johannes hob seine Hand. »Ich habe vergeblich versucht, den Pulsschlag des Radfahrers zu erfassen.«

»Und wer hat die Toten im Porsche gefunden?«

»Ich«, meldete sich Frank zu Wort.

Der Adjudant ließ die Namen der beiden ebenfalls für das Protokoll buchstabieren.

»Haben Sie irgendetwas am Tatort berührt, Monsieur Kerbel?«, fragte er dann.

»Nein. Den Anblick werde ich wohl so schnell nicht vergessen.« Franks Gesicht war so fahl wie die Bürowand, deren Putz in den Ecken bereits abblätterte.

Poinsot bearbeitete schweigend die Tastatur seines Computers: »Hat sonst noch jemand von Ihnen irgendetwas berührt?«, insistierte er.

»Ich habe das Fahrrad ein kleines Stück angehoben«, fügte Stephan hinzu.

Poinsot wartete auf die Übersetzung, brummte und sah in die Runde, dann widmete er sich wieder stoisch seinem Protokoll.

»Nun, das war nicht so geschickt, aber das lässt sich jetzt nicht mehr ändern. Aber Sie müssten anschließend noch Ihre Fingerabdrücke und eine DNA-Probe abgeben, damit wir diese gegebenenfalls herausfiltern und den Täterkreis eingen können.«

Alle drei nickten zustimmend.

»Haben Sie sonst noch etwas bemerkt? Personen, die sich verdächtig verhalten haben? Vielleicht ein Auto, das sich vom Tatort entfernt hat?«

Die drei sahen sich fragend an.

»Nein, nicht dass ich wüsste«, bekundete Frank. »Wir waren zu sehr mit dem Anstieg beschäftigt.«

Poinsot nickte verständnisvoll. »Ist Ihnen sonst noch irgendetwas aufgefallen, haben Sie noch etwas Ungewöhnliches beobachtet?«, wiederholte er, um dem Gedächtnis der Radfahrer auf die Sprünge zu helfen.

»Wenn ich genau nachdenke, dann ist uns kurz zuvor ein Motorradfahrer entgegengekommen, aber ganz sicher bin ich mir nicht«, bemerkte Stephan.

»Ein Motorradfahrer?«

»Ja, aber vielleicht irre ich mich auch.«

»Können Sie ihn beschreiben?«

»Nein, leider nicht. Nur dass er dunkel gekleidet war.«

»Nun, das ist doch schon mal ein Anhaltspunkt«, befand Poinsot.

»Kam uns nicht ein paar Minuten, bevor wir den Parkplatz erreichten, ein englischer Geländewagen entgegen?«, fragte Frank.

»Hast du das Nummernschild gesehen?«

»Nein, aber ich bin mir ziemlich sicher, dass das Steuer des Autos auf der rechten Seite war.«

»Einen Moment bitte«, sagte Poinsot und ließ seine Finger über der Tastatur kreisen.

»Und da ist noch was«, sagte Johannes. »Vielleicht täusche ich mich auch, aber der Tote sieht aus wie Silvian Dupont.«

»Silvian Dupont – wie kommst du denn darauf?«, fragte Frank überrascht.

»Nun, irgendwie erinnerte er mich an ihn. Vor allem die markante Nase und seine buschigen Augenbrauen. Ich habe die Bilder noch gut im Gedächtnis, wie er vor ein paar Jahren in den Pyrenäen zur Spitzengruppe gehörte und hinter Lance Armstrong den Tourmalet als Zweiter hinaufkletterte, ohne auch nur ein einziges Mal aus dem Sattel gehen zu müssen.«

»Dupont ist doch viel dünner und größer«, widersprach Frank.

»Meinst du?«

»Mmmh, vielleicht sieht er ihm auch nur ähnlich.«

»Nein«, entgegnete Johannes. »Je mehr ich darüber nachdenke, desto sicherer bin ich mir. Erinnere dich doch mal daran, wie locker er am ersten Anstieg an uns vorbeigezogen ist. Habt ihr sein Fahrrad gesehen? Es war ein sündhaft teures Trek Madone.«

Nachdem die Dolmetscherin die Diskussion übersetzt hatte, dankte Émile Poinsot den Männern und versprach, dem Hinweis auf Silvian Dupont auf alle Fälle nachzugehen. Er notierte sich noch ihre Urlaubsadresse und die Mobilfunknummern, dann bat er sie, ihm zu folgen, da nebenan eine Kollegin auf sie wartete, um die Fingerabdrücke zu nehmen.

***

»Malbec – können Sie mir verraten, ob Sie einen Tatort immer so umsichtig sichern?«, erkundigte sich Commandant Chevaline genussvoll provokativ und spielte mit seinen gespreizten Fingern auf dem Schreibtisch Klavier.

Malbec starrte auf den Tisch und bewunderte halb ehrfürchtig, halb fassungslos Chevalines penibles Ordnungssystem. Die Kugelschreiber waren akkurat ausgerichtet, einzig die gespitzten Bleistifte fehlten. Kein Staubkörnchen auf dem Computerbildschirm, keine Kaffeeränder auf der Tischplatte, kein Fettfleck auf der Tastatur, dafür gab es einen Untersetzer für das Wasserglas.

Er schluckte seinen Ärger hinunter und schwieg, denn der Vorfall war ihm mehr als unangenehm.

»Ahh, Sie wollen also behaupten, Sie sind mehr als eine Stunde am Tatort, finden eine Stoffpuppe im Kofferraum und bemerken nicht, dass sich ein traumatisiertes Kind im Fußraum des Fonds versteckt und dort wahrscheinlich leise vor sich hin wimmert?«, fragte Chevaline in einem so lauernden wie schneidenden Ton.

»Ja«, antwortete Malbec kleinlaut. Obwohl schon die Rettungssanitäter das Kind übersehen hatten, war ihm der Vorfall nicht nur unendlich peinlich, er wollte sich auch gar nicht ausmalen, welche Ängste das Kind ausgestanden haben musste.

Doch Chevaline ließ nicht locker. »Sie befanden sich also schon eine geschlagene Stunde am Tatort, und erst die Spurensicherung musste dann kommen und feststellen, dass sich ein Kleinkind in Todesfurcht hinter dem Fahrersitz versteckt hatte? Da frage ich mich ernsthaft, was Sie eigentlich am Tatort gemacht haben.«

»Ich habe Pilze gesucht.«

»Malbec – verkneifen Sie sich Ihren Zynismus! Der ist nicht nur angesichts der Dimension dieses Falles vollkommen unangebracht.«

Schon in der ersten Woche, nachdem Louis Chevaline seinen Posten als Leiter des Commissariats angetreten hatte, krachte es erstmals zwischen ihm und Malbec, als sie aufgrund einer Kleinigkeit aneinandergerieten. Seither hatte sich ihr Verhältnis nicht gerade entspannt, und Chevaline ließ keine Gelegenheit aus, Malbec in die Schranken zu weisen und ihm seine Machtbefugnisse zu demonstrieren.

Chevaline war ungefähr fünf oder sechs Jahre jünger als Malbec. Andere mochten ihn für einen vielversprechenden Polizeioffizier halten, der es auf der Karriereleiter noch weit bringen würde – für Malbec war er ein Blender. Seinen schnellen Aufstieg verdankte Chevaline weder seiner hohen Aufklärungsquote noch besonderen Führungsqualitäten, sondern vor allem seinen ausgezeichneten politischen Verbindungen, die sich in seinen Beurteilungen niederschlugen. Sein Onkel gehörte zu den führenden Vertretern des Rassemblement pour la République. Er war Abgeordneter gewesen und hatte in der Ära Chirac sogar kurzzeitig das Ministère de l'Aménagement du Territoire, de la Ville et de l'Intégration in Paris geleitet und verfügte daher über einen guten Zugang zu den Vorzimmern der Macht.

Wer in Frankreichs Vetternwirtschaft über die richtigen Seilschaften und Verbindungen verfügte, hatte bei der Besetzung wichtiger Posten gute Karten – daran hatte sich bis heute wenig geändert. Wollte nicht auch Nicolas Sarkozy seinen dreiundzwanzigjährigen Sohn Jean, als ob es selbstverständlich gewesen wäre, zum Verwaltungsratschef einer öffentlichen Gesellschaft für wirtschaftliche Entwicklung bestellen lassen? Ein Plan, der erst am öffentlichen Protest scheiterte.

Leider hat es keinen Widerstand gegen Chevalines Ernennung gegeben, dachte Malbec, als er seinem Chef gegenübersaß, der nach seinem samstäglichen Tennisspiel im Trainingsanzug ins Commissariat geeilt war.

»Wie mir mitgeteilt wurde, soll zu allem Überfluss ›M6‹ heute Abend im Fernsehen darüber berichten. Gleich nach der großen Politik wird dies das bestimmende Thema in den Abendnachrichten sein und für weitere Spekulationen und Diskussionen sorgen«, sagte Chevaline und fuhr sich mit der Hand über das lichter werdende Haupthaar, dass er nach vorn gekämmt hatte, um seinen fortschreitenden Haarausfall zu kaschieren, was ihm allerdings nur notdürftig gelang. »Ich muss wohl nicht extra betonen, dass eine schnelle wie umfassende Aufklärung erforderlich ist.«

***

Es war längst dunkel, als Malbec zu Hause in Calmont-les-Fontaines ankam. Bis in die späten Abendstunden war er im Commissariat gewesen, um das weitere Vorgehen zu koordinieren, Informationen über die Identität der Toten einzuholen und mögliche Tathintergründe zu entdecken. Jetzt knurrte sein Magen vor Hunger, denn er hatte bis auf ein Croissant mit Schinken den ganzen Tag nichts mehr gegessen.

Der Kühlschrank war nahezu leer, aber glücklicherweise fand er noch ein Glas mit in Kräutern eingelegten Oliven aus Nyons und einen Ziegenkäse, den er Ende letzter Woche auf dem Markt gekauft hatte. Zusammen mit einem harten Baguette vom Vortag war dies ein durchaus köstliches Mahl, dazu trank er den Rest einer angebrochenen Flasche Viognier. Malbec mochte das frische, an Zitrusfrüchte erinnernde Bouquet dieser provenzalischen Weißweintraube.

Nach einem halben Glas wurde er merklich ruhiger und entspannte sich. Bedächtig kauend saß er an seinem lang gestreckten Esstisch. Er fröstelte noch immer und hoffte, sich am Mont Ventoux nicht verkühlt zu haben. Kurz war er versucht, ein paar Holzscheite in den Kamin zu legen, doch lohnte sich der Aufwand nicht.

Noch im Auto hatte er mit Nathalie telefoniert. Er hatte um Verständnis geworben, wollte ihren Unmut besänftigen und hatte deshalb nicht nur die Essenseinladung für das nächste Wochenende erneuert, sondern auch versprochen, mit ihr in Avignon ins Kino zu gehen, um den neuesten Woody-Allen-Film anzusehen, aber sie hatte seine Beteuerungen zynisch ins Leere laufen lassen.

»Warten wir erst mal ab, wer am nächsten Wochenende stirbt.«

Mit schweren Schritten ging Malbec die steinerne Treppe hinauf ins Obergeschoss, wo sich sein Schlafzimmer befand. Er musste den Kopf einziehen, um ihn sich nicht an dem Türsturz anzuschlagen. Rund dreihundert Jahre war das Haus alt, daher waren manche Türen zu klein für einen Mann von knapp zwei Metern Körpergröße. Doch Malbec hatte es nicht übers Herz gebracht, die von einem wurmstichigen hölzernen Rahmen gefassten alten Holzrahmen herauszureißen, da er die Substanz des Hauses bewahren wollte.

Malbecs Ehe hatte sich in einem schleichenden, aber unumkehrbaren Prozess der Auflösung befunden. Lange hatte er es nicht wahrhaben wollen, die Augen vor der Tatsache verschlossen, dass er und Valérie längst nebeneinanderher statt miteinander lebten. Als Valérie eine Woche lang auf einer Fortbildung gewesen war, hatte er mit Entsetzen festgestellt, dass er sie weder vermisst noch sich besonders auf das Wiedersehen gefreut hatte. Nach diesem Moment der Klarheit hatte es kein Zurück mehr gegeben.

Die Trennung von Valérie war schnell und schmerzlos über die Bühne gegangen. Übergangsweise hatte Malbec in einer Ferienwohnung gewohnt, die den Eltern eines Freundes gehörte. Zeitweise hatte er mit einer Rückkehr nach Paris geliebäugelt, doch schon bald war ihm bewusst geworden, dass er längst in der Provence heimisch geworden war und weder die Wärme noch das Licht des Südens missen wollte.

Als er sich nach einer neuen dauerhaften Bleibe umgesehen hatte, träumte er anfangs von einem allein stehenden Landhaus, am besten mit Blick über die Hügel der Provence und einem eigenen Weinberg. Doch nachdem er auf der Suche nach einem geeigneten Objekt bei den ersten Immobilienmaklern nachgefragt hatte, machte sich Ernüchterung breit. Schon bald hatte er begriffen, dass er sich sein Traumhaus nicht leisten konnte. Zwar war er mit seinem Polizistengehalt zufrieden, und es schien ihm durchaus angemessen, aber die Pariser, Engländer und Deutschen hatten die Preise auf der Suche nach einem Zweitwohnsitz seit Jahrzehnten immer weiter in die Höhe getrieben, und so musste er sich nach einer anderen Alternative umsehen.

Das alte Steinhaus hatte Malbec zufällig entdeckt, als er nach einem politisch motivierten Brandanschlag in Calmont-les-Fontaines einen Zeugen befragt und in der unmittelbaren Nähe geparkt hatte. Obwohl der Putz von der Fassade bröckelte und die Fensteröffnungen im Obergeschoss mit Holzbrettern vernagelt waren – ein notdürftiger Versuch, das Gebäude vor dem weiteren Verfall durch die Witterung zu schützen –, gefiel ihm das im Schatten der Stadtmauer errichtete Haus sofort.

Neugierig geworden, hatte er das Gebäude von allen Seiten inspiziert. Auf der Rückseite des Hauses hatte er eine offene Tür entdeckt, durch die er nach kurzem Zögern schnell hineinschlüpfte und sich vorsichtig umsah. Mit seinen dicken Mauern, den verschachtelten Räumen und der großen Wohnküche strahlte es trotz seines maroden Zustandes viel Charme aus.

Zum Haus gehörte noch ein versteckter langer, schmaler Garten mit hohen Mauern, die vor Blicken schützten. Er war mit Unkraut zugewuchert, aber durchaus reizvoll, und an seinem Ende stand ein alter Feigenbaum, an dessen weit ausladenden Ästen reife Früchte hingen. Ein paar auf den Boden gefallene Feigen waren aufgeplatzt und verbreiteten einen köstlich süßen Sommerduft.

Nachdem Malbec bei seinem anschließenden Spaziergang durch das Städtchen noch ein bodenständiges Eckbistro mit einer charmanten Kellnerin entdeckt hatte, gefiel ihm Calmont-les-Fontaines noch besser. Als Tagesgericht wurde auf einer Schiefertafel eine leckere *aïoli provençal* angeboten. Die Kollegen hatten über seine Knoblauchfahne geschimpft, aber er mochte die würzige, mit Olivenöl und Eigelb zubereitete Knoblauchpaste, die traditionell mit gedämpftem Gemüse und Kabeljau serviert wurde. Malbec hatte kurz gezaudert, dann hatte er einen Blick auf den Nachbartisch geworfen und sich den Verführungen hingegeben.

Das Haus war ihm nicht mehr aus dem Kopf gegangen, und eine Woche später war Malbec nochmals nach Calmont-les-Fontaines gefahren und hatte sich bei den Nachbarn erkundigt, wer der Eigentümer sei und ob es zum Verkauf stünde. Dabei hatte er erfahren, dass der letzte Besitzer mit Traktoren gehandelt und das Haus seit dem Tod seiner Witwe fast ein Jahrzehnt lang leer gestanden hatte. Weitere Recherchen hatten ergeben, dass die Schwester der Witwe das Haus geerbt hatte, da das Ehepaar kinderlos geblieben war. Über Umwege hatte Malbec schließlich deren Adresse ausfindig gemacht.

Mehrere Gespräche folgten, aber die in einem Altenheim lebende Frau hatte keinerlei Interesse gezeigt, ihm das Haus zu verkaufen. Als Malbec sie im hundert Kilometer nördlich gelegenen Valence besuchte und dabei einen Anruf entgegennahm, bemerkte sie, dass er bei der Gendarmerie nationale beschäftigt war, weshalb sie schlagartig ihre Meinung änderte. Mit strahlenden Augen verkündete sie Malbec, ihr verstorbener Mann sei ebenfalls Polizist gewesen, und bot ihm das Haus zu einem akzeptablen Preis an.

Zwei Wochen später hatte schon der Notartermin festgestanden, und Malbec hatte das bis dahin auf einem Festgeldkonto ruhende Erbe seiner Mutter als Anzahlung für eine Häuserruine mit viel Potenzial und noch mehr Renovierungsbedarf genutzt. Dennoch hatte er den Kauf trotz der vielen Instandsetzungsarbeiten, die damit verbunden gewesen waren, keine Sekunde bereut.

Die Elektroleitungen und -sicherungen entsprachen nicht ansatzweise den gesetzlichen Vorschriften und würden von jeder Versicherung als Risiko eingestuft werden, aber das Haus hatte eine Seele. Die Zimmerdecken mit ihren wuchtigen freigelegten Stützbalken strahlten eine wohlige Atmosphäre aus.

Malbec hatte einen Elektriker beauftragt und seinen letzten Jahresurlaub sowie viele Wochenenden geopfert, um das Haus bewohnbar zu machen. Ein Ende der Renovierungsarbeiten war zwar noch immer nicht in Sicht, aber mittlerweile war das gesamte Erdgeschoss fertig. An mehreren Wänden hatte er das Mauerwerk unverputzt gelassen, um das altertümliche Flair zu betonen. In einer Ecke hatte er seine Sammlung alter Emailleschilder aufgehängt, die er über die Jahre bei Flohmarktbesuchen zusammengetragen hatte. Manche von ihnen waren etwas verrostet, aber er mochte die Schilder mit ihren antiquierten Werbebotschaften, vom Michelin-Reifenmännchen bis zur Zigarettenwerbung längst vergangener Marken wie Boule d'Or oder Laurens.

Die Räume im Obergeschoss waren bis auf das Schlafzimmer und das Badezimmer noch nicht recht bewohnbar. Überall hingen lose Kabelenden aus der Wand und von der Decke herab. Und das Dach musste neu gedeckt werden, bevor an einen weiteren Ausbau zu denken war – aber das wollte Malbec erst im nächsten Frühjahr erledigen lassen.

Erschöpft schlüpfte Malbec unter die Bettdecke und versuchte, sich aufzuwärmen. Die Nachttischlampe beleuchtete das Cover seiner Bettlektüre: Irène Némirovskys »Suite française«. Ein Buch, das er unlängst beim Stöbern in einem Antiquariat entdeckt hatte. Kurz zögerte er und überlegte, ob er noch ein paar Seiten in diesem faszinierenden Sittengemälde des Zweiten Weltkriegs lesen sollte, doch dann löschte er das Licht und drehte sich auf die Seite. Innerhalb von Sekunden fielen ihm die Augen zu.

Er schlief unruhig und wälzte sich im Bett ständig hin und her. Die Ereignisse am Parkplatz hatten ihn stark mitgenommen. Zu viele Gedanken schwirrten ihm durch den Kopf, und seine Träume waren voll von vergessenen Kindern.

DREI

»Simone – schön, dass du wieder wohlbehalten zurück bist«, begrüßte Malbec Sergent Thibault mit den obligatorischen zwei Wangenküssen und einer herzlichen Umarmung, als er sie auf dem Weg zum Besprechungsraum der Gendarmerie traf. Malbecs Freude war nicht gespielt, denn er mochte Simone mit ihrer erfrischend unkomplizierten Art wirklich gern und konnte sich nicht an einen einzigen Tag in den letzten Jahren erinnern, an dem sie schlecht gelaunt zur Arbeit gekommen war.

»Wie waren deine Flitterwochen?«

»Wirklich schön. Robert und ich haben zwei traumhafte Wochen verbracht«, antwortete Simone Thibault mit einem strahlenden Lächeln, das durch ihren goldbraunen Teint noch attraktiver wirkte. »Stimmung, Hotel, Meer, Wetter – alles perfekt!«

»Das freut mich. Nach den genaueren Details will ich dich jetzt nicht fragen, aber ich hoffe, du hast dich gut erholt. Von Réunion und deiner Hochzeitsreise musst du mir später noch ausführlich erzählen. Wie du dir vorstellen kannst, gibt es hier viel zu tun. Die Ereignisse haben sich seit gestern regelrecht überschlagen. Nicht umsonst haben wir dich vorzeitig zum Dienst einberufen.«

»Kann ich mir lebhaft vorstellen. Nachdem ich gestern in Paris-Orly den Flugmodus deaktiviert hatte, sah ich die Nachricht sofort auf dem Display meines *portable*. Und wie du siehst: Der Übergang vom Strand zum Dienst vollzieht sich so nahtlos wie meine Bräune.«

Malbec vermied es, sich Simone hüllenlos vorzustellen. »Willst du mir jetzt ein schlechtes Gewissen machen?«, fragte er lächelnd.

»Nur ein wenig – aber immerhin muss ich mich trotz der weiten Reise nicht mit einem Jetlag herumschlagen.«

Gemeinsam betraten sie den fensterlosen Besprechungsraum des Polizeireviers. Malbec nickte Adjudant Blanc und Adjudant Poinsot kurz zu, stellte seinen Kaffeebecher, den er mitgebracht hatte, auf den Tisch und setzte sich auf einen der freien Stühle, dessen Knarzen andeutete, dass er schon bessere Zeiten gesehen hatte.

Während die Ermittler auf Commandant Chevaline warteten, hatte Taurel sein Notebook aufgeklappt und tippte konzentriert wie ein strebsamer Abiturient.

Malbec ließ seinen Blick durch den mehr als tristen Raum schweifen. Im fahlen Neonlicht sah selbst Simone blass aus. Am Schwarzen Brett hingen ein aktueller Dienstplan, vergilbte Fahndungsplakate sowie eine mit Nadeln notdürftig an die Wand gepinnte Landkarte des Départements, daneben der blau-weiß-rote Dreiklang der französischen Nationalflagge, der symbolhaft auf den Wahlspruch Freiheit, Gleichheit, Brüderlichkeit anspielte.

In der Mitte des Besprechungszimmers stand ein billiger Resopaltisch, der schmerzlich daran erinnerte, dass es um die materielle Ausstattung der Polizeidienststellen seit Jahren nicht zum Besten bestellt war. Gäbe es noch ein beiges Telefon mit Wählschiebe, wäre das Stillleben komplett.

Chevaline betrat mit einem schneidigen *»Bonjour«* den Raum. Staatsanwalt Brice und zwei Malbec nur vage bekannte Kollegen folgten in seinem Windschatten. Der Commandant nahm an der Stirnseite des Besprechungstisches Platz und breitete seine Notizen vor sich aus. Dann dankte er für das sonntägliche Erscheinen und stellte mit einer lockeren Handbewegung Lieutenant Florence Chardon und Capitaine Charles Guitton vor, die er zur Unterstützung aus Avignon angefordert hatte. Beide lächelten kurz in die Runde. Guitton war eine massige Erscheinung mit dichten dunklen Haaren und einem Stiernacken, der an einen ehemaligen Ringer oder Boxer denken ließ, während Florence Chardon ein eher zierlicher Frauentyp mit burschikoser Kurzhaarfrisur war. Malbec erinnerte sich daran, dass er

Guitton bereits am Tatort gesehen hatte, und nickte ihm kurz zu.

Anschließend stellte Chevaline den Avignoner Kollegen die eigenen Mitarbeiter vor, betonte mehrmals die Dringlichkeit des Falles – wobei er nicht vergaß, darauf hinzuweisen, dass er in ständigem Kontakt mit dem Präfekten stehe – und übergab das Wort an Staatsanwalt Brice, der an der gegenüberliegenden Stirnseite saß und mitteilte, er habe das Ermittlungsverfahren nun offiziell eingeleitet.

Simone verdrehte bei der Formulierung »offiziell« unauffällig die Augen.

»Wo steckt eigentlich Capitaine Cabanel? Wir brauchen hier jeden Mann«, sagte Chevaline mit einem Blick in die Runde.

»Der ist krankgeschrieben«, antwortete Adjudant Poinsot verlegen. »Er hat sich am Wochenende den Knöchel gebrochen.«

»Ahh, das hat uns gerade noch gefehlt«, sagte Chevaline kopfschüttelnd und forderte Malbec auf, die Kollegen vom aktuellen Stand der Ermittlungen in Kenntnis zu setzen.

Anschließend eröffnete Chevaline, der sich Malbecs Bericht mit vor der Brust verschränkten Armen angehört hatte, eine Brainstorming-Runde, indem er ein paar Verdachtstheorien in den Raum stellte und resümierte: »Momentan stehen wir noch vor einem Rätsel. Daher bleibt uns erst einmal nicht viel mehr übrig, als die vorhandenen Fakten zu sammeln, die möglichen Beziehungsgeflechte der Opfer zu rekonstruieren und den daraus resultierenden Verdachtsmomenten nachzugehen.«

»Wir haben zusätzlich das Problem, dass es sich bei mindestens einem, wahrscheinlich aber bei drei der Opfer um nicht französische Staatsbürger handelt«, erläuterte Staatsanwalt Brice die rechtlichen Aspekte und gab zu bedenken, dass mögliche diplomatische Verwicklungen mit den Behörden des oder der Herkunftsländer bedacht werden müssten. »Ich habe daher veranlasst, dass Eurojust in Den Haag eingeschaltet wird. Die helfen uns, grenzüberschreitende Strafverfahren auf europäischer Ebene besser zu koordinieren.«

»Die Ermittlungen werden dadurch sicherlich nicht einfacher«, sagte Chevaline und verzog das Gesicht. »Was wissen wir über die Opfer? Welche biografischen Hintergründe konnten bisher ermittelt werden?«

»Bei dem toten Porschefahrer handelt es sich um den einundfünfzigjährigen Chalid Alkhateeb. Er ist britischer Staatsbürger und Vice President einer weltweit agierenden Private-Equity-Gesellschaft, die sich auf die Übernahme von Firmen spezialisiert hat, die meist in der Medizin-, Pharma- sowie Chemiebranche aktiv sind«, erläuterte Malbec. »Sogar ein deutscher Waffenproduzent war darunter.«

»Also eine Heuschrecke?«, kommentierte Guitton.

»Ja, eine dieser modernen Beteiligungsgesellschaften, die die erworbenen Unternehmen aufspalten und sie rigiden Sparmaßnahmen unterwerfen. Die Kostenquote wird vor allem durch Entlassungen und Druck auf die Lieferanten gesenkt. Anschließend werden die lukrativsten Sparten und Filetstücke wie der Immobilienbesitz möglichst schnell und renditeträchtig weiterverkauft. Um den Rest kümmert sich dann meistens der Insolvenzverwalter.«

»Wenigstens ist der Tote kein Diplomat«, bemerkte Brice trocken.

»Da haben Sie recht«, pflichtete ihm Malbec bei. »Bei der Frau auf dem Beifahrersitz handelt es sich wahrscheinlich um seine Ehefrau Leila Alkhateeb, eine sechsundvierzigjährige Augenärztin, die in einer Gemeinschaftspraxis in dem Londoner Vorort Richmond upon Thames gearbeitet hat. Die Identität der zweiten toten Frau, die im Fond des Porsche saß, ist noch unklar, da sie keine Papiere mit sich führte, aber es könnte sich – ihrem geschätzten Alter entsprechend – um die Mutter respektive um die Schwiegermutter der beiden Toten handeln. Alle drei haben einen Migrationshintergrund und stammen aus dem Iran«, schloss Malbec seinen Bericht.

Chevaline stand auf, ging zu einem in der Ecke stehenden Flipchart und notierte dort die Namen der Opfer. Dann drehte er sich um. »Haben sich Verwandte gemeldet?«

»Nein, bisher noch nicht, aber die Ermittlungen laufen noch. Andererseits ist es sicher nicht ungewöhnlich, dass Touristen nicht sofort vermisst werden.«

»Taurel – Sie setzen sich bitte anschließend sofort an den Computer und holen nicht nur alle Routinedaten über die Toten ein, sondern stellen auch alle Informationen über deren Verwandtschaftsbeziehungen, Kontobewegungen und Vermögensverhältnisse sowie die Daten über ehemalige Arbeitgeber oder eventuelle Geschäftspartner zusammen.«

»Wird gemacht, Chef«, antwortete Taurel umgehend.

»Gibt es einen Verdacht auf eine religiös motivierte Tat?«, fragte der Staatsanwalt.

»Erscheint mir unwahrscheinlich, aber man sollte nicht von vornherein ausschließen, dass es eventuelle Querverbindungen zur Islamistenszene gibt. Derzeit lässt sich darüber nichts sagen, da wir nicht einmal sicher sein können, ob es sich bei den Opfern überhaupt um Muslime handelt«, sagte Malbec. »Falls ja, könnte man auch einen rechtsextremistischen Hintergrund in Erwägung ziehen. Andererseits erscheint es mir aber unlogisch, dass ein solcher Konflikt am Mont Ventoux ausgetragen wird. In England hätte man die Alkhateebs doch eventuell einfacher töten können.«

Chevaline zückte seinen schwarzen Filzstift und entwarf auf dem Flipchart eine Skizze mit diversen Strichen und Ellipsen, um mögliche Tatmotive anzudeuten. »Welche Täter kämen noch in Frage?«

»Vielleicht eine psychisch gestörte Persönlichkeit?«, meinte Brice.

Der Einwurf gefiel Chevaline nicht recht, so dass er sich an die beiden Polizisten aus Avignon wandte. »Wer von Ihnen spricht besser Englisch?«

»Ich«, sagte Guitton nach einem kurzen zögerlichen Blick zu seiner Kollegin, die seine Antwort mit einem kaum wahrnehmbaren Nicken bestätigte.

»Gut, dann nehmen Sie bitte umgehend Kontakt zu unseren englischen Kollegen auf und beantragen Amtshilfe, da es sich bei der Familie Alkhateeb mutmaßlich um britische Staatsbürger handelt. Ich habe bereits Interpol verständigt, dadurch sollten sich eventuell entstehende bürokratische Hürden leichter meistern lassen.«

»Was wir auch nicht wissen, ist, ob der Täter dem Auto der Alkhateebs hinterhergefahren ist oder ob er vielleicht am Parkplatz gewartet hat, weil sie sich verabredet hatten?«, stellte Brice fest und strich sich über seine streng gescheitelten Haare.

»Gibt es eigentlich Zeugen, die in der Nähe des Tatorts waren?«, schaltete sich überraschend Simone Thibault ein, die bis dato die Diskussion schweigend verfolgt hatte.

»Nein, davon ist uns bisher nichts bekannt. Über die Medien werden wir noch heute alle Personen, die sich zum fraglichen Zeitpunkt dort aufgehalten haben beziehungsweise vorbeigefahren sind, auffordern, sich bei uns zu melden. Vielleicht haben wir Glück, denn die D 974 ist eine von Touristen sowie von Freizeitsportlern viel befahrene Straße«, sagte Brice.

»Erschwerend kommt allerdings hinzu, dass wir die ausländischen Touristen über die französischen Medien kaum erreichen werden«, warf Malbec ein.

Das Gedankenkarussell kam in Schwung.

»Richtig, aber bei der Dimension dieses Falles werden sicherlich auch englische, deutsche und spanische Zeitungen darüber berichten.«

»Als Zeugin bleibt uns natürlich noch das Mädchen.«

»Bedingt. Sie ist zwar die einzige Überlebende der Tat, aber ihre Aussagen werden uns wohl nicht viel nützen.«

»Wie alt ist das Kind?«, wollte Lieutenant Chardon wissen.

»Schwer zu schätzen. Sie dürfte so um die vier oder fünf Jahre alt sein.«

»Wissen wir, wer sie ist?«

»Momentan nicht genau, aber vieles deutet darauf hin, dass es sich um die Tochter des toten Ehepaars handeln könnte.«

»Wo ist das Mädchen jetzt?«

»Bei Chantal Kleber.«

»Kleber von der Spurensicherung?«, fragte Blanc sichtlich überrascht.

»Ja, zu ihr hatte das Kind etwas Vertrauen gefasst. Und es ist sowieso schwer traumatisiert, so dass es uns als das Naheliegendste und Beste erschien, wenn sie sich vorerst um das Mädchen kümmert. Aber keine Sorge: Das soll keine Dauerlösung werden. Wir werden uns bemühen, so schnell wie möglich die nächsten Verwandten zu ermitteln, und das Kind in deren Obhut übergeben. Zusätzlich müssen wir den Sozialdienst einschalten und noch überlegen, wer die Betreuung übergangsweise übernehmen könnte«, erklärte Malbec.

»Wer will sich darum kümmern?«, fragte Chevaline.

Florence Chardon hob die Hand. »Das erledige ich gern – allerdings werde ich da wohl erst morgen Vormittag jemanden erreichen können.«

»Wissen wir schon, was die Familie Alkhateeb in die Provence geführt hat?«, fragte Brice und biss lustvoll in einen Apfel.

»Nein, aber die Indizien deuten darauf hin, dass sich die Familie auf einer Urlaubsreise befand«, antwortete Adjudant Poinsot.

»Bitte nur Fakten, keine Spekulationen«, unterbrach ihn Chevaline und setzte zu einer abwehrenden Geste an.

Eingeschüchtert duckte sich Poinsot und spielte mit seinem Kugelschreiber.

»Poinsot hat durchaus recht«, sprang ihm Malbec bei. »Nichts deutet auf einen geschäftlichen Hintergrund hin. Und der tote Radfahrer ging ganz sicher seinem Freizeitvergnügen nach.«

Chevaline schniefte. »Wenn es Touristen sind, wie Sie beide behaupten, dann müssen sie ja irgendwo in der Provence gewohnt haben. Gibt es irgendwelche Hinweise, wo und in welchem Hotel sie abgestiegen sind? Vielleicht hatten sie ein Ferienhaus gemietet oder wohnten bei einer befreundeten Familie?«

»Capitaine Malbec hat bereits Suchanfragen in die Wege geleitet. Wir werden sofort alle neuen Erkenntnisse weitergeben, sobald wir erste Anhaltspunkte haben«, sagte Émile Poinsot ernst.

»Simone, könntest du bitte herausfinden, auf wen der Cayenne zugelassen ist?«, fragte Malbec. »Ich vermute, dass es sich um einen Mietwagen handelt. Wenn dem so ist, brauche ich die Information, wann und wo der Porsche angemietet wurde, Kilometerstand bei der Anmietung und so weiter. Außerdem müssen unbedingt die letzten Ziele im Navigationssystem ausgewertet werden.«

»Gibt es Mobiltelefone, die bei den Toten gefunden worden sind?«, erkundigte sich Staatsanwalt Brice.

»Ja, die haben wir bereits zu den Technikspezialisten nach Avignon geschickt.«

»Wunderbar. Dort werden sie die Gerätespeicher gründlich durchforsten. Telefonverbindungen, SMS-Kontakte, Internetaktivitäten oder E-Mails – wir brauchen jede verfügbare Information, jede Spur. Wenn möglich, wäre es am besten, gleich die Bewegungsprofile der jeweiligen Mobiltelefone zu erstellen«, sagte Chevaline und strich sich über das Kinn. »Ach ja, zudem sollen, falls vorhanden, alle gespeicherten Fotos gesichtet und gesichert werden – vielleicht liefern sie uns irgendwelche Hinweise auf die letzten Aufenthaltsorte.«

»Ein Problem gibt es nur mit dem Mobiltelefon des Radfahrers«, gab Malbec zu bedenken. »Es war ausgeschaltet. Die Kollegen in Avignon müssen erst noch den Entsperrcode knacken.«

»Das müsste ja zu bewältigen sein«, befand Chevaline.

»Ist inzwischen bekannt, wer der tote Radfahrer sein könnte?«, fragte Staatsanwalt Brice.

»Ja, die Anzeichen verdichten sich, dass es sich um Silvian Dupont handelt«, antwortete Adjudant Blanc.

»Silvian Dupont? Ist das eventuell *der* Silvian Dupont?«

»Ja, es bestehen inzwischen kaum mehr Zweifel, dass es sich bei dem Toten um den dreimaligen Sieger von Paris–Roubaix sowie mehrfachen Träger des Maillot Jaune handelt. Zweimal hat Dupont zudem den dritten Platz bei der Tour de France belegt, und bei der Vuelta in Spanien stand er sogar einmal ganz oben auf dem Treppchen«, antwortete Blanc mit einem ehrfurchtsvollen Unterton.

»Woher weißt du das denn so genau? Ich hätte nicht vermutet, dass du in deiner Freizeit dem Radsport frönst«, stichelte Poinsot und spielte damit auf Blancs überschüssige Pfunde an.

Blanc überging geschmeidig seine Frotzeleien. »Duponts Karriere endete aber weniger rühmlich. Er war in die Simeoni-Affäre verwickelt und wurde wegen Doping für ein oder zwei Jahre gesperrt.«

»Die Simeoni-Affäre?«

»Das war neben den Affären um den Cofidis- und den Festina-Rennstall der bekannteste Dopingskandal, der die Tour de France in den letzten Jahren erschüttert hat.«

Blancs Spezialwissen ließ Poinsot verstummen.

»Was macht Sie so sicher, dass es sich bei dem toten Radfahrer um Silvian Dupont handelt?«, wollte Brice wissen.

»Zwar haben wir noch keine endgültige Gewissheit, denn der Tote hatte keine Papiere bei sich. Aber er sieht ihm sehr ähnlich, und Dupont gilt als vermisst. Laut seinem Bruder soll er am Samstagvormittag von seinem in der Nähe von Vaison-la-Romaine gelegenen Haus zu einer längeren Radtour aufgebrochen sein, von der er bisher nicht zurückgekehrt ist. Meldungen über einen Unfall mit einem schwer verletzten oder toten Radfahrer liegen uns nicht vor. Telefonisch ist er ebenfalls nicht erreichbar, was mit dem ausgeschalteten Mobiltelefon zu erklären wäre. Anscheinend ist Dupont, obwohl er sich schon vor Jahren aus dem aktiven Radsport zurückgezogen hat, immer noch regelmäßig mit dem Rennrad durch die Provence gestrampelt. Somit deutet alles auf ihn hin. Seine

Frau wurde inzwischen verständigt. Sie ist angeblich bereits auf dem Weg in die Gerichtsmedizin, um ihn zu identifizieren.«

Malbec nickte und sah Blanc an. »Weißt du als Radsportfan, was Dupont seit seinem erzwungenen Rücktritt beruflich so getrieben hat?«

»Keine Ahnung, aber soweit ich mich erinnern kann, war er zeitweise Teammanager eines zweitklassigen Radrennstalls.«

»Ja, aber wurde dieser nicht sang- und klanglos abgewickelt, nachdem der Sponsor abgesprungen war?«

»Puh, da bin ich überfragt, aber das wird sich wohl leicht herausfinden lassen.«

»Da fällt mir ein«, hakte Poinsot nach, »gibt es Videokameras, die irgendwo entlang der Nordroute zum Mont Ventoux aufgestellt sind?«

»Nicht dass ich wüsste. Ich habe zwar in der Zeitung gelesen, dass an der Südseite des Mont Ventoux die Errichtung einer elektronischen Zeitmessungsanlage geplant sei, damit sich alle mit Marco Pantani und Lance Armstrong vergleichen können. Über die Tagesschnellsten soll man sich hinterher im Internet informieren können. Aber Kameras, die den Verkehr überwachen und vor Staus warnen, gibt es hier ebenso wenig wie fest installierte Blitzgeräte. Wozu auch? Aber ich werde versuchen, das noch mal genau abzuklären.«

»Was hat der Obduktionsbericht ergeben?«, fragte Chevaline.

»Réval hat versprochen, dass er bereits im Laufe des Nachmittags schriftlich vorliegen soll«, erwiderte Malbec. »Vorab kann ich nur berichten, dass alle Opfer im Porsche Kopfschüsse aufweisen, was darauf hindeuten könnte, dass es sich bei dem Täter um einen Profi handelt. Rätselhaft erscheint hingegen, warum er so brutal vorgegangen ist und so oft geschossen hat. Wollte er eine Rechnung begleichen, oder war es vielleicht die pure Lust am Töten?«

»Mmh, ein Auftragskiller? Der könnte schon längst über

alle Grenzen sein. Am besten warten wir erst einmal ab, ob und welche neuen Erkenntnisse sich aus dem Bericht gewinnen lassen. Ich hoffe, dass sich irgendwelche Indizien oder Tatumstände finden, die auf ein mögliches Motiv hinweisen.«

»Ja, wichtig wäre vor allem, eine Antwort auf die Frage zu finden, wem der Anschlag galt und wer von den Getöteten das Zufallsopfer war«, bekräftigte Malbec, der die verschiedenen Theorien über den Tatverlauf schon mehrfach durchdekliniert hatte.

»Was auch immer Ihre Ermittlungen zutage fördern, ich erwarte, umgehend über neue Erkenntnisse informiert zu werden«, sagte Staatsanwalt Brice abschließend, stand auf, klemmte sich einen Aktenordner unter den Arm und verließ als Erster den Besprechungsraum.

Nach einem kurzen Moment des Schweigens löste Commandant Chevaline die Sitzung auf. »So, meine Damen und Herren, an die Arbeit – es gibt viel zu tun!«

***

Malbec hatte Adjudant Blancs Ausführungen mit Interesse verfolgt. Wie für fast jeden Franzosen war auch für Malbec die Tour de France nicht einfach ein Radrennen, sondern ein nationaler Mythos. Vermeintlich ein Sportereignis, doch beschwor die Tour seit ihren Anfängen Frankreichs politische und geografische Einheit, weil immer wieder die Grenzen des Landes in einer Grande Boucle genannten großen Schleife abgefahren wurden.

Bereits als Jugendlicher hatte Malbec stundenlang vor dem Fernseher gesessen, um die Liveübertragungen des berühmtesten Radrennens der Welt zu verfolgen, wobei die Berichterstattung mit touristischen Exkursen zu den Städten und Naturschönheiten entlang des Streckenverlaufes aufgelockert wurde. Kirchturm für Kirchturm, Burg für Burg wurden die Landesgeografie und die Vielfalt der Regionen erläutert, während das Peloton zwischen Weinbergen und Weizenfeldern hindurchradelte – nur die Banlieues wurden ausgeblendet. Für Malbec waren die Fernsehübertragungen damals wie ein komprimierter Unterricht in französischer Geschichte gewesen.

Ganz nebenbei hatte er die Bedeutung der römischen Bauwerke im Languedoc und in der Provence kennengelernt, den Pomp der Schlösser an der Loire gesehen und gehört, wie die Kommentatoren mit ehrfurchtsvollem Unterton an die Schlacht von Verdun erinnerten und an den Küsten der Normandie der aufopferungsvollen Landung der Alliierten gedachten. Die Tour wurde als nationaler Gedächtniskanon zelebriert.

Zusammen mit seinem Vater hatte Malbec einmal am Streckenrand gestanden, als das Peloton an ihnen vorüberrauschte. Schon in den frühen Morgenstunden waren sie damals von Paris aus aufgebrochen, um einen guten Platz an der Rennstrecke zu ergattern. Doch dann, als es endlich so weit war und die ersten Radfahrer zu sehen waren, ging alles so schnell, und er war enttäuscht, dass er nicht einmal sein damaliges Radsport-Idol Eddy Merckx hatte erkennen können. Malbec konnte sich noch gut daran erinnern, wie er im Fernsehen gesehen hatte, wie die beiden Rivalen Bernard Hinault und Greg LeMond 1986 Hand in Hand die Ziellinie von Alpe d'Huez erreicht hatten, oder wie ihn die Duelle zwischen Lance Armstrong und Jan Ullrich in den Pyrenäen in ihren Bann gezogen hatten. Als Franzose war Malbec natürlich ein großer Fan von Bernard Hinault gewesen, dem letzten französischen Sieger der Tour de France. Richard Virenque und Laurent Jalabert konnten ebenso wie Silvian Dupont nicht in dessen Fußstapfen treten. Und ein neuer französischer Tour-de-France-Sieger war bis heute nicht in Sicht.

Die Dopingskandale der letzten Jahre hatten Malbecs Begeisterung für die Tour de France zwar geschmälert, doch irgendwie faszinierte ihn der Tourzirkus noch immer. Vor ein paar Jahren hatte er sich noch einmal zufällig unter den jubelnden Massen am Straßenrand befunden, da die Strecke durch die Provence geführt hatte und die Nationalstraße für Stunden abgesperrt gewesen war, so dass er warten musste, bis der Tour-Tross mit der Werbekarawane, dem Peloton und den Begleitfahrzeugen vorbeigezogen war und die Straße wieder für den Verkehr freigegeben wurde.

Die Provinzmetropolen lechzten noch heute danach, zum Etappenziel ernannt zu werden. Malbec hatte gelesen, dass die Städte dafür richtig viel Geld bezahlen mussten. Aber es sollte sich lohnen: Tagelang hatte der Tourzirkus das Stadtleben fest im Griff, Tribünen wurden aufgebaut, Straßen weiträumig für den Zieleinlauf abgesichert, und alle Hotelzimmer im gesamten Umkreis waren schon Monate zuvor reserviert. Diese mediale Aufmerksamkeit steigerte die Bekanntheit der Orte, was sich dann wieder in steigenden Touristenzahlen niederschlagen sollte.

Malbec beschloss in Gedanken, sich demnächst auf Youtube ein paar alte Tour-de-France-Videos anzusehen, um seine Erinnerungen aufzufrischen, aber jetzt musste er sich wieder der Arbeit widmen.

Er studierte den Obduktionsbericht und das Ergebnis der ballistischen Untersuchungen. Akribisch hatte Réval seine bisherigen Erkenntnisse in einem mehrseitigen Dokument zusammengefasst. Laut dem Bericht der Forensiker stand zweifelsfrei fest, dass alle vier Opfer durch Schüsse aus ein und derselben Waffe getötet worden waren.

Silvian Dupont, der inzwischen eindeutig identifiziert werden konnte, war aus kurzer Entfernung mehrfach in die Brust und in den Kopf getroffen worden. Insgesamt wurden sieben Schüsse auf ihn abgegeben, obwohl mindestens vier von ihnen allein tödlich gewesen wären.

Die Insassen des Porsches waren mit der gleichen Brutalität regelrecht hingerichtet worden. Chalid Alkhateeb starb durch einen aufgesetzten Schuss in die linke Schläfe. Alle Schüsse wurden aus unmittelbarer Nähe abgegeben; drei oder vier hatten ihr Ziel dennoch verfehlt.

Abgesehen von den Projektilen konnten auf dem Parkplatz einundzwanzig Patronenhülsen sichergestellt werden, acht davon in der Nähe des Fahrradfahrers, was wiederum gegen die Vorgehensweise eines Profikillers sprach. Der Täter hatte eine Kleinkaliberwaffe mit Kaliber 7,65 Millimeter benutzt.

Als Malbec las, dass es sich dabei um eine halbautomatische Luger 06 Parabellum handelte, die in der ersten Hälfte des 20. Jahrhunderts, genau genommen zwischen 1900 und 1948, von der Schweizer Armee verwendet wurde, griff er zum Telefon und wählte Révals Nummer.

»Bernard – danke für deinen Bericht. Das ging aber flott.«

»Gern geschehen.«

»Ich habe deinen Obduktionsbericht ausführlich studiert. Die Tatwaffe ist eine Luger 06 Parabellum der Schweizer Armee, habe ich das richtig verstanden?«

»Ja, zweifellos – und außerdem ungewöhnlich, denn die Waffe ist eigentlich ein wenig antiquiert. Eine Selbstladepistole, die, wie ich herausfinden konnte, ehedem ausschließlich als Ordonnanzpistole an die Offiziere der Schweizer Armee abgegeben wurde.«

Malbec brummte anerkennend. »Gibt es dafür überhaupt noch Munition zu kaufen?«

»Doch, doch. Die geeigneten Patronen werden beispielsweise auch bei einer Walther P5 oder einer SIG Sauer P220 verwendet und sind daher problemlos zu erwerben.«

»Okay, trotzdem kann man festhalten, dass es sich hier um eine nicht alltägliche Tatwaffe handelt.«

»Ja, aber da liegen sicherlich noch ein paar hundert Exemplare in irgendwelchen Waffenschränken oder auf dem Dachboden herum. Die Dinger werden auch in Schützenvereinen benutzt. Wegen ihrer Genauigkeit und Handlichkeit wird sie von Waffenfreaks geschätzt. Eine Luger ist so präzise wie eine Schweizer Uhr. Gut erhaltene Exemplare haben durchaus einen gewissen Sammlerwert, doch kann man sie bestimmt auch irgendwo in Osteuropa illegal für ein paar hundert Euro erwerben. Einen Markt für Waffen gibt es bekanntlich immer – aber eigentlich ist eine Luger 06 Parabellum für so ein kleines Massaker vollkommen ungeeignet. Ein Magazin enthält nur acht Kugeln. Der Schütze muss zwei weitere Magazine mitgeführt und zweimal nachgeladen haben. Andererseits ist sie selbst für Laien leicht zu bedienen«, erklärte Réval.

»Wie lief die Tat deiner Meinung nach ab?«, fragte Malbec.

»Die ganze Aktion dürfte wohl mindestens eine Minute gedauert haben.«

»Wer war das erste Opfer?«

»Da kann ich noch nichts Abschließendes sagen, aber ich vermute, dass der Radfahrer zuletzt erschossen wurde. Es sieht so aus, als hätte er noch versucht, vom Tatort zu fliehen.«

»Also war die Familie Alkhateeb das Ziel?«

»Wahrscheinlich.«

»Warum haben sie nicht versucht, aus dem Auto zu fliehen?«

»Vielleicht wurde die Familie bedroht oder gezwungen, im Fahrzeug zu bleiben. Denkbar ist, dass sich noch eine zweite Person vor Ort aufhielt. Auffällig ist außerdem, dass keines der Opfer angeschnallt war – warum auch immer.«

»Mmh – interessantes Detail, ist mir entgangen«, gestand Malbec.

»Offensichtlich haben sich die Opfer auch nicht gewehrt. Es sind jedenfalls keine Abwehrspuren auszumachen oder irgendwelche Verletzungen, die von Kampf- oder Abwehrhandlungen zeugen.«

»Und der Radfahrer?«

»Fuhr wahrscheinlich just in diesem Moment vorbei und hielt an, als er die Schüsse hörte – aber das ist reine Spekulation.«

»Wurde er auf dem Rad erschossen?«, fragte Malbec.

»Schwer zu sagen. Es sind zahlreiche Blutspritzer auf dem Fahrradrahmen sowie auf Reifen und Speichen. Es kann auch sein, dass er bereits vom Rad abgestiegen war, aber noch den Lenker hielt, als ihn der erste Schuss traf.«

»Gibt es etwas zum Todeszeitpunkt zu sagen?«

»Wahrscheinlich dürften die deutschen Radfahrer den Täter nur um wenige Minuten – höchstens eine halbe Stunde – verpasst haben, so dass sich der Todeszeitpunkt auf ein kleines Zeitfenster eingrenzen lässt.«

»Da fällt mir ein: Was hat die Untersuchung der Reifenabdrücke am Tatort ergeben?«

»Leider Fehlanzeige! Wir haben zwar zahlreiche Abdrücke gesichert, die vom abgefahrenen Sommerreifen bis zum grobstolligen Geländewagen reichen, doch das hilft uns nicht weiter, ist aber bei der Bodenbeschaffenheit und der Vielzahl an Reifenspuren, die auf dem Parkplatz festgestellt wurden, kein Wunder.«

»Hatte ich schon befürchtet. Verwendbare Fußspuren waren auf dem geschotterten Parkplatz wohl auch nicht auszumachen?«

»Überrascht dich das? Bei dem großen Auflauf war alles niedergetrampelt. Zwei oder drei halbwegs frische Fußabdrücke führen vom Parkplatz in Richtung Wald, verlieren sich aber an einem flachen, nahezu vegetationslosen Kalkfelsen. Allerdings können die Abdrücke auch von Wanderern stammen; es ist nicht auszuschließen, dass jemand am Parkplatz angehalten hat und ein paar Meter gelaufen ist, um sich dort zu – na, du weißt schon, was ich meine«, gluckste Réval in den Hörer. »Wenn du willst, können wir aber Spürhunde einsetzen.«

»Mmh, das wird wohl wenig bringen.«

»Und allerlei Müll haben wir auch noch gefunden. Das Spektrum reicht von einem vergammelten Skischuh bis hin zu leeren Weinflaschen.«

»Ein Skischuh?«, fragte Malbec überrascht.

»Ein kleines Stück weiter bergauf gibt es doch am Mont Serein ein kleines Skigebiet.«

»Ja, ich erinnere mich«, sagte Malbec. Als er erstmals davon gehört hatte, dass man in der Provence Ski fahren konnte, hatte er es gar nicht glauben können. La Plagne und Chamonix waren ihm, obwohl er kein Skifahrer war, ein Begriff, ebenso die Retortenskigebiete Auron und Isola in den Seealpen, aber Ski fahren in der Provence? Wedeln und carven zwischen Lavendelbüschen? Schnell wurde er eines Besseren belehrt, denn nicht nur am Mont Ventoux, sondern auch an der Südflanke der Montagne de Lure fanden sich präparierte Pisten.

»Der Skischuh wird uns kaum weiterbringen. Er stammt vom letzten Winter«, sagte Réval amüsiert. »Dafür haben wir noch eine ganze Sammlung von Zigarettenresten, von denen die meisten aber schon länger dort herumgelegen haben dürften.«

»Und von den frischeren gehört mindestens ein Stummel dem Bürgermeister von Malaucène, der qualmend über den Parkplatz gestiefelt ist.«

»Danke für den Hinweis.«

»Habt ihr den Porsche schon untersucht?«, fragte Malbec.

»Nur oberflächlich. Für mehr hat die Zeit heute nicht mehr gereicht. Meine Leute brauchen eine Pause. Aber morgen früh werden wir das Auto in seine Einzelteile zerlegen – sobald ich neue Erkenntnisse habe, melde ich mich umgehend.«

***

Es war kurz vor sieben Uhr, als Malbec am Montagmorgen in sein Auto stieg. Fiebrig und durchgeschwitzt war er schon früh aufgewacht. Er hatte erneut schlecht geschlafen, hatte stundenlang wach gelegen und sich Vorwürfe gemacht, weil er das kleine Mädchen nicht bemerkt hatte. Immer wieder hatte er sich den Kopf zermartert, ob er vielleicht noch etwas anderes übersehen haben könnte. Irgendeine Spur, einen weiterführenden Hinweis.

Es wäre nicht einmal der viel zitierte gesunde Menschenverstand nötig gewesen, um in diesem Zustand zu merken, dass Schlaf jetzt genau das Richtige für ihn gewesen wäre, da er eigentlich sowieso keinen klaren Gedanken fassen konnte. Doch Malbec hatte weitergegrübelt und war erst in den Morgenstunden für kurze Zeit eingeschlafen, bevor ihn die ersten Sonnenstrahlen geweckt hatten, die durch die Fensterläden auf den Zimmerboden fielen. Er öffnete das Fenster, woraufhin ihm die feuchte Morgenkälte wie eine kalte Dusche ins Gesicht schlug. Als er beim Rasieren in den Spiegel blickte, erschrak er bei seinem übermüdeten Anblick.

Nach einem kargen Frühstück warf er im Auto einen kritischen Blick auf seine dunklen Augenringe, die im kleinen Rückspiegel nicht zu übersehen waren.

Gemächlich zockelte Malbec durch das historische Zentrum von Calmont-les-Fontaines und hielt am Marktplatz, wo er im Maison de la Presse verschwand. Mit einem beachtlichen Zeitungsstapel unter dem Arm kam er zurück und fuhr weiter. Schwungvoll meisterte er zwei dicht aufeinanderfolgende Ronds-Points, bog am letzten Kreisverkehr auf die Route nationale ab und drückte das Gaspedal durch. Er schaltete das Radio ein, sprang ungeduldig zwischen den Sendern hin und her, aber nur bei »France Bleu Provence« wurde ausführlich über die Vorfälle am Mont Ventoux berichtet.

Eine Viertelstunde später parkte Malbec vor dem Polizeirevier, einem architektonisch vollkommen langweiligen Betonbau aus den siebziger Jahren. Ursprünglich nur für eine Übergangsfrist angemietet, hatte sich das Ausweichquartier als Dauerlösung etabliert.

Malbec ging zum Kaffeeautomaten, der ausnahmsweise einmal reibungslos funktionierte, dann machte er es sich hinter seinem Schreibtisch mit einem dampfenden Kaffee bequem. Das Revier war zu dieser frühen Stunde kaum besetzt, so dass er glücklicherweise noch seine Ruhe hatte.

Mit einer Hand hielt er den Kaffeebecher, während er mit der anderen eine Zeitung nach der anderen vor sich auffächerte und die Aktenstapel zum aktuellen Fall darunter begrub.

Malbec gähnte, aber die Reaktionen der Presse auf die

Morde ließen ihn gleichzeitig hellwach werden. Schon seit Schulzeiten war er ein großer Zeitungsleser. Er liebte das Rascheln beim Umblättern, die Haptik und den Geruch der Druckerschwärze, dieses kontemplative Sich-in-der-Nachrichtenlektüre-Versenken. In Paris hatte er zahllose Stunden mit einer Zeitung auf der Terrasse eines Cafés verbracht, und es war ihm unverständlich, wie irgendein elektronischer Reader dieses morgendliche Ritual ersetzen konnte.

Schon nach wenigen Minuten lagen auf Malbecs Schreibtisch die aufgeschlagenen Tageszeitungen wild durch- und übereinander. Egal, ob »Le Monde« oder »Libération« – sie alle berichteten von den Morden.

»Brutales Massaker am Mont Ventoux«, titelte der »Figaro«, während auf der Titelseite von »La Provence« ein Farbfoto glänzte, das den schwarzen Cayenne deutlich zeigte. Von »grausam zugerichteten Opfern« war ebenso die Rede wie von einem mysteriösen Zusammenhang mit Drogenkurieren sowie von einer möglichen Verkettung unglücklicher Umstände.

Die Journalisten ließen ihren Spekulationen über die Hintergründe und den Tathergang freien Lauf. »La Provence« vermutete gar einen Zusammenhang mit den jüngsten Konflikten um die Vorherrschaft in der Marseiller Halbwelt. »Le Monde« hingegen verstieg sich zu der Behauptung, die lokale Gendarmerie sei mit dem Fall überfordert.

Malbec schnaufte. Voreilige Pressespekulationen waren ihm verhasst, lenkten sie doch oft die Ermittlungsarbeit nur in die falsche Richtung und hielten mögliche Zeugen davon ab, sich zu melden.

Er las weiter und rätselte, wer dem »Var-Matin« gesteckt hatte, dass ein Capitaine Malbec die Ermittlungen am Tatort koordiniert hatte. Wenigstens fand sich keine Zeile, dass Silvian Dupont zu den Mordopfern gehörte. Aber es war sicher nur eine Frage der Zeit, bis auch diese Information durchsickern würde.

Malbec war noch immer in die Lektüre vertieft, als Simone

an den Rahmen seiner offenen Tür klopfte und ihm ein fröhliches »*Bonjour*, Olivier« zurief.

»Die Fußballergebnisse vom Wochenende?«

»Nein«, sagte Malbec lachend. »Ich wollte nur wissen, was die Presse über unseren Fall berichtet.«

»Und?«, fragte Simone, trat einen Schritt näher und beugte sich so lasziv über den Zeitungsstapel, dass Malbec ihren frisch angetrauten Ehemann beneidete.

»Eher die üblichen Spekulationen. Das Einzige, was noch fehlt, ist der Hinweis auf einen Waffennarren oder einen psychisch Gestörten.«

»Ja, der wäre als Alleintäter ohne Motiv schwer zu greifen«, pflichtete Simone ihm bei.

»Hilfreicher erscheint mir der Bericht, den ich im ›Vaucluse Matin‹ gefunden habe. Dort wird von einem Zeugen berichtet, der einen blauen Lieferwagen gesehen haben will, der zum fraglichen Zeitpunkt mit überhöhter Geschwindigkeit den Mont Ventoux hinuntergefahren sein soll.«

»Interessant.«

»Ja, könntest du bitte beim ›Vaucluse Matin‹ anrufen und herausfinden, ob sich der Bericht auf irgendwelche ernst zu nehmenden Fakten stützt?«, sagte Malbec. »Und wenn ja, kannst du dann diesen Zeugen ausfindig machen? Und eventuell auch mal bei ›La Provence‹ nachhaken, welche Verbindungen es zwischen den Morden und dem Halbwelt-Milieu in Marseille geben soll.«

»Mache ich gern«, erwiderte Simone und schenkte Malbec ein charmantes Lächeln.

»Wunderbar – aber vorher erzählst du mir noch kurz, wie es auf Réunion war. Da wollte ich schon immer mal hinfliegen.«

***

»Der Präfekt hat mich eben darüber informiert, dass die Pressekonferenz für den späten Nachmittag angesetzt ist. Ob Sie wollen oder nicht – uns bleibt keine andere Wahl. Wir – und damit meine ich nicht nur uns beide, sondern das gesamte Commissariat – müssen uns angesichts der Dimension dieses Mordfalles der Presse stellen und deren Fragen beantworten«, wiegelte Chevaline den Versuch Malbecs ab, den Termin zu schwänzen. »Und es ist mir vollkommen egal, ob Sie auf solch eine Veranstaltung Lust haben oder nicht«, fügte er unmissverständlich hinzu und machte Anstalten, Malbecs Büro zu verlassen.

An der Tür drehte er sich noch einmal um. »Fast hätte ich es vergessen: Es gibt eine klare Anweisung des Präfekten, dass gegenüber der Öffentlichkeit in keinerlei Weise die Vorstellung genährt werden darf, dass es sich bei dem Täter um einen Psychopathen handeln könnte, der in der Gegend sein Unwesen treibt. Jede diesbezügliche Spekulation könnte dem provenzalischen Tourismus schaden. Der Präfekt befürchtet, dass ein ähnlicher Effekt eintreten könnte wie in Italien, als vor Jahrzehnten ein als ›Monster von Florenz‹ bezeichneter Pärchenmörder die Touristen in der Toskana in Angst und Schrecken versetzte.«

Aufgrund der großen Nachfrage war die Pressekonferenz in das Justizgebäude verlegt worden. Die Journalisten und Fotografen zankten sich regelrecht um die besten Plätze auf den schmalen Gerichtsbänken, TV-Teams drängten mit ihren Kameras, Stativen und Mikrofonstangen herein. Die anwesenden Polizisten und Gerichtsdiener hatten Mühe, die Situation unter Kontrolle zu halten. Schon nach zwei Minuten war der Saal so brechend voll, dass viele in den Gängen neben den Zuschauerbänken stehen mussten.

So einen Auflauf hatte es hier schon lange nicht mehr gegeben. Laptops wurden aufgeklappt, Notizblöcke und Diktiergeräte gezückt. Ein paar langjährige Polizei- und Gerichtsreporter waren unter den Medienleuten, aber der Großteil der Anwesenden setzte sich aus Korrespondenten und überregional tätigen Journalisten zusammen, die das gesamte Spektrum von der Regenbogenpresse bis zur renommierten internationalen Nachrichtenagentur abdeckten. Eilig waren sie von ihren Chefredaktionen in die Provence entsandt worden, um Originalstimmen einzufangen und über die Verhältnisse am Tatort zu berichten.

Die Atmosphäre im Gerichtssaal war spannungsgeladen, die Raumtemperatur erhöht. Die meisten Reporter überbrückten die Wartezeit, indem sie auf ihre Smartphones und Tablets starrten und hektisch herumtippten.

Chevaline, Brice, Malbec und Louise Demahis, die für das Département Vaucluse zuständige Pressesprecherin der Gendarmerie nationale, betraten den Raum durch eine Tür hinter dem Gerichtspodest und nahmen auf der erhöhten Richterbank Platz. Kamerablitze erhellten den Raum, Mikrofone schoben sich bedrohlich nahe, und das Publikum verschmolz zu einer undefinierbaren Masse. Die Luft war so stickig wie in einem schlecht gelüfteten Klassenzimmer. Malbec hatte das Gefühl, selbst auf der Anklagebank zu sitzen, so unwohl fühlte er sich auf dem Podium. Zur Ablenkung blätterte er unmotiviert in dem Aktenstapel, den er mitgebracht hatte. Auch Chevaline war sichtlich nervös und nestelte an seinem Hemdkragen, gleichwohl schien er das Scheinwerferlicht der öffentlichen Aufmerksamkeit zu genießen.

Als Malbec den Kopf hob, konnte er unter den Journalisten nur wenige vertraute Gesichter ausmachen. In den hinteren Reihen erkannte er Claudine Arras vom »Var-Matin« sowie einen Radioreporter von »France Bleu Provence«.

Louise Demahis, die zwischen Chevaline und Brice auf der Richterbank saß, begrüßte die anwesenden Pressevertreter förmlich, bevor sie das Wort an den Staatsanwalt übergab.

Brice fasste sich kurz und stellte Commandant Chevaline und Capitaine Malbec als kompetente und erfahrene Ermittler vor, die mit den schrecklichen Vorkommnissen am Mont Ventoux betraut waren. Brice blieb gegenüber der Presse so vollkommen nüchtern, dass ihn Malbec kurzzeitig sogar sympathisch fand. Kein Anbiedern, keine Nettigkeiten, nur Fakten. Schon zuvor hatte Brice um Zurückhaltung gebeten und Chevaline und ihm eingeschärft, dass jeder unbedachte Halbsatz als Teaser für einen Online-Artikel verwendet oder zu einem Leitartikel aufgeblasen werden könne.

Chevaline, unter dessen Achseln sich nicht zu übersehende Schweißflecken abzuzeichnen begannen, räusperte sich kurz und schilderte mit knappen Worten den zeitlichen Ablauf der Mordfälle, bevor er es Malbec überließ, die Auffindesituation am Tatort vorzutragen. Keine leichte Aufgabe, die zudem dadurch erschwert wurde, dass Malbec mehrfach durch Zwischenfragen unterbrochen wurde.

Die Stimmung im Saal war aufgeheizt. Der Fall war so spektakulär, dass sich auch die internationalen Medien dafür interessierten. Von allen Seiten prasselten Fragen auf die beiden Polizisten und den Staatsanwalt nieder:

»Who was first shot?«

»Wer entdeckte die Toten?«

»Haben Sie schon Verdachtsmomente, die auf ein Motiv oder die Täter schließen lassen?«

»Gibt es schon einen konkreten Tatverdächtigen?«

»A robbery?«

»War es ein Racheakt?«

»Gibt es Hinweise auf ausländische Täter?«

»Warum diese Brutalität?«

»Eine Beziehungstat?«

»Ist das Mädchen unverletzt geblieben?«

Selbst Louise Demahis, die die Fragen der Journalisten anfangs mit einer bewundernswerten Lockerheit entgegengenommen hatte, fiel es mit der Zeit sichtlich schwerer, für Ruhe im Saal zu sorgen und die Wissbegier der Pressevertreter zu moderieren.

Die Journalisten erledigen auch nur ihren Job. Ihnen sitzen ihre Chefredakteure im Nacken, und so lechzen sie nach Fakten, dachte Malbec und fühlte sich trotzdem zunehmend unwohl. Er hatte den Eindruck, dass die Kameras und Mikrofone von Minute zu Minute näher rückten.

Staatsanwalt Brice bemühte sich, über den Stand der Ermittlungen zu berichten und der Presse ausreichende Informationen an die Hand zu geben, ohne Fakten oder Daten auszuplaudern, die als Täterwissen gelten konnten.

Glücklicherweise beendete Louise Demahis die Pressekonferenz recht souverän, indem sie sich für das rege Interesse bedankte und bei wichtigen neuen Erkenntnissen eine weitere Konferenz in Aussicht stellte.

Nicht nur Malbec atmete tief durch, als die Tür zum Gerichtssaal endlich ins Schloss fiel.

In seinem Büro wurde er schon von Simone erwartet, die ihm berichtete, sie habe mit dem verantwortlichen Redakteur von »La Provence« gesprochen.

»Und?«, fragte er und ließ sich erschöpft auf seinen Schreibtischstuhl fallen.

»Fehlanzeige. Erst hat er versucht, sich um eine Antwort zu drücken, und über die Gefahren der grenzübergreifend agierenden Drogenkartelle schwadroniert, doch dann hat er schließlich kleinlaut eingeräumt, dass die angebliche Verbindung zur Marseiller Unterwelt einzig seiner Phantasie entsprungen ist.«

»So ein Fatzke, aber das dachte ich mir schon«, sagte Malbec. Er war ungehalten, da er seit Stunden keinen Bissen gegessen hatte. Dann stand er auf, um sich wenigstens einen Kaffee zu holen, verharrte aber noch kurz. »Was ist mit dem blauen Lieferwagen, von dem der ›Vaucluse Matin‹ berichtet hat?«

»Da steckt vielleicht mehr dahinter. Jedenfalls soll sich der Besitzer der ›Domaine des Tilleuls‹ – das Hotel liegt in Malaucène an der Straße zum Mont Ventoux – über einen blauen Lieferwagen, wahrscheinlich war es ein VW Caddy, geärgert haben, der ihn zum fraglichen Zeitpunkt hupend und mit überhöhter Geschwindigkeit überholt haben soll, als er aus der Einfahrt seines Hotels fuhr.«

»Danke. Der Sache sollten wir nachgehen.«

»Chef!«, rief Émile Poinsot, während er in das Büro

stürmte. »Zwei Zeugen haben sich soeben gemeldet, die am Mont Ventoux einen verdächtigen Motorradfahrer auf einer Geländemaschine gesehen haben wollen. Ich habe sie für heute Nachmittag ins Präsidium bestellt. Zudem soll zum Tatzeitpunkt ein Paraglider oder Drachenflieger über dem Mont Ventoux geschwebt sein. Da bleibe ich dran.«

»Gut. Gibt es weitere Neuigkeiten?«

»Ja, Taurel ist dabei, irgendwelche obskuren Geschäftsbeziehungen aufzudecken«, sagte Poinsot.

»Wir werden nicht umhinkommen, später noch einmal eine Teamsitzung abzuhalten«, resümierte Malbec.

Die Ermittlungsarbeiten liefen auf Hochtouren. Die Kollegen aus Avignon waren voll in den Arbeitsablauf integriert. Lieutenant Chardon hatte einen Sozialdienst für das Kind organisiert, während Capitaine Guitton damit beschäftigt war, in Zusammenarbeit mit den englischen Kollegen den Familienhintergrund der Opfer abzustecken. Die Abgleichung mit anderen Delikten hatte ergeben, dass am Vorabend des besagten Tages in Cavaillon ein versuchter Autodiebstahl gemeldet worden war.

Kurz nachdem die Identität von Silvian Dupont offiziell bestätigt und dies von den Nachrichtenagenturen verbreitet worden war, hatte sich ein Reporter von »L'Équipe« im Commissariat gemeldet. Frankreichs berühmteste Sportzeitung, die ihre hohe Auflage vor allem der Fußballberichterstattung verdankte, war seit ihren Anfängen auch mit dem Radsport und vor allem mit der Tour de France eng verbunden, war sie doch die publizistische Nachfolgerin der Zeitschrift »L'Auto«, die das legendäre Radrennen im Jahre 1903 als Veranstalter ins Leben gerufen und so den Mythos der Tour begründet hatte.

Dass der ehemalige Radsportler Silvian Dupont zu den Mordopfern gehörte, war in publizistischer Hinsicht natürlich ein gefundenes Fressen für »L'Équipe«. Es verwunderte daher nicht, dass sich die Redaktion für die genauen Umstände seines Todes interessierte. Ein Reporter namens

Vincent Beuve war persönlich im Commissariat vorstellig geworden. Vergeblich hatte er versucht, ein paar Details herauszubekommen und Adjudant Poinsot sogar Freikarten für das am kommenden Wochenende in Marseille stattfindende Fußballländerspiel in Aussicht gestellt, doch er wurde mit einem Hinweis auf die laufenden Ermittlungen abgespeist. Obwohl sein Anliegen keinen Erfolg hatte, blieb er freundlich und ließ seine Visitenkarte sowie den Hinweis zurück, dass am nächsten Tag ein Nachruf auf Silvian Dupont mit einer ausführlichen Bilderstrecke erscheinen werde.

Nachdenklich saß Malbec an seinem Schreibtisch, während er den Rest seines Kaffees trank und seinen Blick über das im Halbschatten liegende Büro wandern ließ. Er hatte die Jalousien zur Hälfte heruntergefahren, so dass sich der nach Süden zeigende Raum nicht allzu schnell aufheizte und die Sonne sich nicht auf dem Computerbildschirm spiegelte. Auf seinem Schreibtisch herrschte das übliche Chaos.

Die Büroeinrichtung war spartanisch. Statt eines Kalenders hing an der gegenüberliegenden Wand eine Provence-Karte, auf der mit bunten Reißnägeln nicht nur der Ort markiert war, an dem man die ermordete Studentin Solenne Rochée in einem Melonenfeld gefunden hatte, sondern auch die Straße, in der sie zuletzt gewohnt hatte sowie das Elternhaus, ihr letzter bekannter Aufenthaltsort und weitere Plätze, die mit ihrem Tod zusammenhängen könnten. Darunter zeigte eine Karte die Umgebung des Funkmasten, an dem ihr Mobiltelefon zuletzt eingeloggt gewesen war.

VIER

Am nächsten Morgen hatte Commandant Chevaline seine Mitarbeiter zu einer erneuten Teamsitzung einberufen lassen. Bis auf Lieutenant Chardon und Staatsanwalt Brice hatten sich alle nacheinander um den Besprechungstisch versammelt. Wie üblich kam Chevaline als Letzter, grüßte kurz in die Runde und setzte sich an die Stirnseite. Er hatte ein paar Akten vor sich ausgebreitet und begann, diese umständlich zu sortieren und schließlich aufeinanderzustapeln, um die Aufmerksamkeit auf sich zu ziehen.

»Guten Morgen, meine Damen und Herren. Wie Sie sehen können«, sagte er und deutete auf eine Pinnwand, an der mehrere Fotos vom Tatort hingen, »habe ich die Spurensicherung gebeten, uns die Situation auf dem Parkplatz anhand von Bildmaterial zu veranschaulichen.«

Er stand auf, fasste nochmals kurz den vagen rekonstruierten Tatverlauf zusammen und bekräftigte seine Erkenntnisse mit Hilfe der Fotos. Die Spurensicherung vermutete, dass der Fahrer des Porsches vorher ausgestiegen war und angesichts des Täters noch hektisch versucht hatte zu fliehen. Warum die Familie den Parkplatz angesteuert hatte, blieb unklar.

Chevaline setzte sich wieder, schnappte sich einen der in der Tischmitte gestapelten Plastikbecher und füllte ihn mit Wasser. Nach einem kurzen Räuspern legte er los, wobei er seine Sätze wie üblich mit einem gedehnten Ahh einleitete. »Ahh, der Fall ist vertrackt, aber wir werden uns nicht unterkriegen lassen, auch wenn uns die Presse im Nacken sitzt.« Er trank einen Schluck. »Doch zurück zur Tagesordnung: Gibt es noch neue Infos?«, fragte er in die Runde.

»Ja, Madame Dupont hat ihren Mann identifiziert«, sagte Poinsot.

»Was ist mit der Identität der anderen drei Toten?«

»Es handelt sich, wie wir bereits angenommen hatten,

zweifelsfrei um das Ehepaar Chalid und Leila Alkhateeb sowie um Leilas Mutter; sie war zum Zeitpunkt ihres Todes siebenundsechzig Jahre alt, verwitwet und unter dem Namen Bahar Motahhari ebenfalls in Richmond upon Thames gemeldet«, antwortete Capitaine Guitton.

»Haben Sie schon Kontakt zu den Angehörigen der Familie Alkhateeb aufgenommen?«, fragte Chevaline.

»Nein, das ist uns noch nicht gelungen. Die Verwandtschaftsverhältnisse sind noch unklar. Fest steht, dass es einen älteren Bruder namens Ziad Alkhateeb gibt, der aber bisher nicht erreicht werden konnte. Er soll sich auf einer Geschäftsreise in Asien befinden. Im Iran soll es weitere Verwandte geben, über deren genauen Wohnort aber bisher nichts bekannt ist. Auch hinsichtlich der Familie von Leila Alkhateeb tappen wir im Dunkeln. Es gibt weder Hinweise auf Geschwister noch auf die Eltern«, referierte Guitton seinen Kenntnisstand.

»Laut Angaben der Nachbarn soll die Familie England bereits knapp zwei Wochen vor dem Mord verlassen haben. Das bestätigte auch das Sekretariat von VCV Capital Partners – das ist die Firma, für die Chalid Alkhateeb seit vier Jahren in leitender Funktion gearbeitet hat. Die Alkhateebs sollen zuerst ein paar Tage in Paris verbracht haben – wo, ist allerdings noch unklar –, dann hat Chalid Alkhateeb in einer Autovermietung an der Gare Montparnasse den Porsche angemietet. Aber hierzu weiß Sergent Thibault sicher mehr.«

»Ja.« Simone nickte und blätterte in ihrem Notizbuch. »Der Mietvertrag für den Porsche Cayenne lief über eine Dauer von fünfzehn Tagen, Vollkasko ohne Selbstbeteiligung und mit unbegrenzten Kilometern. Die Kaution wurde mit einer American-Express-Kreditkarte hinterlegt. Als Fahrer war nur Chalid Alkhateeb im Vertrag eingetragen. Sein Führerschein war dem Mietvertrag in Kopie beigefügt. Wir haben den Kilometerstand überprüft: Seit der Anmietung wurden mit dem Auto exakt eintausendzweihundertsiebenundfünfzig Kilometer zurückgelegt – was bedeutet, dass die Familie entweder in der Provence viele Ausflugsfahrten unternommen hat oder nicht auf dem direkten Weg nach Südfrankreich gefahren ist. Die Route ließ sich bisher nicht rekonstruieren, eine Abfrage bei der Verkehrsüberwachung ergab jedenfalls keine Geschwindigkeitsübertretung oder ähnliche Ordnungswidrigkeiten.«

»Was ist mit der Auswertung des Navigationssystems? Irgendwelche Erkenntnisse?«, wollte Malbec wissen.

»Nicht viel. Wir haben die letzten gespeicherten Ziele ausgewertet, die dem Navi zufolge mit dem Porsche angesteuert worden sind.«

»Und?«

»Sieht man von Zielen in Nordfrankreich sowie rund um und in Paris ab, die wohl von früheren Automietern stammen dürften, so waren mit Hilfe des Navis nur drei Ziele in der Provence eingegeben worden: Place de l'Horloge in Avignon, Cours Mirabeau in Aix-en-Provence sowie Malemort-du-Comtat«, sagte Thibault.

»Malemort-du-Comtat?«, fragte Chevaline und ließ seinen Gedanken freien Lauf. »Ein Ausflug zum Papstpalast und in die Unistadt Aix, okay, aber was hat die Familie Alkhateeb in Malemort-du-Comtat getrieben? Das ist doch ein völlig langweiliger Provinzort, wie ich aus eigener Erfahrung weiß, da ich dort einmal gegen den örtlichen Tennisclub gespielt habe. Weder ein Hotel noch ein anständiges Restaurant gibt es dort. Das sollten wir uns noch einmal genauer ansehen.«

»Ist notiert«, sagte Poinsot nickend, gab aber zu bedenken, dass nicht jedes Ziel, das in ein Navi eingegeben wurde, zwangsweise angesteuert worden sein musste.

»Da haben Sie durchaus recht. Dennoch sollten wir den Hinweis, der nach Malemort-du-Comtat führt, nicht unbeachtet lassen.«

»Poinsot – sehen Sie sich mal dort vor Ort um und fragen Sie, ob die Familie in einem Restaurant oder Café gesehen wurde«, ordnete Chevaline an.

Malbecs Mobiltelefon piepste. Er ging aber nicht dran,

sondern stellte den Ton ab. »Wir wissen also nicht, wo die Familie Alkhateeb in der Provence gewohnt hat?«, fragte er.

»Nein – das ist noch unklar. Die Spurensicherung hat keine Dokumente, Zimmerschlüssel oder Vergleichbares gefunden, die diesbezüglich Rückschlüsse erlauben«, sagte Simone Thibault zögerlich.

»Was hat die Analyse der Mobiltelefone ergeben?«, hakte Blanc nach.

»Die Techniker sind immer noch dabei, die Informationen zu bewerten und Bewegungsprofile zu erstellen. Sobald ich mehr weiß, gebe ich euch Bescheid«, antwortete Malbec.

Es klopfte, und die Tür zum Besprechungsraum öffnete sich. Alle Kollegen sahen auf.

Lieutenant Chardon murmelte eine nicht verständliche Entschuldigung und setzte sich neben Guitton an den lang gestreckten Tisch.

»Wie geht es dem Mädchen?«, erkundigte sich Malbec und ignorierte das erneute Vibrieren seines Telefons.

»Nun, den Umständen entsprechend gut, aber sie steht verständlicherweise immer noch unter Schock und ist sehr verängstigt«, sagte Chardon. »Inzwischen haben wir eine Betreuung organisiert. Eine auf Traumatisierung spezialisierte Kinderpsychologin und eine erfahrene Sozialpädagogin stehen dem Mädchen rund um die Uhr zur Seite, aber wir versuchen weiterhin, einen Kontakt zu den Familienangehörigen herzustellen, um so eine geeignete, ihr nahestehende Person zu finden, die sich dauerhaft um das Mädchen kümmern kann. Allerdings müsste derjenige vorher noch von einem englischen Vormundschaftsgericht offiziell bestellt werden.«

»Monsieur Taurel – waren Sie mit Ihren Recherchen erfolgreich?«, fragte Chevaline und lenkte auf ein anderes Thema um.

Taurels Gesichtszüge hellten sich schlagartig auf. Hektisch klappte er sein Notebook auf und ließ seine Finger geschickt über das Trackpad gleiten. Dann berichtete er, er habe zuerst das familiäre Umfeld durchforstet.

Silvian Dupont war seit 2005 in zweiter Ehe mit einer Sophie Dupont verheiratet. Drei Jahre zuvor wurde seine Ehe mit Patricia Llach geschieden. Patricia Llach lebte unter ihrem Geburtsnamen mit dem gemeinsamen Sohn Louis in Perpignan. Dann gab es noch eine Schwester von Dupont, die in Arles ein Restaurant betrieb. Des Weiteren habe er herausgefunden, dass Silvian Dupont im Handelsregister zusammen mit einem Cédric Chasseur als Geschäftsführer einer Agentur für Sportmarketing und Sportevents eingetragen war. Weit schwieriger verhielt es sich im Fall der Familie Alkhateeb. Gesichert war nur, dass Chalid Alkhateeb für VCV Capital Partners arbeitete. Das Unternehmen war Teil eines sehr undurchsichtigen Firmengeflechts mit mehreren Tochtergesellschaften, die von einer Holding verwaltet wurden, die wiederum ihren Sitz in Panama hatte. Wer der Eigentümer war, blieb rätselhaft.

Seltsamerweise wurde Alkhateeb in manchen Dokumenten auch als Chalid Al Khateeb geführt. Taurel ging dennoch davon aus, dass es sich um ein und dieselbe Person handelte.

Was Leila Alkhateeb betraf, so waren die virtuellen Spuren überschaubar; sie arbeitete in einer augenärztlichen Privatpraxis in Richmond upon Thames und engagierte sich als stellvertretende Vorsitzende für die nationale Blindenhilfe.

Chevaline dankte Taurel für seinen Bericht.

»Was die Firma VCV Capital Partners betrifft, so hat der Metropolitan Police Service in London seine Spezialisten für Wirtschaftskriminalität bereits auf den Fall angesetzt«, warf Capitaine Guitton ein. »Wie ich von den englischen Kollegen zudem erfahren konnte, soll es zwischen Chalid und Ziad Alkhateeb einen Streit um das väterliche Erbe gegeben haben. Angeblich soll der Vater einen höheren siebenstelligen Betrag auf einem Schweizer Bankkonto hinterlassen haben.«

»Erbstreitereien?«

»Genaueres muss noch eruiert werden.«

»Und dieser Ziad soll sich momentan auf einer Geschäftsreise befinden, dessen Ziel niemand kennt?«

»Jedenfalls war er bisher nicht zu erreichen. Die englischen Behörden überlegen daher, einen internationalen Haftbefehl ausstellen zu lassen«, sagte Guitton.

»Er könnte aber auch einen Auftragsmörder engagiert haben«, erwog Blanc.

»Einen Auftragsmörder, der eine Luger 06 Parabellum benutzt? Nein, das kann ich mir beim besten Willen nicht vorstellen«, sagte Malbec. »Außerdem hätte er sicherlich auch den Auftrag gehabt, die kleine Tochter umzubringen, da sie ja wohl jetzt die Haupterbin sein dürfte.«

»Mit Ziad Alkhateeb als Vormund?« fragte Blanc.

»Nein, das kann ich mir schwer vorstellen«, befand Guitton.

»Wir sollten uns noch genauer ansehen, welche Firmen in der letzten Zeit von VCV Capital Partners übernommen worden sind. Gab es da Entlassungen im größeren Stil?«, fragte Chevaline und gab der Diskussion damit eine andere Richtung.

»Entlassungen gibt es bei diesen Beteiligungsgesellschaften immer. Kosten senken, Gewinne maximieren lautet deren einfache Devise«, bemerkte Malbec sarkastisch.

»Ja, aber vielleicht war darunter auch eine französische Firma«, führte Poinsot den Gedanken weiter. »Irgendjemand, der vor die Tür gesetzt wurde und deshalb noch eine Rechnung offen hatte.«

»Ein anderer Ansatz wäre, nachzuforschen, inwieweit die zu VCV Capital Partners gehörenden Firmen in irgendwelche illegalen Geschäfte oder Steuerbetrügereien verwickelt gewesen sein könnten«, gab Simone Thibault zu bedenken.

»Das könnte sein. Eventuell lassen sich so Rückschlüsse auf Verbindungen zum internationalen Waffenhandel ziehen. Und bei Firmen aus der Chemie- und Biotechbranche sind die Grenzen zur Illegalität manchmal auch fließend – noch andere Ideen, meine Damen und Herren?«, fragte Chevaline und blickte auf seine Uhr. »Ich habe noch einen Termin mit der Presse.«

Er sah noch einmal auffordernd in die Runde. Da weitere Wortmeldungen ausblieben, packte er seine Akten zusammen und erklärte die Sitzung für beendet.

»Dann machen Sie sich bitte wieder an die Arbeit und vergessen Sie nicht: Der öffentliche Druck nimmt von Tag zu Tag zu. Wir müssen liefern!«

***

In der Mittagspause kaufte sich Malbec in der nächsten Boulangerie ein Käse-Schinken-Croissant. Dann besorgte er sich im benachbarten Zeitschriftenladen die neueste Ausgabe von »L'Équipe«. Schon auf der Titelseite befand sich ein Foto von Silvian Dupont im Gelben Trikot.

»Radsportheld Zufallsopfer eines Vierfach-Mordes«, stand in dicken Lettern darüber.

Noch im Stehen suchte Malbec den Artikel über Dupont, aber es war so windig, dass er doch beschloss, ihn erst im Büro zu lesen.

Wie erwartet berichtete die Sportzeitung ausführlich über Duponts Tod. »Am Morgen eines lichten und frischen Frühsommertages stieg Silvian Dupont zum letzten Mal auf sein Rad, zu Hause in Vaison-la-Romaine, einer Kleinstadt am Fuße des Mont Ventoux«, begann der Nachruf.

Auf mehreren Seiten wurden Duponts Siege und Erfolge eindrucksvoll mit einer großformatigen Fotoserie dokumentiert, in der er neben zahlreichen anderen Größen des Radsports abgebildet war. Ein erfolgreiches Sportlerleben. Man sah ihn lächelnd ganz oben auf dem Podium bei der Siegerehrung der Vuelta in Spanien oder hinter Lance Armstrong einen Bergpass erklimmen, dann mit Jan Ullrich beim Händeschütteln sowie neben Charles Torrent, dem Sportlichen Leiter des Simeoni-Teams. Es waren aber auch Bilder von der Flandern-Rundfahrt dabei, als Dupont im Regen stürzte und sich das Schlüsselbein brach. Oder das Foto, das seine Tränen zeigte, als er bei der Olympiade 2004 kurz vor dem Ziel eine Reifenpanne hatte und dadurch eine Medaille verpasste.

Auf einer Doppelseite hatten sich ehemalige Radsportkameraden wie Richard Virenque in Interviews und in teilweise sehr persönlichen Statements zu Wort gemeldet, Duponts Bedeutung für den französischen Radsport betont und ihrer Trauer und Verbundenheit Ausdruck verliehen.

Silvian Dupont wurde als fairer und stets verlässlicher Sportsmann gepriesen. Getreu dem Motto *»De mortuis nil nisi bene«* wurde Dupont nur im besten Licht dargestellt, seine Verwicklung in die Doping-Affäre rund um das Simeoni-Team wurde daher nur am Rande gestreift.

Gerade als Malbec die letzten Zeilen überflog, lief Chevaline an seinem Büro vorbei und hielt ruckartig inne. »Ahh, fast hätte ich es vergessen: Gaston Richard hat sich beschwert, Sie hätten ihn unfreundlich behandelt und brüsk des Tatorts verwiesen.«

»Dass ich ihn mit Nachdruck aufgefordert habe, den Tatort zu verlassen, ist durchaus richtig – er hatte dort nichts zu suchen und hat unsere Ermittlungsarbeiten behindert«, bekräftigte Malbec und verschränkte die Arme.

Chevaline stand mit funkelnden Augen im Türrahmen. »Das mag sein, aber Gaston Richard ist nicht irgendwer, so können Sie nicht mit ihm umgehen. Als Vorsitzender des Gemeindeverbundes Ventoux-Comtat-Venaissin und Präsident der Appellation Côtes du Ventoux verfügt Richard über beste Verbindungen und einen nicht zu unterschätzenden politischen Einfluss, der weit über unser Département hinausreicht.«

»So wichtig kann Richard auch nicht sein, denn anscheinend hatte er keine drängenderen Aufgaben zu erledigen«, konterte Malbec trocken.

»Nun, wie Sie meinen, aber er begründete seine Anwesenheit am Tatort mit seiner Verantwortung für die Gemeinde. Und ich kann Ihnen verraten, dass er eine Dienstaufsichtsbeschwerde angekündigt hat.«

Malbecs Gesichtszüge froren ein. Er war kurz davor, in die Luft zu gehen, als ihm Chevaline mit gespieltem Großmut zuraunte, er werde zu verhindern wissen, dass sich die Dienststelle für interne Ermittlungen in den Fall einschalte. Er wartete kurz auf eine Reaktion von Malbec, die aber ausblieb, drehte sich um und ging zurück in sein Büro.

Kopfschüttelnd fragte sich Malbec, ob Chevaline sich wirklich vorgestellt hatte, dass er ihm dankbar sein würde. Wütend zerknüllte er die »L'Équipe« und donnerte die Papierkugel in den Müll.

»Schlechte Laune?«, erkundigte sich Adjudant Blanc.

»Wie kommst du denn darauf?«, brummte Malbec.

Blanc lachte, klopfte ihm auf die Schulter und hielt eine Zeitung in die Höhe. »Vielleicht stimmt dich das milder. Die Reporter vom ›Figaro‹ haben uns die Arbeit abgenommen und die Hintergründe der Simeoni-Affäre bis ins letzte Detail recherchiert.« Sichtlich erfreut legte er die aktuelle Ausgabe auf Malbecs Schreibtisch.

Noch während Malbec die Zeitung aufschlug und den Artikel suchte, begann Blanc die Meldung kurz zusammenzufassen.

Als Mannschaftskapitän hatte Silvian Dupont im Jahr 2000 bei der nach dem Simeoni-Rennstall benannten Doping-Affäre eine entscheidende Rolle gespielt. Bei einer Razzia im Wohnmobil eines Betreuers des Simeoni-Teams fand man damals EPO-Ampullen, die in einem ausgehöhlten Buch versteckt waren, aber auch Testosteron, Amphetamine und Clenbuterol. Es war gewissermaßen ein rollender Arzneischrank.

Weitere Razzien im Mannschaftshotel folgten und zeigten, dass das Team ein umfangreiches Doping betrieben haben musste. Die zuständigen Behörden hatten dann in alle Richtungen ermittelt und waren zwei Tage später auch in einem von Duponts Frau gesteuerten Begleitfahrzeug fündig geworden, als dieses bei Mulhouse die Grenze passieren wollte.

»Hatte niemand zuvor einen Verdacht geschöpft?«, erkundigte sich Malbec.

»Keine Ahnung«, sagte Blanc, »aber der Fund bewies anderseits auch, dass die bisher durchgeführten Dopingkontrollen vollkommen unwirksam gewesen sein mussten. Weder Dupont noch irgendein anderer Simeoni-Fahrer waren jemals zuvor positiv getestet worden oder durch erhöhte Hämatokritwerte aufgefallen. Je später das Blut gerinnt, desto mehr Leistung. Das war bei Lance Armstrong bekanntlich auch nicht anders gewesen. Im Fall von Dupont wurde aber auf der Grundlage des Betäubungsmittelgesetzes wegen Verdacht auf Einfuhr illegaler Drogen eine Hausdurchsuchung angeordnet, in deren Verlauf weitere verbotene Substanzen in seinem Anwesen gefunden wurden. Die Ermittler fanden zudem heraus, dass viele Substanzen aus einer Pariser Apotheke stammten, deren Besitzer die Fahrer des Simeoni-Teams regelmäßig mit Dopingmitteln versorgte, obwohl sie keine ärztlichen Rezepte vorlegen konnten.«

»Was waren die Konsequenzen?«

»Das Simeoni-Team wurde von der Tour ausgeschlossen – eine Entscheidung, die dem Sponsor des Teams, der Société Simeoni, gar nicht gefiel, so dass die Société im Zivilprozess später als Nebenkläger auftrat. Allerdings wies das Gericht die entsprechenden Forderungen zurück, da dem Sportlichen Leiter des Radsportteams der Société Simeoni eine Mitverantwortung zugewiesen wurde. Die Simeoni-Fahrer Silvian Dupont und Cédric Chasseur wurden von der UCI, dem internationalen Radsportverband, für je ein Jahr gesperrt, zwei weitere Teamkollegen durften ein halbes Jahr lang keine Radrennen mehr bestreiten. Das war der erste große Dopingskandal, der die Tour erschütterte.«

»Der erste? Aber hat das Thema Doping bei der Tour de France nicht eine viel längere Geschichte?«, fragte Malbec verwundert nach und gab dem bekennenden Radsportfan Blanc das Stichwort, seine diesbezüglichen Kenntnisse auszubreiten.

Blanc schilderte, dass die Fahrer schon seit den Anfängen der Tour auf Doping zurückgegriffen hätten. Statt die eigene

Leistung mit EPO oder Clenbuterol zu steigern, behalfen sich die Radfahrer in den zwanziger Jahren mit Alkohol, Kokain und Chloroform, um die Strapazen abzumildern und die damals noch sechzehnstündigen Tagesetappen durchzustehen. Und die ehemaligen Tour-de-France-Gewinner Jacques Anquetil und Eddy Merckx seien auch nicht besser gewesen als Lance Armstrong, Floyd Landis oder Alberto Contador, nur habe dies damals keine Konsequenzen nach sich gezogen, obwohl Jacques Anquetil nie geleugnet habe, Aufputschmittel genommen zu haben.

»Und wie ging es mit Duponts Karriere nach seiner Sperre weiter?«

»Da er zum Zeitpunkt der Simeoni-Affäre schon vierunddreißig Jahre alt war, gab er, nachdem er keinen prestigeträchtigen Rennstahl mehr gefunden hatte, seinen Rücktritt vom aktiven Radrennsport bekannt. Später versuchte er einen beruflichen Neustart und heuerte als Teammanager bei einem zweitklassigen Radrennstall namens Bon Frites an, der von einem Kühlkosthersteller gesponsert wurde. Allerdings missglückte diese Neuorientierung, denn auch bei dem neuen Team wurde anscheinend munter gedopt. Als das publik wurde, war Dupont seinen Job wieder los. Da Bon Frites um sein Image fürchtete, stellte die Firma ihr Radsportengagement ein – soweit ich weiß, ist Bon Frites heute einer der Hauptsponsoren des französischen Biathlonverbandes.«

»Das passt auch besser zu einem Hersteller für Tiefkühlkost, ist aber ebenfalls kein dopingfreier Sport«, sagte Malbec lachend. »Weiß man, von was Dupont in den letzten Jahren gelebt hat?«

»Das ist nicht so ganz klar. Als Motivationsexperte hat er Vorträge und Seminare gehalten, zudem hat er mit seinem ehemaligen Teamkollegen Cédric Chasseur Radsportevents für den Club Méditerranée organisiert. Wochenweise hat er eine zahlungskräftige Klientel bei Radtouren durch die Pyrenäen begleitet, oder er strampelte bei selbst veranstalteten

Rennrad-Camps mit engagierten Amateuren im Frühjahr und Herbst über Mallorcas Straßen.«

»Okay, vielleicht hilft uns das weiter, aber du hast doch noch etwas auf dem Herzen.«

Blanc nickte. »Als Randnote gäbe es noch zu erwähnen, dass Dupont während seiner Dopingsperre mit einer minderjährigen Gelegenheits-Prostituierten erwischt wurde, die er in einer Diskothek kennengelernt hatte. Glücklicherweise konnte er seinen Kopf noch einmal aus der Schlinge ziehen, da der Staatsanwalt ihm nicht nachweisen konnte, dass er das wahre Alter seiner Gespielin gekannt hatte. Zudem soll das von der Boulevardpresse als ›Michetonneuse‹ bezeichnete Mädchen für seine Dienste angeblich kein Geld, sondern ›nur‹ eine Louis-Vuitton-Tasche erhalten haben. Zum Glück für Dupont wurde das Verfahren gegen die Zahlung einer Geldauflage eingestellt.«

***

Das mediale Echo auf die »Morde am Mont Ventoux« war groß und hatte auch in Großbritannien hohe Wellen geschlagen. Nicht nur die Revolverpresse wie die »Sun«, auch die seriöse Tagespresse sowie die »BBC« hatten ausführlich über die Mont-Ventoux-Shootings berichtet.

Nachdem Malbec gehört hatte, dass es neue Erkenntnisse gäbe, surfte er mit den entsprechenden Suchbefehlen im Internet, um sich einen Überblick über die Pressemeldungen in England zu verschaffen. Englische Reporter waren dafür bekannt, bei ihren Recherchen nicht gerade zimperlich zu sein und sich zur Not auch illegaler Methoden zu bedienen.

Nach ein paar Minuten fand Malbec einen ausführlichen Bericht auf der Homepage des »Daily Telegraph«, der mit der Schlagzeile »Vierfachmord aus Habgier« überschrieben und mit einem Foto des Wohnhauses der Familie Alkhateeb illustriert war:

Gestern wurde der dreiundfünfzigjährige Ziad Alkhateeb unter dringendem Tatverdacht in seinem Haus in Richmond upon Thames unter den Augen zahlreicher Schaulustiger verhaftet, wie die Ermittler mit Hinweis auf »vorhandenes Belastungsmaterial« begründeten. Anschließend wurde er von der Polizei in Surrey mehrere Stunden lang verhört.
Ziad Alkhateeb ist der Bruder des unter mysteriösen Umständen am Mont Ventoux in der Provence ums Leben gekommenen Chalid Alkhateeb sowie der Schwager der ebenfalls in Frankreich getöteten Leila Alkhateeb (wir berichteten). Obwohl es keinerlei Anhaltspunkte gab, dass sich Ziad zum Tatzeitpunkt in Frankreich aufgehalten hat, gilt er als dringend tatverdächtig und musste eine Nacht in einer Einzelzelle verbringen, bevor er am nächsten Morgen unter Auflagen entlassen wurde.
Wie unsere Recherchen ergeben haben, soll der Grund für die Verhaftung ein Erbstreit zwischen den beiden Brüdern gewesen sein. Offiziell hieß es, es bestünde der Verdacht auf die »Beteiligung an einem Mordkomplott«. Ramin Alkhateeb, der Vater der beiden, war 1979 mit seiner Familie aus Teheran nach Großbritannien geflüchtet, um sich vor Ajatollah Khomeinis Islamischer Revolution in Sicherheit zu bringen. Angeblich unterhielt er während der Regierung des Schahs von Persien gute Verbindungen zum iranischen Geheimdienst. In London hatte Ramin Alkhateeb innerhalb weniger Jahre einen florierenden Ex- und Importhandel aufgebaut. Alkhateeb, der bei einem Autounfall in Spanien ums Leben kam, hatte kein Testament, aber Immobilien und ein Schweizer Konto mit mehr als einer Million Pfund hinterlassen, so dass es deshalb mehrfach zu Streitereien zwischen den Brüdern gekommen sein soll. Nach dem Tod seiner Ehefrau zog auch Ziad Alkhateeb in das bis dahin nur von Chalid und seiner Familie be-

wohnte Haus in Richmond, das die Brüder zu gleichen Teilen von ihrem Vater geerbt hatten. Dadurch eskalierte die Situation. Als Chalid seinen Bruder aufforderte, auf seinen Erbteil am Haus zu verzichten, kam es zu einer körperlichen Auseinandersetzung, in deren Folge Ziad mehrere Prellungen und eine große Platzwunde erlitt, die im Kingston Hospital genäht werden musste. Ziad verließ daraufhin das gemeinsame Haus und brach jeglichen Kontakt zu seinem Bruder ab. Seither hatten die beiden nur noch über ihre Anwälte miteinander kommuniziert. Unseren Informationen zufolge liegt eine Anzeige gegen Ziad vor, der verdächtigt wird, eine Vollmacht seines Vaters gefälscht zu haben. Es gibt bisher allerdings noch keinerlei Hinweise, dass Ziad den Aufenthaltsort oder das Urlaubsziel seines Bruders gekannt haben könnte. Warum sollte er seinem Bruder bis nach Frankreich gefolgt sein, wenn er Chalid in England doch viel einfacher hätte ermorden können? Der Fall bleibt rätselhaft. Es stellt sich die berechtigte Frage: Werden die Morde vom Mont Ventoux jemals aufgeklärt werden?

Malbec wollte noch nach weiteren Informationen im Netz suchen, als sich der Cursor seines Rechners nicht mehr bewegen ließ. Er fluchte – es war das dritte Mal in dieser Woche, dass sein antiquierter Dienstcomputer abstürzte.

***

Schon von Weitem erkannte Malbec Capitaine Cabanel an dessen grauer Lockenmähne, als er auf das Café am Altstadtboulevard von Carpentras zusteuerte. Die Parkplatzsuche hatte sich als schwierig erwiesen, so dass Malbec verspätet und ein wenig abgehetzt die Terrasse des Cafés betrat.

»*Salut*, Roland.«

»*Salut*, Olivier!«

Roland Cabanel stand sichtlich mühsam auf, um Malbec zu begrüßen. Er verlagerte sein Gewicht auf das linke Bein und schob, als er aufrecht stand, den Stuhl unüberlegt ein Stück zurück, so dass seine Krücken mit einem Krachen zu Boden fielen. »Oh, Mist!«

»Lass nur, ich heb sie dir wieder auf«, sagte Malbec und bückte sich nach den Gehhilfen mit ihren auffälligen roten Griffen. »Richtig poppig.«

»Stimmt, aber ich habe mich immer noch nicht an die Dinger gewöhnt«, gestand Cabanel, der seit seinem Sturz auf der Geburtstagsfeier krankgeschrieben war. Vorsichtig balancierte er auf einem Bein und lehnte seine Krücken an die Wand der Caféterrasse, dann hüpfte er einen Schritt zurück zu seinem Stuhl und setzte sich, was aber etwas verkrampft aussah, da er sich auf den Armlehnen abstützte und gleichzeitig sein rechtes Bein vorstreckte, dessen Fußgelenk von einer blauen Plastikschale geschützt wurde.

»Wenigstens ist es ein glatter Bruch«, kommentierte er trocken.

»Die Kollegen haben schon darüber spekuliert, ob du zu tief ins Glas geschaut hast«, sagte Malbec lachend, der Cabanel gestern kurz entschlossen angerufen hatte, um sich mit ihm zu verabreden.

»Nein, nein, ich war nicht betrunken, das glaubt mir aber wahrscheinlich sowieso keiner. Ich war unachtsam und bin auf der untersten Stufe der Treppe abgerutscht. Da ich ein Tablett mit Sektgläsern in den Händen hielt, konnte ich mich nicht festhalten.«

Malbec grinste ihn an. »Nein, diese Geschichte glaubt dir wirklich niemand.«

»Aber es ist schlicht die Wahrheit. Zudem habe ich mich auch noch an den zersprungenen Sektgläsern geschnitten, als ich auf den Boden fiel«, empörte sich Cabanel und deutete auf ein großes Pflaster an seinem Unterarm, das Malbec erst jetzt auffiel.

»Mein Mitgefühl ist dir gewiss.«

»Spar dir deinen Sarkasmus!«

»Jetzt mal ernsthaft: Da hat es dich ja ganz schön blöd erwischt.«

»Ja, das kannst du wohl so sagen. Ich bin zwar mindestens vier Wochen krankgeschrieben und kann mir im Garten die Sonne auf den Bauch scheinen lassen. Nicht mal auf die Jagd kann ich gehen. Aber lieber würde ich meine Tage im Commissariat verbringen, wie du dir denken kannst.«

Wer Roland Cabanel kannte, wusste, dass er alles andere als arbeitsscheu war. Seine Überstundenliste war länger als der Wocheneinkaufszettel einer fünfköpfigen Familie. Allerdings hegte Malbec insgeheim den Verdacht, dass Cabanel die Arbeit wie auch die Jagd als Vorwand dienten, sich dem häuslichen Regiment seiner Frau Véronique zu entziehen. Aber das war nur eine Vermutung Malbecs, denn privat pflegten er und Cabanel wenig Kontakt, obwohl sie seit Jahren zusammen bei der Mordkommission arbeiteten und sich ein Büro teilten. In beruflicher Hinsicht konnten sie sich blind aufeinander verlassen, doch sonst bewegten sie sich in ihren eigenen Kreisen. Sicher: Hier und da traf man sich mal zu einem Plausch, oder sie gingen in der Mittagspause in ein benachbartes Bistro, aber es wäre ihnen nie in den Sinn gekommen, den anderen zur eigenen Geburtstagsfeier einzuladen. Hinzu kam ein Altersunterschied von rund fünfzehn Jahren. Wahrscheinlich lag es aber auch daran, dass die beiden politisch Welten trennten.

Malbec, der seit seinen Studientagen eher mit den Linken sympathisierte, konnte nicht verstehen, warum sich Cabanel, wie so viele andere im Süden Frankreichs, für den Front National und seine rechtspopulistische Propaganda begeisterte. Dieser eigenartige aufgeblasene Patriotismus, der sich mit seiner ganzen Wucht vor allem gegen Einwanderer und Muslime richtete, war Malbec suspekt, obwohl es ihn als Anhänger des Laizismus mehr als befremdet hatte, als er in Marseille vor ein paar Jahren immer wieder erleben musste, dass in manchen Vierteln ganze Straßenzüge gesperrt waren, wenn sich die

Muslime zum Freitagsgebet versammelten, um gemeinsam auf dem Asphalt gen Mekka zu beten. Für Malbec hatte das nichts mit ethnischer Vielfalt gemein, sondern er sah in den öffentlichen Freitagsgebeten eine politische Diffamierung des französischen Wertekanons. Zu Kopftüchern und Burkas hatte er als Laizist auch eine klare Meinung. Und bärtige Männer im Kaftan wirkten auf ihn stets befremdlich.

Dennoch stellte für Malbec eine Politik, die sich auf Ausgrenzung und vaterländische Symbolik gründete, keine Alternative dar. Und eine von Marine Le Pen propagierte nationale Marktwirtschaft, die mit einem Austritt aus der Eurozone verbunden sein sollte, war für ihn alles andere als eine ökonomische Zukunftsvision.

Da sich Malbec und Cabanel der Unvereinbarkeit ihrer politischen Standpunkte bewusst waren, vermieden sie es, bis auf gelegentliche Sticheleien, sich in diesbezügliche Diskussionen zu verstricken. Ein beruflich bedingter Friedenspakt.

»Was möchten Sie trinken?«, erkundigte sich die dunkelhaarige Bedienung mit einem professionellen, aber gelangweilten Lächeln.

»Einen, nein – zwei *café noir*«, bestellte Cabanel, nachdem Malbec seinen fragenden Blick mit einem Nicken beantwortet hatte.

»Und noch eine Flasche Mineralwasser mit Sprudel«, fügte Malbec hinzu.

»Badoît oder Perrier?«

»Perrier.«

»Ist notiert«, sagte die Bedienung, ohne einen Block zu zücken, und wandte sich ab, um mehrere Gläser, die auf dem Nachbartisch standen, auf ihrem Tablett zu stapeln und mit der anderen Hand den Tisch abzuwischen.

Die grüne Markise über der Caféterrasse sorgte für einen angenehmen Halbschatten und dämmte den Geräuschpegel der vorbeifahrenden Autos.

»Und – kommt ihr ohne mich überhaupt zurecht?«, erkundigte sich Cabanel.

»Schwerlich. Uns fehlen dein kriminalistisches Gespür und dein beruhigendes Wesen.«

»Das dachte ich mir«, sagte Cabanel lachend, und Malbec stimmte ein.

»Wie du dir sicherlich vorstellen kannst, ist bei uns seit Tagen die Hölle los. So einen Medienrummel gab es noch nie.«

»Ja, der Fall ging ja durch alle Medien. Ich wollte es erst gar nicht glauben: ein regelrechtes Massaker in der angeblich so beschaulichen Provinz. Ich habe mir sogar die aufbauschende Berichterstattung im Fernsehen reingezogen. Tja, da weiß ich gar nicht, ob ich mich grämen oder freuen sollte, dass ich diese denkwürdigen Tage mit Krücken verbringen muss.«

»Das wird sich erst in der Zukunft erweisen. Du verpasst allerdings, dass Chevaline wie im Rausch mit stolzgeschwellter Brust durchs Präsidium läuft. Um jede Interviewanfrage kümmert er sich persönlich.«

»Das kann ich mir gut vorstellen. Er wird die Aufmerksamkeit genießen wie einen Lottogewinn. Bist du neidisch?«

»Klar – total! Andererseits wird Chevaline zunehmend gereizter, denn er befürchtet, dass ein Makel an ihm haften bleiben könnte, falls der Fall nicht aufgeklärt wird.«

»Wie ich ihn einschätze, wird er das notfalls jemand anderem anlasten«, sagte Cabanel, grinste Malbec an und klopfte auf seinen eingegipsten Knöchel. »Ich bin da raus …«

Er griff nach der zerknautschten Gitanes-Packung, die auf dem Bistrotisch lag, und zündete sich eine Zigarette an. »Die Eckdaten kenne ich aus den Nachrichten, aber bringe mich doch mal auf den neuesten Stand«, sagte er.

»Nun, der Fall ist vertrackter, als man denkt. Bisher gibt es weder ein Motiv noch einen Tatverdächtigen.«

»Es kann ja nicht immer so einfach sein wie damals bei der Résistance-Geschichte in L'Isle-sur-la-Sorgue, als dir der Mörder auf dem Präsentierteller serviert wurde«, sagte Cabanel.

»Ja, so leicht wird es einem selten gemacht. Aber dieser Fall hat es wirklich in sich. Ich hatte mir noch Hoffnungen auf den Autopsiebericht gemacht, aber auch der glänzt nicht wirklich mit erhellenden Erkenntnissen. Zudem konnten weder am Tatort noch im Porsche irgendwelche klaren Spuren isoliert werden, die auf einen oder mehrere Täter verweisen. Bernard Réval hat zwar fremde Fingerabdrücke und Haare entdeckt und morphologisch analysiert, aber die können auch von früheren Kunden oder Reinigungskräften der Autovermietung stammen.«

Cabanel hörte aufmerksam zu, nur gelegentlich verschwand sein Gesicht hinter einer Rauchwolke. »Waren Silvian Dupont und die Familie Alkhateeb verabredet?«, fragte er.

»Diese Hypothese hat auch schon jemand aufgestellt, aber bisher haben wir keinerlei Querverbindungen ausmachen können«, erwiderte Malbec. »Nicht einmal ansatzweise. Zufälle machen mich prinzipiell stutzig – aber hier gibt es so viele Zufälle, dass der Fall geradezu absurd anmutet. Es muss doch irgendeinen kausalen Zusammenhang geben, der uns bisher verborgen geblieben ist.«

»Kann es sich um eine Verwechslung gehandelt haben?«

»Schwer vorstellbar. Wer sollte das Verwechslungsopfer sein? Dupont oder die Familie Alkhateeb? Die Tat sprengt den üblichen Rahmen.«

»Und das Mädchen?«, fragte Cabanel. »Wurde es absichtlich verschont?«

»Das wissen wir nicht. Vielleicht hat es der Täter nur übersehen, oder er hatte Skrupel, ein kleines Kind zu erschießen. Nesrin, so heißt die Kleine übrigens, wurde von einem Arzt untersucht und ist glücklicherweise äußerlich unverletzt geblieben. Derzeit ist sie an einem geheimen Ort in Avignon untergebracht und bleibt vorerst noch unter Polizeischutz.«

»Und anschließend?«

»Sie soll bei Verwandten ihrer Mutter in Obhut gegeben werden, soweit ich weiß.«

Cabanel drückte den Stummel seiner Zigarette in einem

auffällig gelben Aschenbecher mit Pastis-Werbung aus. »Das ist gut so. Wobei ich mir ehrlich gesagt nicht vorstellen kann, dass der Täter noch nachträglich einen Anschlag auf das Kind plant«, sagte er.

»Denke ich auch, aber wir gehen vorsichtshalber auf Nummer sicher.« Malbec schnappte sich den Kassenbon und griff nach seinem Geldbeutel.

»Lass mal, ich lade dich ein«, sagte Cabanel.

»Danke, aber das nächste Mal bin dann wieder ich an der Reihe. So, jetzt muss ich wieder los. Soll ich dich nach Hause fahren?«, fragte Malbec.

»Nein, meine Frau holt mich ab, sobald sie ihre Einkäufe erledigt hat.«

»Na, das kann ja noch dauern … Aber wann auch immer du sie siehst – grüße Véronique von mir.«

»Ja, mache ich, und du grüßt mir bitte die Kollegen, vor allem Simone.«

Statt zurück ins Commissariat fuhr Malbec noch einmal zum Tatort hinauf. Er wollte etwas Abstand gewinnen und sich am Mont Ventoux in Ruhe umsehen.

***

Malbecs Telefon klingelte, als er sich gerade auf den Rückweg machen wollte. Bernard Révals Name erschien auf dem Display.

»Ich habe Duponts Fahrrad noch einmal genau untersucht und den Rahmen durchleuchtet.«

»Den Rahmen?«, fragte Malbec überrascht.

»Ja, irgendwie kam mir das Modell verdächtig vor.«

»Soweit ich mich erinnern kann, war das doch ein ultramodernes Rennbike der Marke Trek mit einem auffälligen dicken Holm.«

»Richtig«, bestätigte Réval. »So ein Teil kostet im Handel locker eine fünfstellige Summe. Anschließend haben dann ein paar Techniker das Rad unter ihre Fittiche genommen.«

»Was meinst du damit?«

»Nun, es wurde gewissermaßen veredelt«, erklärte er. »Es handelt sich um einen innovativen Felgenantrieb, der eine Leistungssteigerung von bis zu zehn Prozent ermöglicht.«

»Das klingt revolutionär!«

»Ja, das Fahrrad ist ein Prototyp. Man hat ein bekanntes Markenrad genommen, damit es unauffällig bleibt, und es an den entscheidenden Stellen modifiziert. Der Antrieb erfolgt mit Hilfe von Magneten, die in die Carbonfelgen einlaminiert wurden. Die Batterie und Leistungselektronik sind unsichtbar im Rahmen untergebracht.«

»Eine Art Motor-Doping?« Malbec pfiff anerkennend.

»Ja, ich schätze mal, dass der Elektromotor so eine zusätzliche Leistung von rund fünfzig Watt ermöglicht.«

»Damit könnte man dann im entscheidenden Augenblick an den Konkurrenten vorbeiziehen«, dachte Malbec laut nach. »Das steht außer Frage. Aber wieso fuhr Dupont dieses Rad? Was bringt ihm diese Unterstützung bei seiner üblichen Trainingsrunde? Das hatte er doch gar nicht nötig.«

»Keine Ahnung, das ist dein Job. Vielleicht war er als Testfahrer unterwegs, um den Antrieb unter rennähnlichen Bedingungen zu erproben? Auf alle Fälle ist das Rad mit diesem Antrieb nicht nur zehntausend, sondern vielleicht hunderttausend Euro wert.«

»Hast du auch Duponts Fahrradcomputer ausgewertet?«, fragte Malbec.

»Selbstverständlich. Er ist bis zu seinem Tod genau sechsundzwanzig Komma acht Kilometer geradelt. Was bedeutet, dass er von zu Hause auf dem direkten Weg zum Mont Ventoux unterwegs gewesen sein dürfte.«

***

Zurück im Büro fand Malbec einen kurzen Bericht von Réval auf seinem Schreibtisch vor. Er studierte gerade die beiliegenden Fotos, auf denen der Elektromotor von Silvian Duponts

Fahrrad und die in die Felgen integrierten Magnete deutlich zu erkennen waren, als Adjudant Poinsot mit sanften Schritten hereinkam.

»Du sollst zu Chevaline ins Büro kommen«, sagte er und zog die linke Augenbraue nach oben. »Und zwar sofort!«

Malbec nickte Poinsot zu, der sich in seiner Rolle als Bürobote sichtlich unwohl fühlte.

Die förmliche Aufforderung Chevalines ließ auf ein unangenehmes Gespräch schließen. Hatte die Beschwerde des aufgeblasenen Bürgermeisters in den oberen Etagen etwa Gehör gefunden? Drohte Malbec doch noch eine offizielle Rüge durch seinen direkten Vorgesetzten? Wie auch immer – er hatte keine Lust, sich von einem Provinzpolitiker, mochte er noch so gute gesellschaftliche Verbindungen haben, ans Zeug flicken zu lassen.

Obwohl ihn die Angelegenheit nervte, zwang er sich zur Ruhe. Statt seine halb volle Wasserflasche krachend in den Papierkorb zu donnern, bedankte er sich bei Poinsot und widmete sich scheinbar ungerührt wieder den Bildern. Noch ein paar Minuten blätterte er in den Untersuchungsberichten, aber seine mit der Mine des Kugelschreibers spielende Hand zeigte seine Anspannung. Er schnaufte noch einmal kräftig durch, dann machte er sich auf den Weg.

»Ahh, Malbec, nehmen Sie doch Platz«, begrüßte ihn Chevaline und deutete auf den leeren Stuhl vor seinem Schreibtisch.

Malbec setzte sich.

Chevaline blätterte demonstrativ in einem Aktenordner, während Malbec verwundert das Porträt von Georges Pompidou betrachtete, das hinter Chevalines Schreibtisch an der Wand hing. Es war ihm bisher nie bewusst aufgefallen. Fotos vom großen Charles de Gaulle waren noch in vielen Amtsstuben präsent, und auch François Hollande – ein großer Langweiler ohne Visionen – schmückte als amtierender Staatspräsident viele Wände, aber warum Georges Pompidou?

Chevaline räusperte sich. »Ahh, Malbec, ich muss Ihnen nicht groß erklären, dass die Morde vom Mont Ventoux hohe Wellen geschlagen haben. Unsere Arbeit steht im Fokus der öffentlichen Aufmerksamkeit, und der Erwartungsdruck ist entsprechend groß. Der britische Secretary of State hat diesbezüglich bereits Kontakt zu unserem Innenminister aufgenommen. Seit gestern Abend glühen die Telefone, da sich das Pariser Innenministerium in die Ermittlungen eingeschaltet hat – oder besser gesagt: Es hat angekündigt, dass die Pariser Kollegen die Ermittlungen an sich ziehen und koordinieren werden. Vier Tote und dies eventuell kombiniert mit internationalen Verstrickungen – Sie können sich denken, dass man in Paris hellhörig geworden ist.«

»Das war zu erwarten«, kommentierte Malbec.

»Aus diesem Grund«, fuhr Chevaline fort, »wird derzeit eine Sonderkommission gebildet, zu der verständlicherweise auch britische Kollegen gehören werden, da diese ebenfalls ein großes Interesse an der raschen Aufklärung der Mordfälle haben. Aufgrund der räumlichen Nähe und der besseren Verkehrsanbindung wurde Avignon zum Sitz der Sonderkommission bestimmt.«

»Und das bedeutet …?«

»Das bedeutet, dass über das weitere Vorgehen fortan einzig der Leiter der Sonderkommission in Abstimmung mit der Staatsanwaltschaft entscheiden und die Ermittlungsrichtlinien vorgeben wird.«

Malbec grummelte vor sich hin, auch wenn ihn eine solche Wendung nicht verwunderte. Der Fall war brisant. »Wer wird die Sonderkommission leiten?«, fragte er.

»Zum Leiter der Kommission ist Colonel Alain Bouquil bestellt worden, wie mir das Innenministerium vor zwei Stunden mitgeteilt hat«, sagte Chevaline und räusperte sich kurz. »Aber das ist noch nicht alles.«

Malbec spitzte die Ohren.

»Malbec, Sie«, er räusperte sich noch einmal, »Sie sind von dem Fall vorerst entbunden.«

Malbec sah Chevaline entgeistert an, der mit verschränkten Armen hinter seinem Schreibtisch saß. Er war schon in der Schule kein Freund von Autoritäten gewesen und mit dem einen oder anderen Lehrer aneinandergeraten, aber das hier ging zu weit. »Das kann nicht Ihr Ernst sein«, sagte er entrüstet.

»Doch, doch. Die Sonderkommission wird personell gut aufgestellt sein, und der Präfekt hat mich angewiesen, unsere Kräfte zu bündeln. Daher habe ich beschlossen, dass Sie sich fortan wieder hauptsächlich mit dem Mord im Melonenfeld befassen werden.«

»Wie bitte?« Malbec musste schlucken.

»Wir stehen in den Medien durchweg schlecht da. Von verschiedenen Seiten wurde die Unfähigkeit der Gendarmerie nationale angeprangert. Auch ich musste mir wiederholt die Frage stellen lassen, wie es sein kann, dass ein kleines Mädchen, das sich im Fond eines Porsches zusammengekauert hat, erst Stunden nach der Tat entdeckt wird. Ich weiß, ich weiß – es war nicht Ihre Schuld«, er hob beschwichtigend die Hände, »Malbec, Sie müssen mir die Umstände nicht näher erläutern, aber die Kritik ist nicht von der Hand zu weisen. Ich wollte Sie gewissermaßen aus der Schusslinie bringen: keine Spur von einem Täter und viele offene Fragen. Die Internetforen und digitalen Netzwerke verbreiten inzwischen Hohn und Spott über uns. Wiederholt wurde uns vorgeworfen, dass wir bis jetzt keine Erkenntnisse liefern konnten, die auf ein Tatmotiv schließen lassen, und daher vollkommen im Dunkeln tappen würden.«

Chevaline, der sich vor schlechter Presse fürchtete wie der Teufel vor dem Weihwasser, setzte zu einer Entschuldigung an: »Ich weiß, es passt Ihnen nicht, dass Sie von Ihren Aufgaben entbunden werden, aber bei den Morden vom Mont Ventoux handelt es sich fraglos um einen Fall mit internationalen Dimensionen, der Ihren Erfahrungsschatz und Ihre Kompetenzen wohl überfordern dürfte.«

Malbec glaubte, seinen Ohren nicht zu trauen. Sein rechter

Mundwinkel zuckte unkontrolliert. Dass sich Paris in den Fall einmischen würde, hatte er erwartet, aber dass Chevaline ihm den Fall entzog, empfand er als ungeheuerlich. Er war nicht nur ganz nebenbei zum Sündenbock erklärt worden, sondern Chevaline hatte ihm fachliche Inkompetenz unterstellt.

Um sich abzulenken, fixierte Malbec mit verengten Augen das Foto von Georges Pompidou.

»Ich werde natürlich weiterhin in engem Kontakt mit der Führung der neu eingerichteten Sonderkommission stehen. Man erwartet mich dort in zwei Stunden zu einer ersten Sitzung«, fuhr Chevaline fort. »Nach den derzeitigen Planungen werden von unserer Seite einzig Sergent Thibault, Sous-Lieutenant Taurel und Adjudant Poinsot abgestellt, um die Ermittlungen zu unterstützen. Unsere Kollegen aus Avignon werden selbstverständlich auch der Sonderkommission angehören. Da Sie als einer der Ersten am Tatort waren, kann es aber durchaus sein, dass man Sie bei Bedarf ergänzend hinzuziehen wird.«

Malbec sah Chevaline ungläubig an, dann stand er auf und wandte sich wortlos ab. Er fühlte sich, als sei er soeben in den vorzeitigen Ruhestand versetzt worden.

»Wir werden bei der nächsten Dienstbesprechung die Zuständigkeiten neu verteilen. Abgesehen davon, ist Ihr Mord im Melonenfeld auch noch nicht aufgeklärt«, schnarrte ihm Chevaline hinterher. »Soweit ich gehört habe, hat sich ein neuer Zeuge gemeldet.«

Mit hochrotem Kopf lief Malbec über den Flur. »Sein« Mord im Melonenfeld – es hätte nicht viel gefehlt, und er wäre Chevaline angesichts dieser Formulierung vor Ärger an die Gurgel gesprungen. Stattdessen reagierte er sich ab, indem er auf dem Weg zur Toilette krachend gegen den Kaffeeautomaten trat.

Um für ein paar Minuten allein zu sein, ging er in eine Kabine und setzte sich auf den geschlossenen Klodeckel. Seine Schläfen pochten, erst langsam beruhigte er sich wieder.

Während er vor sich hin starrte, fiel ihm erstmals auf, dass man für Boden und Wände die gleichen weißen Fliesen verwendet hatte. Die Toiletten auf dem Commissariat waren weiß gekachelt und so abweisend wie ein OP-Saal.

Malbec betätigte aus reiner Gewohnheit die Spülung und ging ans Waschbecken, um sich die Hände zu waschen. Er beugte seinen Kopf zum Wasserhahn und spritzte sich noch einen Schwall Wasser ins Gesicht, dann ging er in sein Büro zurück.

Auf dem Display seines Telefons, das auf seinem Schreibtisch lag, sah er, dass drei Nachrichten auf seiner Mailbox eingegangen waren. Er hörte die Nachrichten ab.

Chantal von der Spurensicherung hatte ihm mitgeteilt, dass das iPhone von Dupont nicht zu entschlüsseln sei, denn Apple weigere sich, den Code zu veröffentlichen, mit dem man den Passwortschutz umgehen konnte. Selbst das FBI, erklärte sie, sei mit ähnlichen Anliegen schon mehrfach in Cupertino gescheitert. Das bedeutete: kein Zugriff auf Textnachrichten, Fotos oder das Adressbuch. Immerhin würde ihnen der Netzbetreiber die Liste mit den unter der Nummer von Dupont ein- und ausgegangenen Anrufen übermitteln.

Nach Lage der Dinge kann mir das jetzt auch egal sein, dachte Malbec. Der Fall ist nicht mehr meine Baustelle.

Die beiden anderen Anrufe stammten von Nathalie. Mit einem unguten Gefühl drückte Malbec auf die Abspieltaste.

»Olivier – ich warte seit einer Stunde auf dich. Wieso meldest du dich nicht?«, hörte er Nathalie nicht gerade gut gelaunt fragen.

Auch ihre zweite Nachricht erfreute Malbec wenig. »Olivier – mir reicht es jetzt. Ich habe dieses ewige Warten satt. Keine Ahnung, wo du dich rumtreibst«, sagte Nathalie unwirsch. »Wahrscheinlich bist du wieder an irgendeinem Tatort. Am besten, du verbringst deinen Abend im Büro oder mit deiner schönen Kollegin. Ich jedenfalls fahre jetzt nach Avignon zu meiner Freundin Louise.«

Malbec stöhnte innerlich auf. Eine Beziehungskrise hatte ihm gerade noch gefehlt.

***

Malbec hatte schlecht geschlafen. Noch unter der Dusche nahm er sich vor, eine Radtour zu unternehmen. Er wollte sich abreagieren, den Kopf freibekommen. Seit Chevaline ihn gestern auf das Abstellgleis geschoben hatte, brodelte es in ihm. Er haderte nicht damit, dass Paris den Fall an sich gezogen hatte. Er hatte aber fest damit gerechnet, als Capitaine trotz seines niedrigeren Ranges zumindest Teil des Ermittlerteams zu sein. Dass ihn Chevaline gänzlich von dem Mordfall abgezogen hatte, wurmte ihn.

Sicher, er war manchmal ein Eigenbrötler, dessen Teamfähigkeit schon wiederholt von seinen Vorgesetzten in Frage gestellt worden war. Anderseits waren seine oft unkonventionellen Ermittlungsmethoden immer wieder von Erfolg gekrönt – aber das zählte anscheinend nicht mehr. Vor allem Chevalines Bemerkung, er werde »bei Bedarf ergänzend hinzugezogen«, ließ ihn fast vor Wut platzen.

Gleich nach dem Frühstück warf sich Malbec in seine Radmontur und füllte beide Wasserflaschen. Das eng anliegende Trikot spannte um den Bauch, denn er hatte in den letzten Jahren etwas zugenommen. Egal – er warf einen letzten Blick in den Spiegel, zog den Reißverschluss bis zum Hals hoch und beschloss, in der nächsten Zeit sein Sportpensum zu erhöhen.

Er holte sein schwarz lackiertes Specialized-Rennrad aus dem Schuppen, das er sich nach seiner Trennung von Valérie gekauft hatte. Wochenlang hatte er mit sich gerungen, ob der ultraleichte Carbonrahmen ein halbes Monatsgehalt wert sei – bereut hatte er den Kauf aber nie: Noch immer erfreute sich Malbec an dem futuristisch geschwungenen Rahmen seines Rennrads, zudem war die Shimano-Schaltung butterweich.

Malbecs Rennradschuhe klackten laut, als er sein Fahrrad aus der Einfahrt schob. Er setzte den Helm auf, schwang sich auf den Sattel, justierte die Schuhe und drückte auf dem Fahrradcomputer herum, bis der Tageskilometerstand null anzeigte. Er fuhr los und testete die hydraulischen Scheibenbremsen, die sofort reagierten.

Anfangs holperte er noch vorsichtig über das Pflaster der Altstadt, dann trat er schwungvoll in die Pedale.

Es war noch wenig los auf den Straßen, nur vor dem Bäcker parkten die Autos in zweiter Reihe. Fünf Minuten, nachdem er die letzten Häuser von Calmont-les-Fontaines passiert hatte, erhöhte Malbec das Tempo. So früh am Morgen war es noch kühl, die Wiesen und Felder dampften von der aufsteigenden Feuchtigkeit. Schon bald fuhr er zwischen Weinbergen hindurch, überquerte kleinere Hügel und passierte schließlich Saint-Didier und Mazan. Am Horizont türmte sich bereits der Mont Ventoux auf.

Obwohl Malbec noch ein paar Schleifen radelte, wurde er geradezu magisch von dem majestätischen Berg angezogen. Da ihm dieser durchaus Respekt einflößte, überlegte er kurz, ob er nicht doch die leichtere Route über Sault wählen und den Berg über die östliche Flanke erobern sollte, doch dann hatte er sich entschieden, den Mont Ventoux von Bédoin aus zu erklimmen.

Dort angekommen, legte Malbec eine Pause ein, lehnte sein Rad an eine Hauswand und setzte sich in ein Straßencafé, um einen *café double* zu bestellen.

Bédoin war eine Hochburg des Fahrradtourismus. Heerscharen von Radsportlern in grellbunten Trikots tummelten sich im Ort und philosophierten über die beste Übersetzung. Es waren Individualisten, Pärchen, aber auch Radsportfanatiker, die die Tour auf den Mont Ventoux im Rahmen einer Sportreise gebucht hatten. Englische, holländische und deutsche Wortfetzen drangen an Malbecs Ohr. Eines war gewiss: Er würde nicht allein auf der Strecke sein.

Er aß noch eine Banane und füllte seine Trinkflaschen an

einem Brunnen auf. Dann setzte er sich auf sein Rennrad, ließ seine Schuhe in den Pedalen einrasten und fuhr los. Am oberen Ortsende bog er rechts ab und nahm den klassischen Aufstieg in Angriff.

Malbec war nicht gerade auf seinem konditionellen Höhepunkt, doch jetzt wollte er es wissen. Es waren zwar »nur« einundzwanzig Kilometer bis zum Gipfel, der zum Greifen nahe schien, allerdings hatte es diese Strecke in sich – schließlich mussten rund eintausendsechshundert Höhenmeter bewältigt werden.

Durchaus elanvoll, wie er fand, meisterte Malbec die ersten Kilometer und zog an zwei – zugegebenermaßen schon älteren – Radfahrern vorbei. Die Strecke war noch von Rebstöcken, später dann von Steineichen und Atlaszedern gesäumt, die ein wenig Schatten spendeten. Malbec ächzte, denn die Steigung betrug über die nächsten Kilometer stets mehr als neun Prozent. Er musste herunterschalten und sah unter seinem rechten Arm hindurch auf die Ritzel. Er trat bereits im zweitkleinsten Gang.

Inzwischen schnaufte er gewaltig und versuchte, seinen Rhythmus zu finden. Der Gipfel schien nicht näher rücken zu wollen. Als er von einem E-Bike überholt wurde, wollte Malbec schon verächtlich vor sich hin schnauben, doch er bemerkte, dass der Fahrer nur ein Bein hatte und sich mit einer Beinprothese behalf. Anstelle seines Unterschenkels glänzte ein dünnes Metallrohr, das mit dem Pedal verbunden war.

Es war schwül, und immer mehr wabernde Wolken zogen herauf. Ein Schweißfilm hatte sich auf Malbecs Unterarme und seine Handrücken gelegt. Kein Wunder, dass er inzwischen nicht nur von zahlreichen Autos, sondern auch von vielen ambitionierten Amateurradfahrern überholt worden war. Manche warfen ihm aufmunternde Worte zu. Die meisten hielten ihren Blick stur geradeaus gerichtet. Ganz selten schob er sich an einem Radfahrer vorbei. Seine Oberschenkel brannten und drohten zu bersten.

Malbec radelte längst im leichtesten Gang. Aber keine

Spur mehr von einem rhythmischen Wiegetritt, er leistete körperliche Schwerstarbeit und verfluchte seine Idee. Mit einem kurzen Lächeln quittierte er den Umstand, dass an einem Streckenabschnitt die Straßenmarkierung in den Farben der Trikolore in Blau, Weiß und Rot gestaltet war. Drei oder viermal zog auch eine kleine Gruppe vorbei, die das gleiche grün-blaue Sportoutfit trug.

Als er sich einmal auf einer langen Geraden umsah, registrierte er, dass sich die Radsportler wie Perlen an einer Schnur hinter ihm den Berg hinaufschoben. Die meiste Zeit jedoch hielt Malbec den Blick auf die Straße gerichtet, selten blickte er nach links und rechts. Hin und wieder griff er zu der am Fahrradrahmen befestigten Trinkflasche und nahm einen Schluck.

An ein überdimensionales Kerbholz erinnernd, markierten weiße Striche auf dem Asphalt jeden gefahrenen Kilometer. Je höher Malbec hinaufradelte, desto spärlicher wurde die Vegetation, desto rauer wurde das Klima, desto mehr nahm die Steigung zu – unerbittlich.

Malbec ging aus dem Sattel, allerdings weniger, um die Trittfrequenz zu erhöhen, vielmehr wollte er sein taubes Hinterteil entlasten. Sogar seine Weichteile waren pelzig.

Das Chalet Reynard markierte das Ende der Baumgrenze. Die Straße wand sich durch den gleißenden Kalkschotter. Der Wind pfiff Malbec so kraftvoll entgegen, dass er kurz davor war, abzusteigen, doch letztlich wollte er sich diese Blöße nicht geben.

Er hob den Blick: Wie ein schmales graues Band schlängelte sich die Straße durch die Geröllwüste den Berg hinauf. Links und rechts war die Strecke von einem bunten Konfettiband gesäumt, das sich beim genaueren Hinsehen als eine Ansammlung leerer Plastikflaschen und Dosen sowie Folienverpackungen von irgendwelchen Energieriegeln und Powergels entpuppte, die im Wind flatterten. Malbec schüttelte über die Gedankenlosigkeit dieser sportlichen Umweltverschmutzung den Kopf.

Glücklicherweise wurde die Steigung abschnittsweise moderater. Und am Straßenrand wiesen in regelmäßigen Abständen aufgestellte, gelb-schwarz bemalte Metallstangen den Weg zum Gipfel.

Malbecs Trikot war inzwischen fast vollkommen durchgeschwitzt. An manchen Abschnitten musste er eine Steigung von mehr als zehn Prozent bewältigen. Wegen des starken Gegenwindes hatte er ohnehin den Eindruck, kaum von der Stelle zu kommen.

Zwei Kilometer unterhalb des Gipfels passierte Malbec einen Gedenkstein, der mit verbogenen Felgen und Speichen sowie bunten Trinkflaschen und einem alten Sattel verziert war. Eine Hommage an Tom Simpson, den ersten Toten der Tour de France. Malbec überlegte, ob er kurz anhalten sollte, verwarf jedoch den Gedanken, da er befürchtete, nach der Pause gar nicht mehr den richtigen Tritt zu finden. Er beschloss, später auf der Abfahrt vom Gipfel dort anzuhalten.

Adjudant Blanc hatte ihm die Geschichte von Tom Simpson ausführlich erzählt. Simpson war 1967 bei der Tour de France – es war die am 13. Juli ausgetragene dreizehnte Etappe – unterhalb des Gipfels zusammengebrochen, als er, aufgeputscht mit einem verhängnisvollen Cocktail aus Amphetaminen und Alkohol, den Mont Ventoux an einem der heißesten Tage des Jahres als Erster bezwingen wollte. Es sah schon so aus, als wolle er aufgegeben, dann stieg er noch einmal auf sein Rad, fuhr Schlangenlinien und kippte fünfhundert Meter später zur Seite. *»Put me back on the bloody bike«*, sollen seine letzten Worte gewesen sein. Noch in der Todessekunde hielten seine Finger den Fahrradlenker krampfhaft umklammert.

Der herbeigeeilte Rennarzt hatte sich vergeblich bemüht, Simpson wiederzubeleben. Offiziell schwieg man zu den Dopinghintergründen; Simpsons Tod wurde mit Hitze und Erschöpfung erklärt, denn schon damals war man an einem sauberen Image der Tour interessiert gewesen.

Malbec begegnete dem Berg mit Ehrfurcht, denn er wusste,

dass jedes Jahr mehrere Freizeitradler am Mont Ventoux ums Leben kamen – allerdings nicht aufgrund von Doping, sondern weil sie entweder ihre Kräfte vollkommen überschätzt oder die kurvenreiche Abfahrt zu stürmisch gemeistert hatten.

Trotz des Windes war Malbec schweißgebadet. Er fixierte den Asphalt und las die aufmunternden Botschaften, die Zuschauer bei irgendeiner früheren Tour mit weißer Farbe für die Radfahrer aufgemalt hatten. »Lance Armstrong« – Malbecs Blick fiel auf ein verblasstes, aber noch lesbares Asphalt-Tattoo.

Der Gipfel rückte näher, der quadratische Turm des Observatoriums mit seinen Sendeanlagen war schon deutlich auszumachen. Ein paar Minuten später konnte Malbec schon die kleinen, an Schießscharten erinnernden Fenster der Wetterwarte sehen. Er klemmte sich hinter einen Fahrer im orangefarbenen Rabobank-Trikot. Noch eine letzte steile Haarnadelkurve, dann hatte er es geschafft!

Er lehnte sein Rennrad mit zitternden Beinen an eine Mauer und trank seine Wasserflasche leer. Wenigstens war er nicht im Ziel kollabiert wie Eddie Merckx, als dieser 1970 die Etappe hinauf zum Mont Ventoux gewann. Dafür hatte er auch mindestens fünfmal so lang gebraucht.

Malbec war erschöpft, aber zugleich stolz und glücklich, so dass er den Trubel, der auf dem Gipfel herrschte, gar nicht wahrnahm. Kurz wurde er von einer Welle der Euphorie getragen; der ganze Ärger schien vergessen. Dann registrierte er genervt das Treiben, das dem auf einem Rummelplatz ähnelte, selbst einen Stand mit Süßigkeiten gab es. Radfahrer umarmten sich, zückten ihr Smartphone und knipsten Selfies mit Gipfelpanorama.

Er ging zu einer Orientierungstafel, um die berühmte Panoramaaussicht zu genießen, die an schönen Tagen bis zu den Seealpen und dem Mittelmeer reichen sollte, doch jetzt lag die Provence im nachmittäglichen Dunst. Mit Mühe konnte Malbec am Horizont den lang gestreckten Luberon ausmachen. Von den Seealpen keine Spur.

Er fröstelte und bekam eine Gänsehaut. Da er sich nicht erkälten wollte, ging er zurück zu seinem Rad, prüfte sicherheitshalber noch einmal den Reifendruck und den Zustand seiner Bremszüge, zog seine Windjacke an und nahm die Abfahrt in Angriff.

Der Fahrtwind tat ihm gut. Bis zum Simpson-Denkmal, wo er einen kurzen Stopp einlegte, hatte er das Gefühl, durch die Kurven zu schweben, doch schon bald begannen seine Hände und Unterarme vom steten Bremsen zu schmerzen. Die kurvige Strecke erforderte seine volle Konzentration, schließlich wollte er sein Leben nicht am Stamm einer Zeder beschließen.

FÜNF

Malbec saß in der »Bar du Sport« und tunkte ein Croissant in seinen *café au lait*. Eigentlich war ihm die Gesellschaft fremder Menschen am frühen Morgen verhasst, aber er hatte versäumt, seine Kaffeevorräte aufzufüllen. Notgedrungen hatte er sich dazu entschlossen, das nächstgelegene Café aufzusuchen. Die »Bar du Sport« mit ihren kahlen Wänden und ihrem einfachen Mobiliar war nicht gerade seine Lieblingskneipe, aber er war zu faul gewesen, um zum schöneren »Café de France« zu laufen.

Mit einem angedeuteten Nicken begrüßte er Pascal, einen urigen vollbärtigen Typen, der die Bar vor ein paar Monaten übernommen hatte und gerade eine Gemüsekiste hereintrug.

Da er seine Ruhe haben wollte, hatte sich Malbec die neueste Ausgabe von »La Provence« geschnappt, die am Tresen lag, und sich an einen abgelegenen Tisch gesetzt. Er warf einen kurzen Blick auf die gestrigen Ereignisse: Die Nationalstraße zwischen Saint-Rémy und Cavaillon war gesperrt worden, nachdem ein Lastwagen mit Olivenöl umgestürzt war und sich die ganze Ladung über den Asphalt verteilt hatte. Angeblich sollte es noch Tage dauern, bis das Öl entfernt und die Straße wieder befahrbar sein würde. Malbec blätterte schmunzelnd um, las einen Bericht über die gestrige Tour-de-France-Etappe und stutzte, als er auf das Datum sah: Es war auf den Tag genau zwei Monate her, dass sich die tödlichen Schüsse auf dem Parkplatz am Mont Ventoux ereignet hatten.

Malbec griff nach der restlichen Hälfte des Croissants und tauchte sie in den Milchkaffee. Nachdenklich fegte er mit der anderen Hand die Brösel vom Tisch. Wie im Schnelldurchlauf drängten sich die schrecklichen Ereignisse in sein Bewusstsein.

Bis jetzt war es der Polizei noch immer nicht gelungen, einen Täter auszumachen. Nachdem ihm die Leitung des Falles entzogen worden war, hatte Malbec die weiteren Ermittlungen immer wieder mit Interesse verfolgt. Allerdings speisten sich seine Kenntnisse inzwischen mehr aus den Medien als aus Interna. Aus gekränkter Eitelkeit freute er sich insgeheim sogar ein wenig darüber, dass die Sonderkommission bis heute keine konkreten Ergebnisse vorlegen konnte.

Sein Verhältnis zu Commandant Chevaline war nach wie vor eisig. Malbec verübelte ihm die Art und Weise seiner Abberufung – soweit es möglich war, ging er ihm aus dem Weg. Ein Ermittlungsfehler war Malbec ebenso wenig unterlaufen, wie er sich andere Versäumnisse vorwerfen lassen musste. Anderseits bedauerte er als überzeugter Polizist, dass der oder die Mörder noch immer nicht zur Rechenschaft gezogen werden konnten.

Obwohl die von Alain Bouquil geleitete Sonderkommission über besonders umfangreiche Befugnisse verfügte und personell wie materiell aus dem Vollen schöpfen konnte, waren bislang alle Versuche, den Fall aufzuklären, gescheitert.

Malbec hatte Bouquil zwei- oder dreimal getroffen und ihn als einen sehr zielstrebigen, klar denkenden Offizier schätzen gelernt. Gleichwohl kamen die Ermittlungen trotz eines immensen Aufwandes und zahlreicher Spuren nicht voran. So hatte man aus Paris zwei hochgelobte Profiler hinzugezogen, die sich vergeblich bemüht hatten, die Geschehnisse umfassend zu analysieren und Hinweise auf das Täterprofil zu geben. Es gab Hinweise und Verdachtsmomente, aber keine verwertbaren Erkenntnisse. Auch war es bisher nicht gelungen, die DNA eines Tatverdächtigen zu isolieren.

Doch nicht nur das: Je mehr Fakten bekannt wurden, desto rätselhafter erschien der Fall. Immer mehr Querverbindungen hatten sich im Laufe der Zeit rund um die Morde am Mont Ventoux ergeben. Einige davon waren so dubios, dass sie die üblichen Verschwörungstheoretiker auf den Plan gerufen hatten, die darüber in den einschlägigen Internetforen ausführlich diskutierten.

Malbec verwunderte das nicht. So hatte man beispielsweise erst kürzlich herausgefunden, dass Leila in *zweiter* Ehe mit Chalid Alkhateeb verheiratet gewesen war. Bereits 1999 war sie schon einmal vor den Traualtar getreten, um einen Mann namens Tom Jameson zu ehelichen. Seltsamerweise verstarb dieser am selben Tag wie die Opfer vom Mont Ventoux – allerdings an Herzversagen und auch nicht in Frankreich, sondern in Natchez im US-Bundesstaat Mississippi. Dennoch ließ der Umstand, dass die Ex-Ehepartner am selben Tag ums Leben gekommen waren, alle an einem Zufall zweifeln, wie auch der französische Generalstaatsanwalt einräumte.

Leila Alkhateeb und der in der Ölindustrie beschäftigte Tom Jameson hatten 1999 in Texas geheiratet, doch schon zwei Jahre später hatte Leila Amerika verlassen und die Scheidung eingereicht. Trotz intensivster Nachforschungen deutete nichts darauf hin, dass die beiden anschließend noch Kontakt zueinander gehabt hatten. Das FBI wollte Jamesons Leiche exhumieren und auf Gift untersuchen lassen, aber seine Verwandten lehnten dieses Gesuch entschieden ab.

Nicht genug der Rätsel: Seltsamerweise hatten alle Angehörigen von Leila zu Protokoll gegeben, nichts von deren erster Ehe gewusst zu haben. Die aus einer früheren Beziehung stammende Tochter von Jameson behauptete, es habe sich um eine Scheinehe gehandelt. Ihren Vater plagten damals Geldprobleme, die er durch die Eheschließung zu lösen gehofft hatte.

Malbec beobachtete Pascal, der mit Inbrunst Gläser spülte, und stellte ein paar Überlegungen an. Warum hatte Leila ihre erste, kinderlose Ehe verschwiegen? Wusste Chalid von dieser Vorgeschichte? War Leila Alkhateeb das Ziel des Anschlags gewesen? Gab es ein Familiengeheimnis, oder wurde Leila eventuell dafür bestraft, dass sie die Familienehre beschmutzt hatte, weil sie ihre erste Ehe verheimlicht hatte? Aber warum wurde dann auch ihr Mann ermordet?

Zudem hatten Wirtschaftsspezialisten herausgefunden, dass eine der von VCV Capital Partners übernommenen Firmen den IS über einen syrischen Mittelsmann mit Waffen beliefert hatte. Es gab aber keine Beweise dafür, dass Alkhateeb über diese Waffengeschäfte Bescheid gewusst hatte. Allerdings hatte die Firma ihre »Geschäftsbeziehungen« zum IS schon lange vor der Übernahme aufgenommen. Außerdem gab es noch einen deutschen Chemieproduzenten, der Geschäftskontakte zum Iran unterhielt und diesen illegal belieferte – Mehrheitsanteilseigner war wiederum VCV Capital Partners.

Oder handelte es sich doch um Erbstreitereien? Ramin Alkhateeb, der verstorbene Vater von Ziad und Chalid, hatte ein Nummernkonto in der Schweiz besessen. Die Sonderkommission unter Leitung von Colonel Bouquil hatte mit Hilfe der Genfer Kollegen und einer akribischen Auswertung von zahlreichen Straßenüberwachungskameras ermittelt, dass Chalid Alkhateeb wenige Tage vor seinem Tod eine Filiale der Credit Suisse in Genf aufgesucht hatte. Allerdings weigerte sich die Geschäftsleitung mit einem Hinweis auf das Bankgeheimnis, Angaben über den Grund seines Besuches zu machen.

Zum Kreis der dringend Tatverdächtigen gehörte weiterhin Ziad Alkhateeb. Umso mehr, da man herausgefunden hatte, dass Ziad kurzfristig einen Flug nach Genf storniert hatte. Die gebuchte Reise von London-Heathrow hätte am Morgen desselben Tages stattgefunden, an dem Chalid Alkhateeb in der Filiale der Credit Suisse vorstellig geworden war.

Malbec erinnerte sich daran, dass er gelesen hatte, Ziad Alkhateeb habe es nicht nur abgelehnt, freiwillig eine DNA-Probe abzugeben, da er wusste, dass die englischen Gerichte ein diesbezügliches Amtshilfeersuchen zurückweisen würden, sondern er habe sich auch geweigert, nach Frankreich zu reisen, um sich verhören zu lassen. Und obwohl nach seiner schnellen Freilassung sein Haus – es lag im zu Richmond upon Thames gehörenden Stadtteil Chessington – zu seinem Aufenthaltsort bestimmt worden war, hatte sich Ziad über die Anordnung hinweggesetzt und eine Geschäftsreise nach Asien unternommen. Steckte Ziad Alkhateeb doch hinter den Morden? Und wenn nicht, warum lenkte er mit seinem Verhalten den Verdacht auf sich?

Malbec wusste, dass der Aufwand, mit dem die Ermittlungen betrieben worden waren, immens war. Weder die Analyse der Mobilfunkdaten noch die Auswertung aller Überwachungskameras im gesamten Département hatten zu neuen Erkenntnissen geführt. Zudem hatte man alle Personen im Umkreis von rund einhundert Kilometern, die in den letzten Jahren wegen psychischer Probleme oder als Waffenliebhaber mit dem Gesetz in Konflikt geraten waren, vernommen und akribisch durchleuchtet. Später erweiterte man den möglichen Täterkreis sogar um ehemalige Soldaten, die aufgrund diverser Traumata aus dem Dienst ausgeschieden waren. Es wurden zahllose Personen verhört, Suchabfragen durch den Computer gejagt – Fehlanzeige. Der wahrscheinliche Tathergang am Parkplatz wurde nachgestellt und gefilmt, zudem wurden Testschüsse mit einer identischen Luger 06 Parabellum abgegeben, um herauszufinden, wie weit der Schall gereicht haben musste. Auch das alles vergebliche Versuche, Licht in das Dunkel zu bringen.

Dann gab es noch den mysteriösen Motorradfahrer, dessen Identität bisher nicht aufgeklärt werden konnte. Zwei Forstarbeiter hatten berichtet, sie hätten zum Tatzeitpunkt einen Motorradfahrer mit einer Geländemaschine angehalten, der auf einem für motorisierte Fahrzeuge gesperrten Feldweg unterwegs gewesen war. Als ein Mountainbike-Fahrer diese Aussage bestätigte, schrillten die Alarmglocken. Ein Fahndungsfoto wurde erstellt, das einen Mann mittleren Alters mit Vollbart und einem auffällig geformten schwarzen Helm ohne Visier zeigte, wie er eventuell vor über einem Jahrzehnt von der französischen Polizei getragen worden war. Doch auch diese Spur verlief im Sande.

Schließlich geriet Jérôme Dommenach, Sophie Duponts erster Ehemann, in den Kreis der Tatverdächtigen, da er sich in der Nähe des Tatorts aufgehalten hatte und über kein stichhaltiges Alibi verfügte. Man vermutete ein Eifersuchtsdrama, da sich Dupont und Dommenach wenige Wochen zuvor auf einer Veranstaltung lautstark gestritten hatten, doch ließ sich diese These aus Mangel an Beweisen nicht lange aufrechterhalten.

Noch immer koordinierte die Sonderkommission von Avignon aus die Ermittlungen. Allerdings war die zeitweise über dreißig Mann starke Sondereinheit inzwischen deutlich verkleinert worden. Sie bestand, wie Malbec erfahren hatte, nur noch aus Colonel Bouquil und sechs weiteren Personen. Zum verbliebenen Ermittlungsteam gehörten neben Adjudant Poinsot aus Malbecs Commissariat und Capitaine Guitton noch zwei Polizisten, die Malbec kannte.

Wie er von Poinsot erfahren hatte, war die Anfangseuphorie im Team längst verflogen. Inzwischen hatte sich Frustration breitgemacht. Das lag auch daran, dass es zu diplomatischen Unstimmigkeiten gekommen war, da britische Journalisten Frankreich vorwarfen, die Bedeutung des Falls herunterzuspielen. Schließlich schaltete sich der französische Präsident ein. In einem persönlichen Gespräch mit David Cameron versuchte François Hollande die Wogen zu glätten.

Es war also kein Wunder, dass sich immer wieder das Pariser Innenministerium einmischte, was den Arbeitsablauf erheblich erschwerte. Verständlich, dass die Stimmung im Team oft gereizt war. Die Mitglieder der Sonderkommission hatten kein leichtes Leben, die Zeit drängte, die Erfolge blieben aus.

Malbec lehnte sich lächelnd zurück und verschränkte die Arme hinter dem Kopf. Er war froh, dass er nichts mehr mit diesem Fall am Hut hatte. Zufrieden träumte er zwei Sekunden vor sich hin, dann holte ihn die Realität ein, und er erinnerte sich an seine bevorstehenden Aufgaben.

Er trank den restlichen Kaffee aus, legte fünf Euro auf den Tisch und lief zu seinem Auto.

Malbec war sichtlich gut gelaunt. Daran hatte selbst das trockene Croissant nichts ändern können. Bevor er losfuhr, schrieb er noch eine SMS, die prompte Antwort zauberte ihm ein weiteres Lächeln ins Gesicht. Rasch reservierte er telefonisch einen Tisch in der »Auberge les Oliviers«.

Die letzten Wochen waren in vielerlei Hinsicht turbulent verlaufen. Der Höhepunkt war eine Geiselnahme in einem Supermarkt in Sorgues gewesen. Ein arbeitsloser Schreiner war aus unerfindlichen Gründen kurz vor Ladenschluss ausgerastet, hatte einer Kassiererin ein Messer an den Hals gehalten und gedroht, sie umzubringen. Malbec, der zufällig in der Nähe gewesen war, war einer der ersten Polizisten vor Ort und leitete die Evakuierung des Supermarkts ein. Als das Gebäude von Spezialeinheiten umstellt war, konnte er den Mann, der zwei Millionen Euro und einen Helikopter gefordert hatte, davon überzeugen, ihn als Verhandlungspartner zu akzeptieren.

Unbewaffnet hatte er den gespenstisch stillen Supermarkt betreten. Schon nach wenigen Minuten war sich Malbec ziemlich sicher, dass der Schreiner psychisch labil war und keine ernsthafte Gefahr von ihm ausging. Glücklicherweise behielt auch die Kassiererin die Nerven.

Stück für Stück hatte Malbec das Vertrauen des Mannes gewinnen und ihn in ein Gespräch verwickeln können. Er wartete geduldig ab, obwohl er zweimal die Möglichkeit gehabt hätte, ihn niederzuschlagen.

Der surreale Höhepunkt jener Nacht war der Augenblick gewesen, in dem sie zu dritt hinter der Kasse auf dem Fußboden saßen, sich eine Packung Paprikachips teilten und dazu Cola tranken. Zwei Stunden nach Mitternacht händigte der Schreiner Malbec das Messer aus und gab auf.

Die Geschichte hatte für Furore gesorgt, und der »Vaucluse Matin« feierte Malbec am nächsten Tag als den »Helden von Sorgues«. Aufgrund seines selbstlosen Einsatzes war die

Geiselnahme unblutig zu Ende gegangen. Selbst der Präfekt zollte ihm Lob und Anerkennung für sein deeskalierendes Verhalten.

Drei Tage später hatte sich Malbec noch um einen Vermisstenfall kümmern müssen – ein Lehrer war seit einer knappen Woche nach einem Ausflug spurlos verschwunden, aber da er in der letzten Zeit mehrmals von einem Schüler massiv bedroht worden war, hatte seine Schwester vermutet, es könne ihm etwas zugestoßen sein. Zweimal war sie in dieser Angelegenheit bereits auf dem Commissariat vorstellig geworden. Sergent Thibault hatte alle Krankenhäuser in der Umgebung abtelefoniert und sämtliche Unfallprotokolle der letzten Woche studiert, aber es gab keinerlei Hinweise auf den Vermissten.

Bei ihrem letzten Besuch hatte die Schwester Malbec mit ihren Tränen so gerührt, dass er ihr versprach, sich der Sache anzunehmen, obwohl es keinen Hinweis auf ein Gewaltverbrechen gab. Jeder Mensch hatte bekanntlich das Recht, die Tür hinter sich zuzuziehen und zu verschwinden, ohne irgendwelche Spuren zu hinterlassen. Es kam gar nicht so selten vor, dass die Vermissten nach Jahren wieder auftauchten, so, als sei nichts gewesen. Manchmal führten sie auch in einer ganz anderen Stadt oder in einem ganz anderen Land ein neues Leben.

Malbec beschloss, in Vaison-la-Romaine ein paar Zeugen zu befragen, um mehr über die Lebensumstände des Lehrers zu erfahren. Wahrscheinlich hatte er so bereitwillig zugesagt, weil ihm da bereits die Idee vorschwebte, auf dem Rückweg bei seinem Lieblingswinzer in Vacqueyras vorbeizufahren, um seine Weinvorräte zu ergänzen. Von dem süffigen Wein der Domaine de Beauregard stand nur noch eine halbe Kiste in seinem Keller. Und Malbec liebte den vollmundigen Geschmack des tiefroten Weins mit seinem hohen Grenache-Anteil. Die biologisch angebauten Trauben stammten von mehr als achtzig Jahre alten Reben, und Jean-Philippe ließ den durchaus erschwinglichen Wein sechs Monate im Barriquefass reifen.

Malbec kam flott voran. Die Landstraße war wenig befahren. Er zappte zwischen den Programmen hin und her, bis er einen Sender gefunden hatte, der Hits aus den achtziger Jahren spielte. Malbec erfreute sich an einem alten Queen-Song und stimmte in den Refrain ein.

Mit Vaison-la-Romaine verband er ein paar nette, geradezu sentimentale Erinnerungen. Er war gern in der alten Römerstadt unterwegs, die aufgrund ihres ausgedehnten Ausgrabungsgeländes auch als das »französische Pompeji« gepriesen wurde. Einst hatte er in Vaison mit Valérie ein romantisches Wochenende im Hôtel Burrhus verbracht. Damals waren sie gerade frisch verliebt gewesen und hatten sich meist im angenehmen Halbschatten ihres Zimmers vergnügt. Dennoch hatten sie die Zeit gefunden, den Ort zu erkunden. Malbec kannte daher die steilen Gassen der von einer Burgruine gekrönten mittelalterlichen Oberstadt auf dem linken Ufer der Ouvèze ebenso wie die ausgedehnten römischen Ruinen am rechten Flussufer, wo sich auch das heutige Vaison-la-Romaine ausbreitete.

Schon bei seinem damaligen Besuch war er über die Größe des Ausgrabungsgeländes überrascht gewesen, die Archäologen hatten nicht nur die Grundmauern von Villen samt Bodenmosaiken, sondern selbst ein richtiges Amphitheater freigelegt, das inzwischen wieder als Konzertbühne genutzt wurde. Mit einem Audioguide hatten Valérie und er das Areal erkundet.

Verbunden waren beide Stadtteile durch eine elegant geschwungene Römerbrücke, die seit zweitausend Jahren jedem Hochwasser getrotzt hatte. Selbst als die Fluten der Ouvèze im September 1992 den halben Ort zerstört und Autos und Wohnwagen wie Spielzeuge mit sich gerissen hatten, so dass dabei dreißig Menschen den Tod fanden, war der Brückenbogen dank der Kunst der römischen Baumeister weitgehend unbeschädigt geblieben.

Malbec näherte sich der Stadt von Westen und wunderte sich über das hohe Verkehrsaufkommen, bis ihm einfiel, dass

Markttag war. Parkplätze würden rar sein. Er beschloss, ein Stück außerhalb zu parken und in die Stadt zu laufen.

Glücklicherweise entdeckte er neben der Friedhofsmauer eine enge Parklücke und zwängte sich hinein. Während er noch einmal die auf dem Beifahrersitz ausgebreiteten Unterlagen mit den Adressen des Vermissten und zweier Zeugen durchblätterte, krachte es, und Malbec wurde spürbar durchgerüttelt. Verärgert stellte er fest, dass der Fahrer des vor ihm stehenden Peugeot ihn beim Ausparken touchiert hatte.

Als Malbec ausstieg, kam ihm bereits eine Frau entgegen.

»Oh, Entschuldigung!«, rief sie aufgeregt. »Das tut mir ausgesprochen leid, aber ich bin von der Kupplung abgerutscht!«

Malbec brummte ungehalten.

»Selbstverständlich kommt meine Versicherung für die Reparatur auf.«

Gemeinsam besahen sie den Schaden, der nicht unerheblich war. Malbecs linker Scheinwerfer war zersplittert, auch die lackierte Stoßstange war eingedellt. Der Peugeot hatte ebenfalls eine nicht zu übersehende Delle.

»Sollen wir die Gendarmerie rufen?«, fragte die blonde, knapp vierzigjährige, sportlich elegant gekleidete Frau.

»Nicht nötig, die ist schon hier«, sagte Malbec.

Die Frau drehte sich erst suchend um, dann sah sie Malbec verständnislos an.

»Ich bin Polizist«, erklärte Malbec, zeigte ihr seinen Dienstausweis und stellte sich kurz vor.

»Und jetzt?«, sagte sie verunsichert.

»Jetzt tauschen wir unsere Daten aus – die Schuldfrage dürfte sich wohl erübrigen.«

»Ja, es tut mir wirklich leid, aber heute ist einfach nicht mein Tag. Und nun passiert mir auch noch dieses Missgeschick.«

»Beruhigen Sie sich erst einmal – so schlimm ist die Sache nun auch wieder nicht. Wie heißen Sie denn?«

»Mein Name ist Sophie Dupont.«

Während Malbec ihre Kontaktdaten notierte, erzählte ihm die sichtlich aufgelöste Frau, dass sie das Grab ihres Mannes auf dem städtischen Friedhof besucht hatte, um Blumen daraufzulegen und eine Gedenkkerze zu entzünden. Sie habe den Verlust noch nicht verkraftet und sei noch sehr durcheinander, da ihr Mann erst vor zwei Monaten gestorben sei.

»Wie war doch gleich Ihr Name?«, fragte Malbec mit nervös zuckenden Augen.

***

Als er noch die Ermittlungen im Mordfall am Mont Ventoux geleitet hatte, hatte Malbec keinen Kontakt mit Sophie Dupont gehabt, da sie nicht zum Kreis der Tatverdächtigen gezählt wurde. Soweit er sich erinnern konnte, war sie nur einmal verhört worden. Sie stand damals unter Schock und war bei der Identifizierung ihres Mannes fast kollabiert. Eine verwertbare Aussage konnte sie nicht machen.

Später, als ihr Ex-Mann Jérôme Dommenach in den Fokus der Ermittler geriet, war sie sicherlich noch mehrmals verhört worden, aber da hatte Malbec schon längst nichts mehr mit dem Fall zu tun gehabt.

Ausgehend von dem kleinen Parkunfall hatte sich schnell ein anregendes Gespräch entwickelt. Zu seiner eigenen Überraschung registrierte Malbec, dass er mit dem ungelösten Mordfall innerlich noch immer nicht abgeschlossen hatte. Ein, zwei Stichworte hatten genügt, um sein Interesse erneut zu wecken.

Er berichtete Sophie Dupont, dass er seinerzeit die Ermittlungen in den ersten Tagen geleitet hatte, bevor die Sonderkommission gebildet worden war. Zudem drückte er sein Bedauern aus, dass der Mörder ihres Mannes noch immer frei herumlief.

Kurz zögerte er, dann fasste er sich ein Herz. »Darf ich Sie auf einen Kaffee einladen?«, fragte er unsicher. »Ich würde mich gern mit Ihnen über den Fall unterhalten. Allerdings nur, wenn Sie mit mir darüber reden möchten.«

»Ja, warum nicht«, antwortete Sophie Dupont nach einem abwägenden Blick.

Malbec schlug eines der kleinen Cafés am Fuße der Altstadt vor, um dem Markttrubel rund um die Place Montfort zu entgehen. Aufgrund der schwierigen Parkplatzsituation liefen sie nebeneinander entlang der Avenue Ulysse Fabre bis zum nächsten Kreisverkehr, von wo aus man die mächtigen Reste der Stadtbefestigung deutlich sehen konnte.

Die Straße führte steil bergauf, doch Sophie Dupont war gut zu Fuß, so dass sie nach fünf Minuten vor dem Café standen.

Da Malbec nicht mit der Tür ins Haus fallen wollte, führte er ein wenig Small Talk, obwohl er darin wahrlich kein Meister war. Dementsprechend kam die Kommunikation nur stockend in Gang. Erst als sie feststellten, dass sie beide im selben Pariser Arrondissement zur Schule gegangen waren, war das Eis gebrochen. Sophie Dupont schien Vertrauen zu Malbec gefasst zu haben.

»Wie Sie sich denken können, hat mich die Ermordung von Silvian komplett aus der Bahn geworfen«, erzählte sie. »Unser gemeinsames Leben, unsere Zukunftspläne waren mit einem Schlag zunichtegemacht, ausradiert. Vom einen auf den anderen Augenblick stand meine Welt still.«

Malbec nickte verständnisvoll. Er hatte schon mehrfach erlebt, wie Menschen versteinerten, wenn er ihnen eine Todesnachricht überbrachte. Daher konnte er sich gut vorstellen, wie es Sophie Dupont ergangen sein musste.

»Bis ich Silvian in der Gerichtsmedizin identifizieren musste, hatte ich noch gehofft, es sei ein Irrtum, eine Verwechslung. Aber als ich ihn dann auf dem Obduktionstisch liegen sah, zog es mir den Boden unter den Füßen weg. Mittlerweile ist es mir wieder halbwegs gelungen, Zuversicht und Kraft zu schöpfen, um mein Leben neu auszurichten, aber kurz nach dem Tod meines Mannes ist alles über mich hereingebrochen. Sie müssen wissen, dass ich damals im dritten Monat schwanger war. Ich lebte wie unter einer Glasglocke und habe zwei Wochen später eine Fehlgeburt erlitten. Freunde, die befürchteten, ich könnte in eine tiefe Depression fallen, haben mir geraten, therapeutische Hilfe in Anspruch zu nehmen.«

Sie nagte an ihrer Unterlippe und nippte am Kaffee.

»Ich kann mir durchaus vorstellen, dass Sie der Tod Ihres Mannes aus der Bahn geworfen hat«, sagte Malbec und kratzte sich angesichts dieser intimen Details verlegen an seinem Dreitagebart.

»Ja«, sagte Sophie Dupont mit feuchten Augen, »eine Zeit lang habe ich mir sogar überlegt, von Vaison wegzuziehen. Ich wollte mein altes Leben hinter mir lassen, alle Brücken abbrechen. Unser gemeinsames Haus war gefüllt mit Erinnerungen, die sich auf einmal schal und leer anfühlten. Und der nahe Mont Ventoux erschien mir wie ein steinernes Mahnmal für die Ungerechtigkeit dieser Welt. Warum, so fragte ich mich, musste mein Mann ausgerechnet an diesem Tag zu dieser Stunde an diesem Parkplatz vorbeiradeln? Doch dann habe ich mich entschieden, hierzubleiben. Ich wollte nicht fliehen, ich spürte, dass ich mich dem Leben stellen muss. Und zwar genau hier in Vaison-la-Romaine. Mein Therapeut hat mir geraten, so bald wie möglich wieder in meinem alten Beruf als Immobilienmaklerin zu arbeiten. Morgen habe ich ein erstes Bewerbungsgespräch.«

Malbec musterte Sophie Dupont. Sie war eine attraktive Frau, aber etwas blass und für seinen Geschmack zu dünn, wie er mit einem Blick auf die deutlich hervortretenden Schlüsselbeine erkennen konnte.

»Wie lange waren Sie mit Silvian Dupont verheiratet?«

»Fast acht Jahre. Wir hatten uns ja erst nach dem Ende seiner aktiven Laufbahn kennengelernt«, entgegnete sie mit einem Lächeln auf den Lippen. »Ich war seinem Charme schnell erlegen, aber auch seine offene, zielstrebige Art hat mir auf Anhieb gefallen. Anfangs wusste ich gar nicht, dass er ein berühmter Radsportler war. Ich war ziemlich verunsichert, als bei unserem ersten Rendezvous auf einmal ein Mann an unseren Tisch trat und um ein Autogramm bat. Und jetzt ist Silvian tot. Das Ganze ist so unvorstellbar. Er war doch so elanvoll, so voller Ideen ... Und dann«, sie hielt kurz inne und atmete tief durch, »kommt da so ein Irrer, erschießt fast eine ganze Familie und radiert sein Leben aus.«

Sophie Dupont tat Malbec leid. Am liebsten hätte er sie in den Arm genommen, aber das stand ihm nicht zu. Er hatte den Eindruck, dass sie sich ihrem Mann nicht nur emotional sehr verbunden gefühlt, sondern ihn auch bewundert hatte. Das irritierte ihn ein wenig, denn seit er um die Prostituierten-Affäre wusste, hatte er keine allzu hohe Meinung von Dupont. Aber vielleicht täuschte er sich ja, und Silvian Dupont hatte sich damals, bedingt durch seine Dopingsperre, in einer emotionalen Ausnahmesituation befunden.

Gleichzeitig fiel Malbec ein, an wen ihn Sophie Dupont schon die ganze Zeit erinnert hatte. Vom Typ her ähnelte sie der Schauspielerin Emmanuelle Seigner. Und wenn er an deren Ehemann Roman Polanski dachte, gab es da ja noch andere Parallelen ...

»Ja, das ganze Verbrechen ist bis heute ein Rätsel geblieben. Sind Sie über den Stand der Ermittlungen informiert?«, fragte Malbec.

»So halbwegs, das meiste weiß ich aus den Medien. Aber es sind noch viele Fragen offen. Persönlich hatte ich seit Längerem keinen Kontakt mehr mit der Polizei – worüber ich aber auch nicht wirklich traurig bin, wie Sie sich sicherlich denken können.«

»Nun, Sie müssen auch verstehen, dass manche Erkenntnisse aus ermittlungstechnischen Gründen nicht kommuniziert werden«, verteidigte Malbec seine Kollegen.

»Ja, dessen bin ich mir durchaus bewusst, aber stimmt es, dass Gerüchte im Umlauf sind, die besagen, die Sonderkommission werde nicht nur verkleinert, sondern aufgelöst?«

»Das kann ich weder bestätigen noch ausschließen«, antwortete Malbec knapp. »Diesbezügliche Entscheidungen werden in Paris getroffen. Es würde jedoch nicht bedeuten, dass sich die Polizei nicht weiter mit dem Fall beschäftigt.«

»Das sagen Sie jetzt nur, um mich zu beruhigen«, entgegnete Sophie Dupont mit erregtem Unterton.

»Nein, das meine ich vollkommen ernst. Mord verjährt nicht. Und solange es keinen Täter gibt, wird weiter ermittelt werden. Aber Sie müssen verstehen, dass sich die Gendarmerie nationale auch noch um andere Fälle kümmern muss.«

»Das ist mir klar«, sagte Sophie Dupont.

»Sobald neue Erkenntnisse vorliegen, werden sich wieder alle verfügbaren Kräfte mit dem Fall beschäftigen. Das kann ich Ihnen versprechen. Wie auch immer: Sollten Sie irgendwelche Fragen haben, wenden Sie sich doch bitte an mich. Ich werde mich darum kümmern und gern entsprechende Informationen einholen«, bekräftigte Malbec, holte sein Portemonnaie aus der Hosentasche und reichte Sophie Dupont seine Visitenkarte.

***

Als Malbec die »Auberge les Oliviers« betrat, sah er, dass die Terrasse des Restaurants bereits gut gefüllt war. Mit einem Nicken begrüßte er den an seiner schwarzen Schürze zu erkennenden Kellner.

»Monsieur, haben Sie reserviert?«

»Ja.« Malbec nannte seinen Namen, und der freundliche, aber zurückhaltende Kellner deutete auf drei freie, zur Auswahl stehende Tische.

Malbec entschied sich für den Tisch am hinteren Ende. Er nahm mit dem Rücken zu einer halbhohen Bruchsteinmauer Platz, so dass er die gesamte, von großen Terrakottatöpfen mit Olivenbäumen eingerahmte Terrasse überblicken konnte. Er hatte sich spontan mit Catherine zum Essen verabredet.

Aufgrund der hellblau gestrichenen Fensterläden und der mit kleinen Lavendelbüschen dekorierten Tische hätte man das Restaurant für ein typisches Touristenlokal halten können, aber die »Auberge les Oliviers« bot eine ausgezeichnete provenzalische Küche zu einem guten Preis-Leistungs-Verhältnis, vor allem das Mittagsmenü war ausgesprochen günstig, wie Malbec von früheren Besuchen wusste.

Nach fünf Minuten stellte der Kellner unaufgefordert eine Karaffe Wasser auf den Tisch und wollte die Bestellung aufnehmen, woraufhin ihn Malbec um etwas Geduld bat, da er noch jemanden erwarte.

Gedankenverloren blätterte er in der Speisekarte. Das Zusammentreffen mit Sophie Dupont hatte ihn aufgewühlt. Es fühlte sich an, als sei eine alte Wunde aufgebrochen.

Ein Blick auf die Uhr zeigte ihm, dass er sich noch eine Viertelstunde gedulden musste. Um die Zeit zu überbrücken, studierte er nochmals die Speisekarte und entschied sich für das zweigängige Mittagsmenü, dann lehnte er sich zurück und ließ seinen Blick über die Terrasse schweifen.

Unter den Gästen an den anderen Tischen waren, wie zu dieser Jahreszeit üblich, hauptsächlich Touristen auszumachen. Malbec hörte ein paar englische Wortfetzen. Das ältere Ehepaar am Nebentisch stammte aus Belgien, wie an ihrem wallonischen Akzent leicht zu erkennen war. Ein anderes Paar glaubte Malbec anhand ihrer offensichtlichen Begeisterung für Funktionskleidung als Deutsche identifizieren zu können.

Seit Wochen wurden die Städte und Dörfer der Provence regelrecht von Touristenhorden überschwemmt. Verlassene Bergdörfer waren zum Leben erwacht, die Hotels und Ferienhäuser bis auf die letzte Besenkammer ausgebucht, und auf den Campingplätzen drängten sich die Wohnmobile und Zelte dicht aneinander. Ein alljährliches Szenario, das seinen Höhepunkt während der *grandes vacances* erreichte, wenn sich ganz Frankreich auf der berühmten Autoroute du Soleil in Richtung Süden in Bewegung setzte. Stoßstange an Stoßstange fuhren die Autokarawanen dem Meer und dem Ferienvergnügen entgegen.

Als Catherine etwas verspätet die Terrasse betrat und Malbecs Tisch ansteuerte, folgten ihr ein paar neugierige Blicke, die sie souverän ignorierte. Malbec stand auf, um sie kurz, aber zärtlich zu umarmen.

»Wartest du schon lange auf mich?«

»Nein, ich bin auch erst vor fünf Minuten angekommen«, log Malbec charmant. »Gefällt dir der Tisch? Oder ist es dir hier zu sonnig?«

»Ich habe ja meine Sonnenbrille«, sagte Catherine, nahm den Bügel der Brille zwischen Daumen und Zeigefinger und schob sie demonstrativ herunter.

»Schön, dass es so spontan geklappt hat.«

»Ja, und gut, dass du noch reserviert hast. Inzwischen ist kein Tisch mehr frei.«

Catherine war Landschaftsarchitektin und übte ihren Beruf mit ganzer Leidenschaft aus. Sie liebte den Umgang mit Pflanzen und die Möglichkeit, einen Garten mit der Anmut eines Bühnenbildes zu entwerfen. Im Laufe der letzten Jahre hatte sie sich in der Provence einen ausgezeichneten Ruf erworben, da jeder ihrer angelegten Gärten eine eigene Handschrift trug und sich dennoch perfekt in die landschaftlichen Gegebenheiten einfügte. Je nach Wunsch des Aufraggebers verstand sie es, dem Garten eine naturnahe, mediterrane oder zeitlos moderne Ausrichtung zu geben. Es war ihr bei ihren Planungen wichtig, die Struktur des Grundstücks zu berücksichtigen und diese in eine Reliefzeichnung zu übertragen, denn so konnte sie einen Garten beispielsweise mit steinernen Terrassen und Bruchsteinmauern besser unterteilen. Dabei entwickelte sie meist eine geometrische Formensprache, so dass der Garten mit der Architektur des Hauses korrespondierte.

Catherine war besonders auf das harmonische Nebeneinander der Pflanzen bedacht, das sich in der gezielten Anordnung der Stauden und Rabatten fortsetzte. Durch geschickt platzierte Sitzgelegenheiten oder Ruheoasen wurde der Garten zu einem erweiterten Wohnzimmer.

Vor zwei Wochen hatte sie mit Malbec einen Ausflug unternommen und ihm ein paar Gärten gezeigt, die sie entworfen hatte. Malbec war schwer beeindruckt gewesen, denn die Anlagen besaßen eine geradezu poetische Anziehungskraft und öffneten sich dem Betrachter wie ein lebendiger Organismus. Außerdem zeichneten sie sich durch eine spezielle Farbgebung aus, wenn sich die Nadeln der See- und Aleppokiefern mit dem Laub der Steineichen, Olivenbäume und Zypressen zu einer grün und zugleich silbrig schillernden Buschlandschaft verbanden.

Catherine bezeichnete sich zwar als »Architecte paysagiste«, aber die Grenze zur Gartenkunst war fließend. Zu ihren Kunden gehörten nicht nur Besitzer nobler provenzalischer Landhäuser, sondern auch Hoteliers, die ihre Herbergen mit einem besonderen Landschaftsszenario aufwerten wollten. Lange Zeit war ihr Name fast wie ein Geheimtipp gehandelt worden, doch nachdem mehrere Magazine ausführlich über einen Garten berichtet hatten, den sie unterhalb von Bonnieux gestaltet hatte, waren ihre Auftragsbücher mehr als gefüllt. Obwohl sie es sich leisten konnte, nur die interessantesten Aufträge anzunehmen, waren sie und ihre Mitarbeiter über Monate hinweg beschäftigt.

Catherine drehte den Kopf zur Seite, so dass Malbec einen verzückten Blick auf ihr Profil mit der markanten Nase werfen konnte, die ihn an eine edle römische Skulptur erinnerte. Sie hatte ihn schon bei ihrem ersten Treffen ebenso fasziniert wie Catherines offene Art, mit der sie ihre Umgebung zu verzaubern verstand.

***

Die Scheidung von Valérie war an Malbec damals nicht spurlos vorübergegangen. Er hatte sich von den gemeinsamen Freunden zurückgezogen, um Abstand zu gewinnen. Seinen Singlestatus fand er anfangs verlockend, hier und da hatte er eine kurze Affäre, aber später haderte er mit seinem

Alleinsein und fragte sich, ob er vielleicht unfähig war, sich zu binden. Nathalie war die erste Frau gewesen, mit der er seit seiner Scheidung wieder eine längere Beziehung eingegangen war. Doch wenn er ehrlich war, dann hatte er sich eigentlich niemals vorstellen können, mit ihr zusammenzuleben. Er wollte keine Abhängigkeiten und Verpflichtungen. Ihre Lebensentwürfe passten nicht zueinander, zudem hatte es schon nach ein paar Monaten zwischen ihnen zu kriseln begonnen. Als Lehrerin hatte Nathalie nur wenig Verständnis für seine unregelmäßigen Arbeitszeiten, hinzu kam ihre Eifersucht, die sich mit der Zeit gegen nahezu jede Frau in seinem Umfeld gerichtet hatte.

Malbec war es leid gewesen, sich immer wieder rechtfertigen zu müssen. Vielleicht hatte sie recht, wenn sie ihm vorwarf, sein Herz sei unerreichbar. Andererseits war er immer wieder überrascht, wie gut sie in körperlicher Hinsicht miteinander harmonierten. Und als er sich mit dem Gedanken trug, sich in Calmont-les-Fontaines ein Haus zu kaufen, warf sie ihm vor, dies nicht mit ihr abgestimmt zu haben.

So gesehen war es letztlich nicht verwunderlich, dass ihre Beziehung vor wenigen Wochen endgültig gescheitert war. Stück für Stück hatte er sich von Nathalie distanziert. Er war nicht bereit oder, besser gesagt, sie war nicht die Frau gewesen, an die er sich dauerhaft binden wollte. Er strebte nicht nach ihrer konventionellen Konzeption von Beziehungsglück, obwohl er ihren Körper, den perfekt geformten Busen und ihre seidige Haut sicherlich vermissen würde.

Wenn er aber an die Art und Weise dachte, wie ihre Beziehung auseinandergegangen war, so hatte Malbec ein schlechtes Gewissen. Er war an jenem Tag mehr als schlecht gelaunt gewesen. Noch nie war es ihm passiert, dass ihn ein Vorgesetzter wegen angeblicher Unfähigkeit von seinen Aufgaben entbunden hatte. Selbst sein Versuch, sich mit dem Fahrrad am Mont Ventoux abzureagieren, hatte ihn nicht wirklich ablenken können. Schon ein paar Stunden später lief er so unberechenbar wie ein waidwund geschossenes Tier durch das

Haus. Auch Nathalies telefonischer Aufmunterungsversuch verpuffte, denn Malbec hatte keine Lust verspürt, den Abend mit ihr zu verbringen. Er wollte lieber seine Ruhe haben, was sie wiederum nicht verstehen konnte.

So hatte das Treffen am nächsten Tag unter keinem guten Stern gestanden. Es dauerte keine halbe Stunde, bis sie sich in die Haare gerieten. Ein Wort gab das andere, und die Stimmung kippte. Schließlich stand Nathalie wutentbrannt auf und verkündete, sie habe endgültig die Nase voll. Noch bevor die Tür ins Schloss knallte, wusste er, dass ihre Beziehung ein Ende gefunden hatte.

Überraschend schnell war dann Catherine in sein Leben getreten. Wie jedes Jahr war Malbec auf ein Sommerfest eingeladen worden, das David Dandine auf seinem Anwesen bei Gigondas gab. Lange hatte er mit sich gerungen, ob er der Einladung folgen sollte – die angespannte Stimmung im Commissariat sowie die Trennung von Nathalie lagen ihm schwer im Magen. Hinzu kam, dass die Atmosphäre dort oft ein bisschen elitär war, so dass man sich leicht deplatziert fühlen konnte. Obwohl er eigentlich gar keine große Lust gehabt hatte, hatte er sich schließlich in sein Auto gesetzt und war nach Gigondas gefahren.

Malbec hatte Dandine einmal aus einer misslichen Situation geholfen und dafür gesorgt, dass sein Name nicht in die Öffentlichkeit geriet. Dandine hatte sich für diese Diskretion sehr dankbar gezeigt. Daraus hatte sich zwischen den beiden unterschiedlichen Männern eine lose Freundschaft entwickelt, die sich im Laufe der Jahre intensiviert hatte.

David Dandine stammte aus einer reichen Industriellenfamilie. Er war ein Bonvivant im besten Sinne. Im Gegensatz zu Malbec war er Privatier. Vor mehreren Jahren hatte er ein renommiertes Weingut erworben, das er anfangs selbst bewirtschaftet hatte, doch inzwischen widmete er sich vor allem seiner Sammlung bibliografischer Erstausgaben, zudem war er unlängst zum Vorsitzenden der französischen Proust-Gesellschaft gewählt worden. Wie er Malbec erzählt hatte, war er derzeit mit der Zusammenstellung einer zweibändigen Sonderausgabe von Proust-Briefen beschäftigt. Als Herausgeber musste er eine Auswahl treffen, was bei den fast neunzigtausend Briefen, die Marcel Proust geschrieben hatte, alles andere als einfach war.

Auf den ersten Blick wirkte Dandine – der sich selbst im Sommer selten von seiner zum Markenzeichen erklärten Fliege trennte – versnobt, aber Malbec schätzte nicht nur seine verbindliche Art, sondern auch sein soziales Engagement. So hatte es Dandine mit seiner Stiftung mehreren Gemeinden im Département ermöglicht, eine eigene Bücherei einzurichten. Letztes Jahr hatte er zudem ein kleines Hotel eröffnet, in dem nur Jugendliche aus schwierigen sozialen Verhältnissen ausgebildet wurden. Sehr diskret behandelte Dandine hingegen sein Privatleben. Jedenfalls hielt er sich immer sehr bedeckt, welcher Liebhaber in seiner Gunst gerade ganz oben stand.

David Dandines Sommerfeste waren so witzig wie skurril. Einmal im Jahr veranstaltete er auf seinem Weingut eine Party, die er unter ein bestimmtes Motto stellte. Kein Kostümfest und keine rauschende Ballnacht, sondern eher eine lockere Zusammenkunft mit philosophisch-literarischen Anspielungen. Eitelkeit, Wahrheit oder Treue – die Feier stand stets unter einem wechselnden Leitspruch, auf den an diesem Abend in vielerlei Hinsicht Bezug genommen wurde.

Der Kreis der eingeladenen Gäste blieb stets überschaubar, denn David Dandine versammelte nur ein paar Dutzend Freunde und Bekannte unter den Olivenbäumen seines Gartens. Es war ein Gastmahl im philosophischen Sinne, wobei das Thema variantenreich interpretiert wurde, sei es kulinarisch, sei es durch die Tischdekoration, eine kurze Lesung oder eine dezente musikalische Begleitung.

Als Malbec an jenem lauschigen Juniabend Catherine kennengelernt hatte – David Dandine hatte sie miteinander bekannt gemacht –, lautete das Motto des Sommerfests »Gier und Begehren«. Malbec kannte einige Gäste vom Sehen, aber Catherine war er nie zuvor begegnet. Mit ihrem eng anliegenden himmelblauen Kleid, das einen wunderbaren Kontrast zu ihren dunkelblonden Haaren bildete, war sie ihm sofort ins Auge gesprungen.

Catherine hatte ihm erzählt, dass sie das erste Mal auf einem von Dandines Sommerfeste sei und erst vor kurzer Zeit seine Bekanntschaft gemacht habe. Er sei auf der Suche nach einem Landschaftsarchitekten gewesen, da er den hinteren Teil seines Gartens neu gestalten lassen wollte. Catherines erste Entwürfe hatten ihn schnell überzeugt, zudem fanden sie sich sympathisch. Alles Weitere war dann nur noch Formsache gewesen. Im Spätherbst sollten die Arbeiten beginnen.

Malbec gefiel Catherines verschmitztes Lächeln, als sie ihm erklärte, Dandine habe sich gewünscht, dass sie sich an der römischen Gartenkunst orientierte. Derzeit feile sie noch an ihrem Konzept und sei unentschlossen, aber sie favorisiere als Blickfang und zentrale Achse ein flaches, mit türkisfarbenen Mosaiksteinen gepflastertes Wasserbecken.

Im Verlauf der Feier hatte Malbec sie immer wieder aus den Augenwinkeln beobachtet. Er hatte den Eindruck, dass auch sie seine Nähe suchte. Am Büfett kam es zu einer flüchtigen Berührung, die ihn rätseln ließ, ob es Zufall oder Absicht gewesen war.

Lange Zeit wurde Catherine von einem älteren Ehepaar in Beschlag genommen, erst zu vorgerückter Stunde standen sie wieder nebeneinander und setzten ihre Unterhaltung fort. Der Ton wurde vertrauter, die Blicke intensiver. Spielerisch umkreisten sie sich mit Worten. Malbec wollte wissen, ob es die Gier oder das Begehren sei, das sie antreibe, woraufhin Catherine mit einem augenzwinkernden »weder noch« antwortete und darauf verwies, dass auch Leidenschaft eine Antriebskraft sein könne.

Als immer mehr Gäste die Feier verließen, fasste sich Malbec ein Herz und fragte sie, ob sie am nächsten Samstag Zeit habe.

»Ja«, antwortete Catherine, dann ließ sie ein paar Sekunden verstreichen und fügte hinzu: »Im Prinzip schon.«

»Nun, ich würde Sie gern wiedersehen.«

Catherine hatte den Kopf ein kleines Stück zur Seite geneigt und mit einem schelmischen Lächeln geantwortet: »Rufen Sie mich einfach an und sagen Sie mir, wo und wann Sie sich mit mir treffen möchten.«

»Aber Sie haben mir Ihre Telefonnummer nicht verraten.«

»Ich weiß, die müssen Sie erst noch herausfinden, Monsieur le Commissaire. Allerdings ohne Monsieur Dandine danach zu fragen – versprochen?«

»Versprochen! Ich werde mein Bestes geben. Zur Not werde ich die Datenbank der Gendarmerie nationale befragen.«

»In deren Register werden Sie mich aber wohl kaum finden.«

Schließlich hatte sie ihm einen angedeuteten Kuss auf die Wange gehaucht und war im Dunkel der Nacht verschwunden.

***

»Haben Sie sich entschieden?«, erkundigte sich der Kellner mit gezücktem Block.

»Ja, ich nehme das Mittagsmenü mit dem *filet de dorade* und als Vorspeise einen Salat mit Ziegenkäse«, bestellte Catherine.

»Monsieur?«

»Für mich ebenfalls die Dorade – allerdings hätte ich gern zuvor den *tartare de saumon*.«

»Parfait«, kommentierte der Kellner die Wahl. »Einen Apéritif vorweg oder ein Glas Wein zum Lachstartar und zum Salat?«

»Nein danke. Wir bleiben beim Wasser.«

Catherine legte ihre Hand auf Malbecs Arm und erkundigte sich nach dem vermissten Lehrer.

Malbec begann detailliert zu schildern, was ihm am Vormittag passiert war, während der Kellner ein Körbchen mit aufgeschnittenen Baguettescheiben und die beiden Vorspeisen auf den Tisch stellte und ihnen einen guten Appetit wünschte.

»So ein Zufall.« Catherine schüttelte ungläubig den Kopf und griff nach dem Besteck.

»Ja, ansonsten bin ich der Vermisstensache nachgegangen. Ich habe mir den Schüler gehörig zur Brust genommen. Der ist zwar ein ganz schönes Früchtchen, aber ein Gewaltverbrechen traue ich ihm beim besten Willen nicht zu. So richtig Licht habe ich bis dato in die Sache leider nicht bringen können. Das Verschwinden des Lehrers bleibt durchaus rätselhaft. Und dann ist mir die Zeit davongeflogen, so dass ich es nicht mehr zu meinem Weinhändler geschafft habe«, erklärte Malbec, griff zur Karaffe und schenkte Catherine nach.

»Du hättest mir auch absagen können.«

»Ich weiß, aber man muss gewisse Prioritäten setzen«, sagte er lachend, beugte sich über den Tisch und strich ihr zärtlich über die Wange. »Allerdings musst du mir jetzt mit deinen Weinvorräten aushelfen.«

»Das mach ich gern.«

Inzwischen wurde der Hauptgang serviert. Malbec beobachtete erfreut, dass Catherine sich der mit Thymian und Zitronensoße verfeinerten Dorade mit sinnlichem Appetit widmete.

Nachdem die Teller abgetragen worden waren, sah Catherine auf die Uhr. »Ich hoffe, du bist mir nicht böse, dass ich nicht mehr lange Zeit habe. Ich muss in einer Stunde in Gordes einen Termin wahrnehmen, um mit einem Seifenfabrikanten seine Gartenpläne zu besprechen. Soweit ich bisher seinen Wünschen und Plänen entnehmen kann, könnte das ein interessanter Auftrag werden. Daher will ich mir vor Ort einen ersten Eindruck von der Lage und Beschaffenheit seines Grundstücks verschaffen.«

»Kein Problem, verstehe ich. Auf meinem Schreibtisch stapeln sich auch noch ein paar Akten, die bearbeitet werden wollen«, erwiderte Malbec. »Dann lass uns zahlen.«

»Da fällt mir ein, wollten wir nicht dieses Wochenende eine Wandertour unternehmen?«, fragte Catherine und sah ihn mit großen Augen an.

»Ja, wollten wir«, antwortete Malbec hintersinnig, obwohl er eigentlich kein Wanderfreund war. Catherine schnürte hingegen mit Begeisterung ihre Wanderstiefel. Malbec vermutete, dass sie diese Begeisterung für ausgedehnte Wandertouren von ihrer deutschen Mutter geerbt hatte.

Ein Lächeln huschte über Catherines Gesicht, dem aber schnell ein skeptisches Stirnrunzeln folgte. »Du führst doch nichts im Schilde?«

»Nein, nein – aber ich würde mir gern eine Tour aussuchen.«

Ein gedehntes »Olivier!« folgte. »Sag mir die Wahrheit!«

»Nun, ich wollte schon immer mal zum Gipfel des Mont Ventoux hinaufwandern.«

»*Du*, zu Fuß auf den Mont Ventoux?«

»Ja, *ich* zu Fuß auf den Mont Ventoux. Warum zweifelst du daran? Wandern ist doch eine schöne Freizeitbeschäftigung«, sagte Malbec lachend.

»Das glaubt dir niemand. Aber ich ahne schon, warum … lass mich raten: Es hat nicht zufällig mit einem spektakulären Mordfall zu tun …?«

Malbec grinste verschmitzt und drehte sich nach dem Kellner um. *»L'addition, s'il vous plaît.«*

***

»Rate mal, wen ich heute in Vaison-la-Romaine getroffen habe«, sagte Malbec an seinen Kollegen Capitaine Cabanel gewandt, mit dem er sich das Büro teilte.

»Keine Ahnung – den Papst, Michel Platini oder Laetitia Casta?«

»Nein, Sophie Dupont«, sagte Malbec und amüsierte sich

herzhaft. Er mochte Cabanels trockenen Humor und war froh, dass dieser seit zwei Wochen wieder im Dienst war.

»Sophie Dupont, Sophie Dupont?« Cabanel wühlte mit dem Zeigefinger in seinen Haaren. »Meinst du etwa die Frau von Silvian Dupont?«

»Ja, genau die.«

»Hat sie etwas mit dem verschwundenen Lehrer zu tun?«

»Nein, aber dafür ist sie mir beim Ausparken gegen das Auto gefahren«, sagte Malbec und fasste seine morgendliche Begegnung zusammen.

»Die Morde am Mont Ventoux scheinen dich wohl noch immer zu beschäftigen«, resümierte Cabanel.

»Ja«, gestand Malbec freimütig.

»Zufälligerweise musste ich vor ein paar Tagen auch wieder daran denken, als ich in einem Magazin einen Artikel über spektakuläre Mordfälle las und dabei die Affäre Dominici erwähnt wurde. Wenn man seiner Phantasie freien Lauf lässt, kann man da durchaus Ähnlichkeiten entdecken.«

»Die Affäre Dominici?«

»Ja, aber das war weit vor unserer Zeit, zu Beginn der fünfziger Jahre, ein spektakulärer Dreifachmord in der Provence.«

»Davon habe ich noch nie gehört«, sagte Malbec überrascht.

»Der Fall ist übrigens verfilmt worden.« Cabanel versuchte, Malbec auf die Sprünge zu helfen. »Mit Jean Gabin in der Hauptrolle und – wenn ich mich nicht täusche – dem jungen Gérard Depardieu in einer Nebenrolle. Ich habe den Film vor langer Zeit einmal im Fernsehen gesehen.«

»Jetzt hast du mich aber neugierig gemacht. Erzähl – was ist damals passiert?«

»Nun, insofern ich das noch rekonstruieren kann, ging es um den brutalen Mord an einer britischen Familie, die in Frankreich Urlaub machte. In irgendeinem abgeschiedenen Teil der Haute-Provence – ich glaube, in der Nähe von Forcalquier – wurden die Leichen dieser englischen Familie entdeckt. Vater, Mutter, Tochter – alle drei ermordet. Die Eltern erschossen, die Tochter erschlagen, ohne dass es ein Motiv oder irgendwelche Zeugen gegeben hätte. Der Vater war ein bekannter Gelehrter oder Adeliger gewesen, da bin ich mir jetzt nicht mehr sicher, aber auf alle Fälle hat er mehrere Jahre für den britischen Geheimdienst gearbeitet. Bei den Ermittlungen reihte sich eine Panne an die andere, so dass die genauen Umstände des mysteriösen Mordes nicht aufgeklärt werden konnten – dennoch erhob die Staatsanwaltschaft schließlich Anklage gegen einen alten Landwirt namens Dominici, der mit seinem zerstrittenen Familienclan auf einem Bauernhof in der unmittelbaren Nähe des Tatorts lebte. Dieser, jetzt erinnere ich mich wieder an seinen Vornamen, Gaston Dominici wurde Monate später von seinem eigenen Sohn des Mordes bezichtigt. Erschwerend kam hinzu, dass die in der Durance gefundene Tatwaffe laut mehrerer Aussagen Gaston Dominici gehört haben sollte. Der Fall blieb dennoch rätselhaft: Trotz zahlreicher Unstimmigkeiten wurde Dominici schließlich von den Geschworenen in Digne-les-Bains in einem Indizienprozess zum Tod unter der Guillotine verurteilt.«

»Wurde das Urteil vollstreckt?«

»Nein, das Todesurteil gegen Gaston Dominici wurde aufgrund öffentlicher Proteste und kritischer Stimmen schon bald aufgehoben«, erklärte Cabanel. »Interessant ist aber, dass damals zeitweise vermutet wurde, ein Auftragsmörder sei am Werk gewesen und habe die englische Familie getötet.« Er stand auf. »Jetzt brauche ich einen Kaffee. Soll ich dir auch einen mitbringen?«

»Ja, gern.«

Neugierig geworden, setzte sich Malbec an den Computer und googelte nach dem historischen Mordfall. Schnell fand er heraus, dass sich die der Affäre Dominici zugrunde liegenden Morde in der Nacht vom 4. auf den 5. August 1952 unterhalb des Bergdorfs Lurs ereignet hatten. Bei dem toten englischen Adeligen handelte es sich um einen Sir Jack

Drummond, der mit seiner ebenfalls ermordeten, deutlich jüngeren Frau Anne in zweiter Ehe verheiratet gewesen war. Die gemeinsame Tochter Elizabeth war gerade einmal zehn Jahre alt geworden.

Es war eine warme Sommernacht gewesen, und die Familie hatte neben ihrem Auto im Freien unter einem Maulbeerbaum auf Feldbetten unweit der Route nationale übernachtet. Die Toten wurden erst am nächsten Morgen von Dominicis Sohn Gustave entdeckt.

Anne Drummond hatte tot neben dem Auto, einem grünen Hillman, gelegen, während ihr Gatte auf der anderen Straßenseite gefunden worden war; seine Leiche war von einem umgedrehten Feldbett bedeckt. Der Tochter war es anscheinend gelungen, zu fliehen, doch holte sie der Mörder ein und erschlug sie an einem Abhang mit einem Gewehrkolben.

Bei ihrer Vernehmung berichteten die Dominicis von nächtlichen Schüssen und einem Motorradfahrer, der in einer fremden Sprache geredet hatte. Schließlich landete Dominicis Sohn Gustave in Untersuchungshaft, da er sich nicht um das im Sterben liegende Mädchen gekümmert haben soll. Dort beschuldigte er wiederum seinen Vater.

Der Vernehmungsdruck auf den damals sechsundsiebzigjährigen Gaston Dominici nahm zu, und schließlich gestand er, er habe der Engländerin an jenem Abend Avancen gemacht, doch schilderte er einen Tathergang, wie er sich so nicht ereignet haben konnte.

Das Gericht ordnete eine Tatortbesichtigung an, die Dominici überraschenderweise nutzen wollte, um sich von einer Brücke in den Tod zu stürzen, was jedoch gerade noch von den Gendarmen verhindert werden konnte. Vermutungen wurden laut, Gaston Dominici decke ein anderes Familienmitglied – er hatte neun Kinder –, eventuell seinen behinderten Enkel Roger.

Nur zwei Tage später hatte erst der Sohn seine Aussage und dann der Vater sein Geständnis widerrufen; sie seien mit Gewalt dazu erpresst worden.

So patriarchalisch und aufbrausend, wie der vierschrötige Dominici – Fotos zeigten ihn als eine eher ungepflegte Erscheinung mit einem mächtigen Schnauzbart und fast schlohweißem Haar – aufgetreten war, verwunderte es nicht, dass man ihm den Mord zugetraut und ihn dafür verurteilt hatte, obwohl er stets vehement seine Unschuld beteuert hatte.

Malbec saß immer noch vor dem Computer, als Cabanel eine halbe Stunde später mit zwei dampfenden Kaffeebechern humpelnd zurück ins Büro kam. »Sorry, hat etwas länger gedauert. Ich bin aufgehalten worden.«

Angesichts des Nikotindunstes, der sich augenblicklich im Büro ausbreitete, vermutete Malbec, dass sich Cabanel wohl eher bei seiner Rauchpause im Hof verquatscht hatte.

»Danke, ist doch kein Problem. Ich habe mir in der Zwischenzeit ein paar Hintergründe zur Affäre Dominici zu Gemüte geführt«, sagte Malbec und deutete auf seinen Bildschirm. »Im Netz gibt es da einiges zu finden. Irgendjemand hat sogar die Fakten zur Affäre auf einer eigenen Homepage zusammengetragen.«

»Das war wirklich ein sehr spektakulärer Fall«, resümierte Cabanel.

»Wie du schon sagtest, kann man durchaus Parallelen entdecken.«

»Ja, man könnte fast denken, dass der Mörder vom Mont Ventoux das damalige Szenario nachgespielt hat.«

»Nun, so weit würde ich nicht gehen«, befand Malbec, »aber schon damals sollen die Geheimdienste im Hintergrund die Fäden gezogen haben.«

Er trank einen Schluck Kaffee und führte seine neu gewonnenen Erkenntnisse weiter aus. »Eine Theorie besagte, der russische Geheimdienst sei in die Morde verwickelt gewesen.«

»Wieso das?«, fragte Cabanel.

»Drummond hatte während des Zweiten Weltkriegs nicht nur in einem geheimen Chemielabor mit Giftgas und Chlor gearbeitet, sondern angeblich in Agentenkreisen eine undurchsichtige Rolle gespielt. Und in der nur wenige Kilometer nördlich von Lurs gelegenen Ortschaft Château-Arnoux gab es noch bis 1955 eine Fabrik, in der Chlorgas hergestellt wurde.«

»Soll das heißen, dieser Drummond war ein Wirtschafts- oder Industriespion, der sich in der Haute-Provence mit einem Informanten verabredet hatte? Und seine Familie und die Urlaubsreise dienten ihm als perfekte Tarnung?«, fragte Cabanel.

»Alles Weitere überlasse ich deiner Phantasie«, sagte Malbec grinsend. »Aber es gibt ja auch im Fall Alkhateeb Hinweise darauf, dass der iranische Geheimdienst seine Hände im Spiel gehabt haben könnte.«

»Wer weiß, vielleicht war es auch der britische MI6?«

»Das wäre dann wohl eine Nummer zu groß für uns. Da würden wir uns die Finger verbrennen.«

»Ja, aber in so einem Fall halten die den Deckel drauf, und der Mordfall würde nie aufgeklärt werden. Ein bekanntes Muster. Zur Not würde die Tat jemandem in die Schuhe geschoben werden so wie eventuell damals diesem Gaston Dominici«, sagte Cabanel.

»Das ist wilde Spekulation. Andererseits zeigt die Affäre Dominici beispielhaft, wie leicht sich Polizei und Justiz instrumentalisieren lassen, sobald der öffentliche Druck zunimmt. Als damals der Prozess in Digne-les-Bains begann, hatten sich mehrere tausend Schaulustige vor dem Gerichtsgebäude eingefunden. Um das Interesse zu befriedigen und die aufgebrachte Versammlung ruhig zu halten, wurde die Verhandlung mit Lautsprechern ins Freie übertragen. Das Medieninteresse war gigantisch. Man befürchtete, die Geschworenen und Zeugen könnten durch das Blitzlichtgewitter eingeschüchtert werden. Daher wurde erstmals bei einem Prozess in Frankreich verboten, im Gerichtssaal zu fotografieren. Die Presse stilisierte Gaston Dominici zum ›Monster von Lurs‹, obwohl es auch durchaus berechtigte Zweifel gab, ob Dominici wirklich der Täter war. Niemand konnte sich ansatzweise vorstellen, dass sich eine englische Lady auf ein Rendezvous mit einem alten, derben Bauern eingelassen hätte.«

»Ja, das leuchtet mir ein.«

»Warst du schon einmal in Lurs?«, wollte Malbec wissen.

»Ja, vor vielleicht zehn oder zwölf Jahren. Ein beschauliches Dorf inklusive Panoramablick. Mit seinen übereinandergestapelten Häusern schwebt es wie ein Balkon über dem Tal der Durance. In der Provence werden solche mit Mauern befestigten Bergdörfer als *village perché* bezeichnet«, erklärte Cabanel seinem aus Paris stammenden Kollegen.

»So ähnlich wie Venasque?«, fragte Malbec. Das südöstlich von Carpentras auf einem Felssporn thronende Dorf hatte er einmal besichtigt.

»Ja, nur abgelegener und ohne Baptisterium. Tiefste Provinz.«

»Wenn ich den Angaben im Internet trauen kann, gab es noch zahlreiche Unstimmigkeiten, was den genauen Fundort und die genaue Lage der Opfer anging. Die Spurensicherung hatte geschlampt.«

»Das wäre unserem Réval nicht passiert«, befand Cabanel mit einem Grinsen.

»Sicherlich nicht.«

»Aber soweit ich mich erinnern kann, gab es auch erhebliche Sprachprobleme. Die Familie Dominici stammte aus dem Piemont. Gaston sprach Provenzalisch, was die auf Französisch geführte Vernehmung erschwerte und zu Falschinterpretationen seiner Aussagen geführt haben soll. Zudem war sein französischer Wortschatz sehr begrenzt, wie der provenzalische Schriftsteller Jean Giono notierte, der den gesamten Prozess im Gerichtssaal beobachtet und darüber später ein Buch geschrieben hat«, erläuterte Cabanel.

»Dann hatte Dominici wohl auch Schwierigkeiten, der Gerichtsverhandlung zu folgen«, sagte Malbec und nahm sich vor, endlich einmal ein Buch von Jean Giono zu lesen.

»Ist anzunehmen. Das Juristenfranzösisch ist bekanntlich eine schwer verdauliche Kost.«

»Da hast du recht«, pflichtete ihm Malbec amüsiert bei.

»Was mir noch einfällt: Jean Gabin soll angeblich wochenlang die Akten zu diesem Mordfall studiert haben. Und erst als er selbst von Gaston Dominicis Unschuld überzeugt war, hat er dem Regisseur zugesagt.«

»Interessant, aber wohl wichtig, um sich als Schauspieler mit seiner Rolle besser identifizieren zu können. Ich werde am Wochenende mal im Internet suchen, ob man den Film irgendwo streamen kann.«

»Wird dir sicherlich gefallen, aber vielleicht kannst du mir zuvor noch die Frage beantworten, wie es mit Gaston Dominici weiterging?«

»Dominici saß im berüchtigten Les Baumettes in Marseille ein.«

»In Les Baumettes bei den ganz harten Jungs?«, fragte Cabanel.

»Ja, der Knast war schon damals ziemlich verrufen. Und daran hat sich bis heute nichts geändert. Dort herrschen katastrophale Zustände und ganz eigene Gesetze. Ich war in meiner Marseiller Zeit mehrmals in Les Baumettes, weil ich jemanden vernehmen musste. Die Zellen sind viel zu klein und total überbelegt, die Toiletten verstopft, Schimmel an den Wänden; einzig Ratten und Kakerlaken fühlen sich wohl. Freiwillig geht da niemand hin, schon allein dieser stickige, säuerliche Geruch raubt dir den Atem – Les Baumettes, das ist ein geradezu höllisches Inferno. Schlimmer kann es in den Verliesen des Château d'If auch nicht gewesen sein. Die Zustände sind kaum auszuhalten, selbst für die, die dort beschäftigt sind. Ein Bekannter aus der Gefängnisverwaltung hat mir mal erzählt, dass aufgrund der schwierigen Arbeitsbedingungen jedes Jahr mindestens ein Drittel der Belegschaft einen Versetzungsantrag stellen würde.«

»Ich war einmal dort – das hat mir gereicht«, sagte Cabanel. »Apropos Les Baumettes: Wusstest du, dass dort das letzte Todesurteil Frankreichs vollstreckt wurde?«

»Nein.«

»Ist gar nicht so lange her, das war 1977. Nachdem Valéry Giscard d'Estaing auf sein Begnadigungsrecht als Staatspräsident verzichtet hatte, wurde der Delinquent bereits am nächsten Morgen zur altbewährten Guillotine geführt. Er war übrigens kein hehrer Revolutionär, sondern ein übler arabischer Zuhälter, der seine Geliebte erst stundenlang gefoltert und schließlich erdrosselt hatte. Davon kannst du nun halten, was du willst, aber damals machte man wenigstens nicht so viel Aufhebens um solche Typen«, befand Cabanel und ließ wieder einmal keinen Zweifel an seiner politischen Einstellung.

»Roland, ich danke dir für deine pragmatischen Lösungsvorschläge«, antwortete Malbec in einem ironischen Ton. Er war kurz davor, Cabanel zu entgegnen, dass man dies als Zeichen des französischen Rassismus deuten könnte, ebenso wie den überproportional hohen Ausländeranteil unter den Gefängnisinsassen, aber er hielt sich zurück, denn er wusste aus Erfahrung, dass derartige Diskussionen mit Cabanel sinnlos waren. Stattdessen beantwortete er die ursprüngliche Frage seines Kollegen. »Was das Todesurteil gegen Dominici betrifft, so ist es nicht vollstreckt worden, aber das hattest du ja schon angedeutet. Als er in Les Baumettes einsaß, soll er der älteste Strafgefangene in ganz Frankreich gewesen sein.«

»Hat er das Gefängnis jemals verlassen?«, fragte Cabanel.

»Ja, Charles de Gaulle hat ihn 1960 als Präsident begnadigt. Dominici kehrte allerdings nicht mehr auf seinen Bauernhof zurück, sondern wohnte erst bei einer seiner Töchter, bevor er in ein Altenheim umzog. 1965 starb er in einem Krankenhaus in Digne-les-Bains, ohne das Geheimnis gelüftet zu haben.«

***

Eine der ersten Lektionen, die Malbec gelernt hatte, als er in den Midi gezogen war, lautete: »*Die* Provence gibt es nicht.« Erst im Laufe der Jahre hatte er begriffen, dass man unter dem Namen Provence ein Konglomerat aus den unterschiedlichsten Ingredienzen subsummierte, die höchstens ein gewisses Lebensgefühl einte.

Aufgrund der landschaftlichen Vielfalt zwischen der unwirtlichen Steinsteppe der Crau und den Höhenzügen der Montagne de Lure präsentierte sich die Provence als eine Region der Widersprüche und Gegensätze: Zwischen der Lebenswelt eines Fischers in Bandol und der eines Schafzüchters in Cruis gab es kaum Gemeinsamkeiten, aber vielleicht immer noch mehr als zwischen einem arabischstämmigen Jugendlichen aus den im Norden von Marseille gelegenen betongrauen Problemvierteln und einem vermögenden Pensionär, der beschlossen hatte, seinen Lebensabend im Luberon in einem Landhaus samt Garten und Swimmingpool zu verbringen.

Die Provence war eine Sehnsuchtslandschaft, doch das vermeintlich heitere Leben im Süden hatte auch seine Schattenseiten, wie Malbec wiederholt hatte erfahren müssen. Hinter den heiteren Fassaden mit ihren bunten Fensterläden verbarg sich so mancher menschliche Abgrund, dessen Dimensionen oft kaum vorstellbar waren.

Calmont-les-Fontaines gehörte zu den eher unspektakulären Orten der Provence. Es war keineswegs mit Gordes oder Lourmarin zu vergleichen, wo sich ein Souvenirgeschäft an den nächsten Töpferladen reihte und sich im Sommer die Touristen in den sauber gefegten Gassen sprichwörtlich die Klinke in die Hand gaben – die Einheimischen musste man in der Ferienzeit fast mit der Lupe suchen. Calmont hingegen war eine authentische provenzalische Kleinstadt mit viel Charme und munter vor sich hin sprudelnden Brunnen, die sich nicht nur auf kleinen Plätzen, sondern auch im Namenszusatz fanden.

Wer durch Calmont-les-Fontaines spazierte, merkte aber schnell, dass der Ort eine abwechslungsreiche Geschichte hatte, von der noch eine reizvolle Altstadt samt Stadtmauer, eine romanische Kirche sowie eine Burgruine mit Donjon zeugten. Manche Gassen waren kopfsteingepflastert, und es gab noch viele Häuser, die auf ihre Renovierung warteten wie auf das Jüngste Gericht.

Doch längst hatte sich Calmont-les-Fontaines über die Stadtmauern hinweg ausgebreitet, am Stadtrand gab es halbwegs moderne Einfamilienhäuser im provenzalischen Landhausstil, aber auch einen Straßenzug mit Sozialwohnungen und die üblichen Supermärkte, die an den Knotenpunkten der Umgehungsstraßen klebten und ungemein trist, aber doch recht praktisch waren.

Gerade diese Mischung gefiel Malbec, schließlich wollte er nicht in einem Museumsdorf leben und jeden Tag über Touristen stolpern, sondern einfach auch mal den Abend zusammen mit Einheimischen in einem Bistro ausklingen lassen. Und nach Avignon war es nicht allzu weit, falls er einmal Abwechslung suchte.

Malbec hatte sich in Calmont-les-Fontaines schnell wohlgefühlt. Er hatte nette Nachbarn wie Claude und Simone oder den etwas schrulligen Monsieur Lassalle, einen pensionierten Apotheker, der alte Standuhren sammelte und sonntags mit seiner himmelblauen Ente spazieren fuhr.

Am liebsten waren ihm aber Carol und Steve, ein unkonventionelles schottisches Paar, das seit zehn Jahren in der Provence lebte. Steve hatte früher als Musikproduzent gearbeitet, jetzt malte er hauptsächlich, während Carol Kochbücher schrieb und einen erfolgreichen Food-Blog über die provenzalische Küche betrieb. Carol war eine wahre Künstlerin am Herd, wovon sich Malbec schon wiederholt bei einer Essenseinladung hatte überzeugen können.

***

Es war ein traumhafter Sommerabend. Malbec war spät aus dem Büro gekommen und wollte sich noch ein wenig bewegen. Endlich konnte er seine lange Jeans ausziehen, in der er schon den ganzen Tag geschwitzt hatte. Mehrfach hatte er bereits darüber nachgedacht, bei solchen Temperaturen in einer kurzen, schlichten Cargohose zum Dienst zu erscheinen, doch er befürchtete, sich in diesem Outfit der Lächerlichkeit preiszugeben. Wer stand schon gern im Schuljungenlook am Tatort?

Zum Joggen war es ihm zu heiß, so beschloss er, schnell zu duschen und dann noch eine Runde durch Calmont zu spazieren.

Mit noch feuchten Haaren verließ er das Haus und drehte seine Standardroute entlang der Stadtmauer von Calmont-les-Fontaines. Besonders schön fand er den Abschnitt am Quai de Verdon, wo die Befestigungsmauern direkt am Ufer der Nesque entlangführten. Das Wasser plätscherte träge, die Sonne stand tief, und die Schatten wurden immer länger.

Malbec kannte nur wenige Menschen in Calmont, so musste er keinen nachbarlichen Small Talk führen. Er schätzte es, dass er seine Ruhe hatte und ungestört seinen Gedanken nachhängen konnte. Auf seinem Weg zu dem markanten Stadttor mit seiner Doppelturmfassade kam ihm an diesem Abend nur eine ältere Frau entgegen, die ihren Boxer Gassi führte.

Als Malbec das steinerne Tor erreichte, hörte er das metallische Klackern von Boulekugeln. Wie fast jeden Abend im Sommer hatten sich einige Grüppchen unter den Platanen zu einer Partie zusammengefunden. Ein paar Minuten blieb Malbec mit den Ellenbogen über die steinerne Brüstung gelehnt stehen und sah dem Treiben zu. Spieler gingen in die Hocke, dann flogen Kugeln in hohem Bogen auf den staubigen Boden, gegnerische Kugeln wurden vom *tireur* weggeschossen. Hier und da gab es anerkennende Worte, manchmal eine kurze Diskussion, die endete, sobald das Metermaß gezückt und der Sieger ermittelt war.

Eine schöne Szenerie fand Malbec, aber er selbst hatte keinen rechten Zugang zum Boulespiel gefunden. Die Begeisterung für diese Freizeitbeschäftigung war ihm ebenso schleierhaft wie die Passion für das Golfen. Zwei- oder dreimal hatte er der Aufforderung, eine Partie mitzuspielen, nachgegeben, aber ihm fehlte jede Leidenschaft und jeder Ehrgeiz, seine ganze Konzentration darauf zu verwenden, eine Metallkugel durch die Luft zu werfen und diese möglichst neben der als *cochon* bezeichneten Zielkugel zu platzieren. Malbec warf einen kritischen Blick auf die Spieler und sah sich bestätigt: Pétanque war ein Altmännersport, bei dem man noch nebenbei rauchen konnte. Wenn er Sport trieb, wollte er sich auspowern, die eigenen Leistungsgrenzen erfahren. Golf und Boule waren Spiele in einem bestimmten sozialen Kontext – sollte er sich wirklich jemals danach sehnen, so konnte er sich später im Ruhestand, wenn die Hüfte oder das Knie zwickte, die Zeit dafür nehmen.

Allmählich legte sich die Dämmerung über den Ort, die Hektik des Tages erstarb, nur die Hitze schwebte noch über dem Asphalt. Malbec mochte diese Stimmung. Kurz entschlossen legte er eine Pause im »Café de la Place« ein.

Er nickte zwei Gästen zu, die er vom Sehen kannte, setzte sich auf die Terrasse und bestellte ein Glas Rosé. Der Côtes de Provence war kalt und süffig, aber schon nach dem ersten Schluck bekam Malbec Hunger. Da seine häuslichen Vorräte bis auf Nudeln und Kartoffeln erschöpft waren, erkundigte er sich nach dem Tagesgericht und bestellte einen gegrillten *loup de mer* mit Rosmarinkartoffeln.

Der Wein war so kalt, dass das Glas beschlug. Während Malbec den Wolfsbarsch vorsichtig auf Gräten hin untersuchte, merkte er, dass seine Gedanken um die ungeklärten Morde vom Mont Ventoux zu kreisen begannen.

Er erinnerte sich an die Röntgenanalyse von Duponts Trek-Madone-Rennrad. Wie Réval herausgefunden hatte, handelte es sich um einen Fahrradprototyp, der mit einem unsichtbaren Felgenantrieb nachgerüstet worden war. Wer war auf die Idee gekommen? Dupont sicher nicht. Die Firma Trek? – Wohl kaum. Wahrscheinlicher erschien es Malbec, dass Dupont als Testfahrer angeheuert worden war, um das Bike unter Wettkampfbedingungen zu testen. Aber warum war er dann allein unterwegs gewesen? Hatte es jemand auf den Prototyp und dessen Technik abgesehen gehabt und war gestört worden?

Sein Kollege Cabanel hatte Malbec durchschaut: Er hatte mit dem Fall noch nicht abgeschlossen.

SECHS

Der Himmel über dem Mont Ventoux strahlte wie eine Symphonie in Blau. Ein schönes kräftiges Dunkelblau, das einen herrlichen Kontrast zur hell leuchtenden Kuppe des Berges bildete, der mit seiner geradezu majestätischen Wildheit die Landschaft dominierte.

Mit seinen eintausendneunhundertundzwölf Metern war der Mont Ventoux der höchste und markanteste Berg der Provence. Er wurde als Wächter über das Rhônetal gepriesen und bereits von den Kelten als Berg der Winde verehrt, davon leitete sich auch der Name Mons Ventosus ab. Und mit dem Wind war hier nicht zu spaßen. Wenn es stürmte, donnerten die Windböen mit einer Geschwindigkeit von weit über zweihundert Stundenkilometern über den kahlen Gipfel, dessen Flanken schon vor Jahrhunderten abgeholzt worden waren.

Die Luft war weich, das Gras noch mit Tau bedeckt, als Malbec und Catherine am frühen Morgen unweit eines Campingplatzes aufbrachen, um den Gipfel von der Nordseite aus zu erklimmen. Nach kurzer Überlegung ließ Malbec sein Mobiltelefon im Auto. Er wollte seine Ruhe haben und mit Catherine ein ungestörtes Wochenende verbringen. Das hatte er sich verdient. Und da Capitaine Cabanel Bereitschaftsdienst hatte, gab es auch keinen Grund, weshalb ihn irgendjemand erreichen können musste.

Ausgerüstet mit Wanderschuhen und bepackt mit je einem kleinen Rucksack, machten sich die beiden auf den Weg. Der Pfad war anfangs so breit, dass man ihn auch mit einem Ochsenkarren oder einem Jeep hätte befahren können. Als sie vom Feldweg abbogen, hatte Malbec Mühe, mit Catherines zügigem Tempo Schritt zu halten. In steilen Kehren ging es auf einem nun schmalen Pfad durch den Wald stetig bergan. Wenn es der holprige Weg zuließ, warf

Malbec einen wohlwollenden Blick auf Catherines durchtrainierte Waden, die gebräunt waren und daher noch besser zur Geltung kamen.

Meter um Meter ging es den Berg hinauf. Zwei- oder dreimal machte Malbec eine kurze Pause, holte eine Wanderkarte aus der Seitentasche seiner Cargohose und studierte das Höhenprofil.

»Weißt du, dass wir hier auf den Spuren von Francesco Petrarca wandeln?«, fragte Catherine, als er sie wieder eingeholt hatte.

»Petrarca? War das nicht der Verfasser der berühmten Liebessonette?«

»Ja, richtig«, sagte Catherine. »Laura hieß seine Angebetete.«

»Ich erinnere mich vage – aber was hat es mit Petrarca und dem Mont Ventoux auf sich? Hatten die beiden hier ein Rendezvous?«, fragte Malbec unbedarft.

»Nein, davon ist nichts bekannt, aber er war ehedem von Malaucène aus aufgebrochen, um den Gipfel des Mont Ventoux – so wie wir – von der Nordflanke aus zu besteigen.«

»Auch auf dem rot-weiß markierten Fernwanderweg?«, erkundigte sich Malbec und entlockte Catherine ein Lächeln.

»Nein, da er als der erste Mensch gilt, der den Gipfel des Mont Ventoux bestiegen hat, dürfte es wohl nur ein paar Ziegenpfade gegeben haben.«

»Vor wie vielen Jahren hat Petrarca den Berg erklommen?«

»Wenn ich es mir richtig gemerkt habe, fand die Besteigung im Frühjahr 1336 statt«, antwortete Catherine. »Oder war es 1363? Egal, wir haben es irgendwann mal in der Schule durchgenommen. Jedenfalls wird die Besteigung, die Petrarca in Begleitung seines Bruders unternommen hatte, nicht aufgrund ihrer sportlichen Leistung gewürdigt.«

»Sondern?«

»Er war davon überzeugt, die menschliche Wahrnehmung

könne durch eine ästhetische Erfahrung der Landschaft erweitert werden, und leitete dadurch ein neues Natur- und Weltbewusstsein ein. Er erklärte die Bergbesteigung zum Selbstzweck.«

Sichtlich beeindruckt von ihren Kenntnissen, hörte Malbec Catherine aufmerksam zu.

»Petrarcas Besteigung des Mont Ventoux ist aber auch eine Art Bekehrungserlebnis, da er den Weg zum Gipfel als Pfad der Tugend und den Aufstieg als Gleichnis für das menschliche Leben erachtete, weshalb er auch nicht den direkten Weg wählte. Der physische Aufstieg wird zum Sinnbild des spirituellen. Als er schließlich auf dem Gipfel angekommen war, hatte sich der strenggläubige Petrarca auf sich selbst besonnen und die ›Bekenntnisse‹ des Augustinus studiert, um so zu neuen Einsichten zu kommen.«

»Ich habe auch meinen Proust dabei«, konterte Malbec und deutete auf seinen Rucksack.

»Davon kannst du jetzt halten, was du willst, aber Petrarca gilt als der Begründer des modernen Alpinismus und als Urvater aller Bergsteiger«, sagte Catherine. »Lass uns weitergehen. Ein Stück oberhalb kenne ich einen schönen Platz zum Picknicken.«

Zwei Minuten später hielt Malbec an einer Abzweigung erneut an und faltete die Wanderkarte auseinander. Die Genauigkeit und Detailtreue dieser Karte aus der blauen Kartenreihe des Institut géographique nationale, die er sich tags zuvor im Maison de la Presse gekauft hatte, faszinierte ihn, angefangen mit dem exakten Höhenprofil bis zu den kleinsten Wanderwegen und Saumpfaden.

Catherine blieb ein paar Meter oberhalb stehen, um einen Schluck zu trinken. »Warum studierst du eigentlich ständig diese Wanderkarte?«, fragte sie ungeduldig. »Der Weg ist so gut markiert, da kann man sich eigentlich nicht verlaufen.«

Doch Malbec überlegte in aller Ruhe, welche Route jemand gewählt hätte, wenn er den Tatort zu Fuß oder mit einem Mountainbike verlassen hätte.

Catherine marschierte kopfschüttelnd weiter. Malbec sah ihr hinterher, wie sie leichtfüßig bergan stapfte, während der Weg nun am Saum eines lichten Wäldchens entlangführte. Er benötigte zwei Minuten, um sie wieder einzuholen. Der betörende Duft wild wachsender Blumen verführte die Sinne. Catherine war ganz in ihrem Element und deutete immer wieder auf den Wegesrand, wo Wolfsmilchgewächse, Wacholder und Silberdisteln wuchsen. Malbec, der gerade einmal Tulpen von Rosen unterscheiden konnte, staunte über ihr Wissen.

Als Catherine erklärte, die UNESCO habe den Mont Ventoux aufgrund seiner einzigartigen Flora und Fauna schon vor Jahren zum Réserve de biosphère ernannt, musste Malbec an den Verpackungsmüll denken, den die Radsportler am Wegesrand alljährlich hinterließen, sei es aus Unachtsamkeit oder weil sie sich unnötigen Ballasts entledigen wollten.

Irgendwo in der Ferne waren Schüsse zu hören. Malbec erinnerte sich daran, dass er bei der Anfahrt Schilder mit Warnhinweisen gesehen hatte. Für ihn als Pariser stellte die Jagdleidenschaft der Provenzalen ein Mysterium dar. Er konnte sich nicht erklären, warum jedes Wochenende ganze Kolonnen jagdhungriger Männer in voller Montur samt olivgrüner Weste, Patronengurt und Messer durch die Reviere streiften, um ein paar verschreckte Hasen, scheue Fasane oder Zugvögel abzuknallen.

Die Jagd als Adelsprivileg war seit der Französischen Revolution abgeschafft – und seither vergnügte sich das Volk im Unterholz, indem es auf alles schoss, was sich bewegte. Hirsch und Reh waren in vielen Regionen fast nicht mehr anzutreffen, konstant war einzig die Zahl der Jagdunfälle geblieben. In manchen Gegenden starben jährlich mehr Menschen durch verirrte Kugeln als durch einen Mord. Hinzu kamen noch Dutzende von Beziehungstaten und einige wenige Amokläufe, weil viele Jagdwaffen leicht zugänglich und die Emotionen oft schwer kontrollierbar waren. Zwar gab es immer wieder Proteste von Umweltschutzverbänden, aber der französische Jagdverband hatte eine mächtige Lobby, mit der sich kein Politiker freiwillig anlegen mochte.

Als er in der Ferne wieder mehrere dumpfe Schüsse hörte, dachte Malbec darüber nach, ob sich der Vierfachmörder auch als Jäger hatte tarnen können. Nach kurzer Überlegung erschien ihm diese Theorie aber wenig überzeugend, da als Tatwaffe kein Gewehr, sondern eine Pistole benutzt worden war.

Schritt für Schritt ging es weiter bergauf. Bei dem langsamen Aufstieg veränderte sich nicht nur die Vegetation, sondern auch die eigene Wahrnehmung. Der weiche Boden dämpfte die Schritte, eine samtige Stille lag über dem Hang.

»Soll das Petrarca sein?«, fragte Malbec und deutete auf eine Markierung, auf der die Silhouette eines Mannes mit Schlapphut zu sehen war.

»Nein«, sagte Catherine lachend, »das ist Jean-Henri Fabre, ein berühmter Entomologe, der vor über hundert Jahren in Sérignan-du-Comtat, einem kleinen Dorf zwanzig Kilometer westlich des Mont Ventoux, lebte. Dort hatte sich der Grundschullehrer durch seine jahrzehntelangen Studien einen Ruf als einer der bekanntesten Insektenforscher der Welt erworben. Stundenlang soll er auf seinem Harmas genannten Grundstück gesessen und beobachtet haben, welche Tiere durch die Gräser krabbelten und in der Erde verschwanden. Mit Interesse studierte er vor allem das Paarungsverhalten der Nachtpfauenaugen, das Brutverhalten der Knotenwespe und den Mistkugeln wälzenden Skarabäus. Selbst der große Charles Darwin hat ihn in seiner ›Entstehung der Arten‹ als ›unvergleichlichen Beobachter‹ gepriesen. Dank seiner poetischen Beschreibungen wurde Fabre als ›Homer der Insekten‹ gerühmt.«

»Okay, aber warum ist er hier am Mont Ventoux abgebildet?«, fragte Malbec, der immer wieder beeindruckt war von Catherines breit gefächertem Wissen, obwohl er wusste, dass sie ein paar Semester Biologie studiert hatte, bevor sie sich der Landschaftsarchitektur zugewandt hatte.

»Fabre hatte die Hänge des Berges auf seinen botanischen

Exkursionen mit seinem Schlapphut zigmal durchstreift und dabei vor allem Schmetterlinge sowie Käfer beobachtet und gesammelt. Nicht nur die Flora, auch die Fauna verändert sich am Mont Ventoux ständig, da man beim Aufstieg mehrere Klimazonen durchquert. Manche Pflanzen hier an der Nordseite findet man sonst nur in Polarregionen, so der Arktische Mohn.« Catherine deutete auf eine krautige Pflanze mit gelben Kronblättern. »Ich habe übrigens ein paar von Fabres Büchern zu Hause in meinem Arbeitszimmer. Wenn du willst, leihe ich sie dir gern einmal aus. Aber zuvor musst du ja noch deinen Petrarca lesen ...«

»Apropos Petrarca: Hast du zufällig die lateinische Ausgabe in deinem Bücherregal, denn ich würde den Text gern im Original lesen«, stichelte Malbec.

Wenig später steuerte Catherine auf einen etwas abseits vom Weg gelegenen Felsblock zu, der sich perfekt als Rastplatz eignete. Als sie näher kamen, schreckte eine Smaragdeidechse auf und verschwand blitzschnell in einer Steinspalte. Catherine zauberte aus ihrem Rucksack ein kleines Picknick hervor. Es gab selbst gemachte Tapenade, eine bockelharte Salami und ein Stück Ziegenkäse, dazu frisches Baguette, Tomaten und schwarze Oliven. Malbec holte zwei große Wasserflaschen aus seinem Rucksack.

»Ohh, nur Wasser?«, sagte Catherine.

»Hatten wir etwas anderes ausgemacht?«

»Nein«, sagte Catherine lachend, »aber ich habe mich eben daran erinnert, dass mein Großvater früher immer eine Flasche Rotwein dabeihatte, wenn er wandern ging.«

»Da käme ich den Berg anschließend wohl nicht mehr hoch«, erwiderte Malbec grinsend.

Schweigend aßen sie und genossen den Blick über karstige Höhenzüge und Täler. Nur das vereinzelte Zwitschern eines Vogels war zu hören. Malbec hob den Kopf zum Himmel, dann wühlte er im Rucksack und holte sein Fernglas heraus. Fasziniert verfolgte er, wie ein Habicht oder Bussard seine Kreise zog und sich elegant im Aufwind emporschraubte.

»Dort unten kommt eine kleine Wandergruppe«, unterbrach ihn Catherine und deutete den Hang hinunter, wo ein paar bunte Punkte zwischen den Bäumen auszumachen waren. »Komm, lass uns aufbrechen, damit wir denen nicht hinterherlaufen müssen.«

Malbec schob sich noch ein letztes, mit der köstlichen Oliventapenade bestrichenes Baguettestück in den Mund, während die Wanderschar mit ihren klackernden Stöcken näher rückte. Schnell packten sie zusammen, schulterten ihre Rucksäcke und machten sich wieder auf den Weg.

Der Pfad wurde allmählich schroffer. Die Kämme spitzer Steine erinnerten aus der Ferne an die Stacheln eines Dinosaurierrückens. Je höher die beiden den Berg hinaufkamen, desto weniger Bäume säumten den Weg. Die Buchen waren längst verschwunden, zuletzt waren nur noch eine Handvoll vom Wind verkrüppelte Lärchen und karge Kiefern auszumachen.

Schließlich passierten sie die Baumgrenze und stiegen auf einem Geröllpfad weiter bergan. Eine Mondlandschaft, in der kaum ein Grashalm Halt fand, umgab sie.

Der Gipfel mit dem rot-weißen Sendemast rückte allmählich in Sichtweite. Der Wind wurde stärker. Catherine fröstelte und zog ihre Windjacke aus dem Rucksack.

Oben angekommen, wollten sie die Aussicht genießen und mit dem Smartphone ein paar Fotos machen. Doch sie blieben nur kurz. Die Hektik und der Rummel mit den vielen Touristen und Radsportlern gefielen Catherine gar nicht, so dass sie schnell wieder zum Aufbruch drängte.

»Nehmen wir denselben Weg zurück?«, fragte Malbec.

»Nein, das wäre doch langweilig«, antwortete Catherine, deren blaue Windjacke das Dunkelblond ihrer Haare betonte. »Wir gehen ein Stück auf dem Berggrat entlang Richtung Osten, dann biegen wir linker Hand ab und laufen auf einem Höhenweg mit tollen Ausblicken zurück zu unserem Parkplatz.«

Sie hatte nicht zu viel versprochen. Der Weg führte zwischen roten und blauen Markierungsstangen, die im Winter als Orientierung dienten, über ein breites Geröllfeld bis zu einer Senke hinunter. Aus der Ferne waren die Lifttrassen der Skistation am Mont Serein zu sehen, deren stählerne Stützen in der sommerlichen Landschaft deplatziert wirkten. Malbec bückte sich, hob einen Kiefernzapfen auf und schleuderte ihn übermütig in einem weiten Bogen durch die Luft. Dann orientierten sie sich nach links und durchquerten einen wohltuend schattigen Mischwald, bis der Pfad in einen schmalen Höhenweg mündete.

Die Aussicht war spektakulär, doch Malbec nahm dies kaum zur Kenntnis. Er hing seinen eigenen Gedanken nach und faltete erneut seine Wanderkarte auseinander. Verzückt über eine mögliche Querverbindung zum Tatort, stolperte er über eine Wurzel und rutschte mit dem rechten Schuh weg, wodurch ein paar Steine geräuschvoll den steilen Abhang hinunterglitten. Malbec erschrak, sein Puls schlug heftig, und es hätte gar nicht Catherines rügenden Blicken bedurft, um seine Konzentration zu wecken.

Eine Stunde später erreichten sie schwitzend den Parkplatz, auf dem ihr Auto stand.

»Jetzt wäre eine Abkühlung gut«, befand Malbec, als er seinen Rucksack auf die Rückbank warf und sich die Schweißperlen von der Stirn wischte.

»Ja, ich hätte auch Lust, eine Runde zu schwimmen.«

»Gibt es hier irgendwo in der Nähe eine *piscine municipale*?«

»Keine Ahnung. Ich kenne nur das städtische Freibad von Vaison-la-Romaine. Und das ist wie die meisten öffentlichen Freibäder in Frankreich nicht wirklich schön.«

»Ein See wäre mir auch lieber«, sagte Malbec.

»Mmh, ein See oder ein *plan d'eau*?«, wiederholte Catherine. »Da fällt mir jetzt nichts ein, aber warst du schon einmal in den Gorges du Toulourenc?«

»Nein, nur davon gehört – wo liegt die Schlucht?«

»Gar nicht weit weg, westlich von Brantes, also auch am

Nordhang des Mont Ventoux. Der Toulourenc fließt dort zwischen Felsen hindurch und hat sich mehrere glasklare Wasserbecken gegraben, in denen man herrlich baden kann. Es gibt sogar ein Bassin vor einem großen Wasserfall.«

»Wunderbar! Lass uns hinfahren.«

Der Weg führte über schmale Landstraßen und kleine Dörfer, vorbei an abgeernteten Lavendelfeldern und kleinen Kapellen. Eine halbe Stunde später dirigierte Catherine Malbec unweit einer Brücke zu einem Parkplatz.

Malbec stieg aus, öffnete die hintere Tür auf der Fahrerseite und beugte sich über die Rückbank, um seinen Rucksack umzupacken und eine volle Wasserflasche mitzunehmen. »Mist!«, entfuhr es ihm. »Ich habe meine Badehose vergessen.«

»Das macht nichts, ich habe zwar meinen Badeanzug dabei, würde aber aus Solidarität darauf verzichten«, entgegnete Catherine unaufgeregt. »Wir werden schon ein ungestörtes Plätzchen finden. Den großen Wasserfall sollten wir dann allerdings meiden.«

Auf der Suche nach einer abgelegenen Badestelle spazierten sie weiter entlang des Flusses. Ein kurzes Stück mussten sie durch das Wasser waten, zeitweise führte der Weg etwas erhöht am Ufer entlang und gab den Blick auf ein paar herrliche Gumpen frei. Schließlich fanden sie ein idyllisches Plätzchen, das von zwei Felsen eingerahmt und daher nahezu uneinsehbar war.

Während Catherine ihr Handtuch auf dem steinigen Boden ausbreitete, sich flugs ihres Oberteils entledigte und ihre Hose samt Slip abstreifte, zögerte Malbec.

»Jetzt stell dich nicht so an«, sagte Catherine, die schon vollkommen nackt bis zu den Oberschenkeln im kiesigen Flussbett stand.

»Ich weiß, in Cap d'Agde kaufen die Menschen sogar nackt im Supermarkt ein, aber …«

Catherine sah ihn auffordernd an.

»… aber in Frankreich geht man schließlich auch nicht

nackt in die Sauna. Und ich will nicht, dass man morgen in der Zeitung einen Bericht über einen exhibitionistisch veranlagten Polizisten liest«, entgegnete Malbec, der die Gelegenheit nutzte, um Catherines sportlich durchtrainierten Körper zu bewundern.

Ein gedehntes »Olivier!« und die Drohung, ihn nass zu spritzen, folgten, so dass Malbec sich in Sekundenschnelle entkleidete und ins Wasser hechtete.

Als sie hinterher nass auf dem Handtuch lagen, fing Catherine an, ihn mit eindeutigen Gesten zu provozieren. Sie schmiegte sich zärtlich an ihn und sandte mit ihren vortastenden Händen weitere Signale aus. So dauerte es nicht lange, bis Malbec seinen Widerstand auf- und sich ihren Argumenten hingab. Erschöpft und glücklich lagen sie danach nebeneinander auf dem Handtuch, als zwei Wanderer über die Felsen kletterten.

Sie blieben noch lange am Ufer des Flusses. Als sie nach einer längeren Autofahrt von ihrem Ausflug zurückkehrten, hatte sich bereits die Dämmerung über die Provence gelegt und die Hügel in ein fast magisches Licht getaucht.

Den restlichen Abend verbrachten sie auf der Terrasse hinter Catherines Haus. Sie holte einen selbst gemachten *papeton d'aubergine* aus dem Kühlschrank. Zu diesem typischen avignonesischen Flan, der auf der Basis von Auberginenkaviar und Eiern zubereitet wurde, gab es eingelegte Sardellen sowie einen frischen Salat, den Catherine in Windeseile zusammenschnippelte, während Malbec nur die ehrenvolle Aufgabe blieb, eine Flasche Weißwein zu öffnen.

Noch bis weit in die Nacht hinein saßen sie im Schein einer alten Paraffinlampe auf der Terrasse und schmiedeten Pläne für einen ersten gemeinsamen Urlaub im Spätherbst. Sizilien war Catherines Vorschlag. Malbec wollte zwar lieber nach Andalusien, aber letztlich war ihm das Ziel nicht so wichtig.

Nach einem langen Blick in Catherines Augen löschte er die Lampe vorsichtig und wartete noch ein paar Sekunden, bis die Flamme erstickte. Diesmal ergriff Malbec die Initiative. Sein Blick und seine Gesten waren zielstrebig, zärtlich streichelte er Catherines Nacken und küsste sie, dann griff er nach ihrer Hand und führte sie ins Schlafzimmer. Schon nach wenigen Minuten mischten sich eindeutige Geräusche in das Konzert der Zikaden.

SIEBEN

Malbec saß am Schreibtisch, als sein *portable* vibrierte. Eine ihm unbekannte Nummer erschien auf dem Display.

»*Oui.*«

»Capitaine Malbec?«, erkundigte sich eine Frauenstimme.

»Am Apparat«, antwortete er abwartend.

»Ich bin Sophie Dupont. Sie erinnern sich doch noch an mich?«

»Aber selbstverständlich. Womit kann ich Ihnen dienen, Madame Dupont?«

»Nun, wie soll ich es formulieren, aber könnte es sein, dass der Mordanschlag doch meinem Mann gegolten hat?«

»Wie kommen Sie denn darauf?« Malbec wurde hellhörig.

»Wer weiß, vielleicht täusche ich mich auch, aber ich habe beim Aufräumen von Unterlagen zwei Schreiben gefunden, deren Inhalt mich ziemlich aufgewühlt hat.«

»Das klingt interessant. Was sind das für Schreiben?«

»Eine Art Drohbriefe. Aber es fällt mir schwer, das am Telefon zu erklären. Es wäre wahrscheinlich besser, wenn Sie zu mir kommen könnten. Ich hoffe, das macht Ihnen nichts aus?«

»Nein, nein, das ist kein Problem für mich«, versicherte Malbec. »Wann wäre es Ihnen recht?«

»Wie schaut es bei Ihnen morgen aus?«

»Morgen? Ja, da hätte ich am Nachmittag noch Zeit.«

»Wunderbar, das freut mich. Dann werde ich Sie erwarten«, sagte Sophie Dupont erleichtert. »Unser Haus ist nicht leicht zu finden, zudem wird man von den meisten Navis in die Irre geführt, da sie nur die Allée du Lauzon, nicht aber den Chemin du Lauzon kennen. Von Vaison aus müssen Sie sich in Richtung Nyons halten, dann kommt rechter Hand ein Hinweisschild zum Château de Taulignan, kurz nach einer

Kurve geht es hinter einem hellblau gestrichenen Haus links einen Feldweg hoch.«

Malbec notierte sich zur Sicherheit die genaue Adresse sowie Sophie Duponts Telefonnummer und versprach, voraussichtlich am frühen Nachmittag des folgenden Tages in Vaison-la-Romaine zu sein.

***

Als Malbec mit seinem Auto über die schmale, leicht gewundene Landstraße mehr schlich als fuhr und suchend die Gebäude am Straßenrand musterte, dämmerte ihm, dass »Hellblau« hier in der Provence ein ebenso dehnbarer Begriff wie »Kurve« war. Er war kurz davor, Sophie Dupont anzurufen und sich den Weg noch einmal genau erklären zu lassen, als er linker Hand einen geschotterten Weg entdeckte.

Er bog ab und steuerte langsam auf ein Haus zu, das schon bessere Zeiten gesehen hatte. Lautes Hundegebell begrüßte ihn. Skeptisch blieb Malbec im Auto sitzen und überlegte, ob den beiden unruhig hin- und herlaufenden Hunden zu trauen war.

Glücklicherweise lief in diesem Moment eine ältere Dame mit grünen Gartenhandschuhen um das Haus und beruhigte die Hunde. »Die beißen nicht!«

Malbec war sich nicht sicher, ob er ihrer Aussage Vertrauen schenken sollte, denn die Hunde hielten zwar Abstand, doch knurrten sie noch immer bedrohlich.

Schließlich öffnete er die Autotür, trat einen Schritt heraus und stützte sich mit dem linken Ellenbogen auf dem Türrahmen ab, woraufhin der kleinere der beiden Mischlingshunde ein Stück auf ihn zustürzte, dann aber in zwei Meter Entfernung abbremste und die Zähne fletschte.

»Eigentlich wollte ich zu Madame Dupont«, sagte Malbec, ohne die Hunde aus den Augen zu lassen.

»Die wohnt hier nicht«, antwortete die Frau trocken.

»Wissen Sie, wie ich zu ihr komme?«

Die Frau betrachtete ihn mit einem abschätzenden Blick, dann streckte sie den rechten Arm aus. »Sie müssen noch zweihundert Meter weiter in diese Richtung fahren und dort hinter einem grauen Haus scharf abbiegen.«

»Graues Haus?«

»Ja, hinter einem grauen Haus.«

»Oh, vielen Dank.«

»Kein Problem. Sie können beruhigt sein, Sie sind nicht der erste Mann, der sich auf der Suche nach Madame Dupont verfahren hat.«

Noch während Malbec über diese Bemerkung nachdachte, drehte sich die Frau kommentarlos um und verschwand mit den Hunden wieder hinter ihrem Haus.

Malbec wendete in der Einfahrt und fuhr ein Stück des Weges zurück. Er musste wohl an dem in einem Nachbardorf von Vaison gelegenen Anwesen der Duponts vorbeigefahren sein.

Dieses Mal nahm er die richtige Abzweigung. Das letzte Stück der Zufahrt war ungeteert, staubig und holprig, so dass er den Anstieg fast im Schritttempo meistern musste. Malbec hielt vor einem Einfahrtstor, stieg aus und sah sich um.

Das Haus war hinter einer grünen Wand aus Hecken und Bäumen versteckt und daher von der Straße aus schwer auszumachen. Vergeblich hielt er nach einer Klingel Ausschau, stattdessen entdeckte er eine Kamera auf einer Metallstele. Er rüttelte am hölzernen, von zwei Sandsteinpfosten eingerahmten Tor, aber es war verriegelt.

Während Malbec sich nach einer Klinke umsah und überlegte, ob er kurz hupen sollte, hörte er, wie sich die Haustür öffnete. Kurz darauf kam ihm Sophie Dupont entgegen.

»Entschuldigen Sie, aber seitdem mich die Presse belagert hat, schließe ich das Tor immer ab. Der Ansturm war so groß, dass ich mich ihm regelrecht erwehren musste«, erklärte sie und öffnete die beiden halbhohen Torflügel.

»Verstehe ich«, sagte Malbec, stieg wieder ins Auto, fuhr ein Stück hinauf und parkte neben Sophie Duponts Peugeot auf einer mit geharktem Kies bestreuten Einbuchtung vor dem Haus.

»Danke, dass Sie sich die Mühe gemacht haben, mich hier aufzusuchen«, sagte Sophie Dupont und bat ihn herein.

»Keine Ursache. Ich hatte Ihnen ja versprochen, dass Sie mich jederzeit kontaktieren können.«

»Darf ich Ihnen einen Kaffee oder etwas anderes anbieten?«

»Ja, zu einem *café noir* würde ich nicht Nein sagen.«

Sophie Dupont führte Malbec in das großzügig geschnittene Wohnzimmer. »Setzen Sie sich bitte«, sagte sie. »Ich bin gleich bei Ihnen.«

Während sie in der Küche verschwand und die Kaffeemaschine bediente, nahm er auf dem Sofa Platz und sah sich neugierig um. Wie er bereits von außen vermutet hatte, handelte es sich um eine ehemalige Scheune oder ein ähnliches landwirtschaftliches Anwesen, das renoviert und durch einen modernen Anbau erweitert worden war. Drei fast über die gesamte Hausbreite reichende Treppenstufen verbanden die beiden Gebäudeteile und glichen das durch die Hanglage bedingte unterschiedliche Bodenniveau aus. Bei den Möbeln dominierten Glas und Metall – für Malbecs Geschmack war die Einrichtung zu unterkühlt.

Er stand wieder auf, trat an das Terrassenfenster und blickte hinaus: Hinter dem Haus erstreckte sich ein großer uneinsehbarer Garten. Unter einer Schirmakazie stand eine Sitzgruppe aus wuchtigen Teakholzmöbeln, ein Stück weiter waren am Rande des Grundstücks ein nierenförmiger Swimmingpool sowie zwei Liegen samt Sonnenschirm zu sehen. Der Garten wirkte ungepflegt, aus den Blumenrabatten wucherte Unkraut, und der Rasen war vertrocknet.

»Mit oder ohne Zucker?«

Malbec drehte sich um. Sophie Dupont balancierte lässig mit der linken Hand ein Holztablett, auf dem eine dampfende Espressotasse samt Zuckerdose stand. Sie stellte das Tablett ab und setzte sich zu Malbec auf das Sofa.

»Kein Zucker, danke.« Er nahm die Tasse und nippte vorsichtig am heißen Kaffee. »Schön haben Sie es hier. War das mal eine Scheune?«

»Ja, angeblich wohnte hier einst eine ganze Schäferfamilie zusammen mit ihren Tieren. Die Lage des Grundstücks ist herrlich, aber auch ein wenig einsam, wie mir seit dem Tod meines Mannes inzwischen deutlich bewusst geworden ist. Der nächste Nachbar ist mehr als hundert Meter entfernt. Ohne Auto kommt man nicht einmal zum Bäcker, aber Silvian gefiel damals das ländliche Flair ebenso wie die Nähe zu den Bergen. Und zum Flughafen von Marseille ist es auch nicht allzu weit. Wenn er Zeit hatte, radelte er am Nachmittag mal schnell über den Kamm der Montagne de Lure. Selbst die Ausläufer der Südalpen sind von hier aus problemlos mit dem Fahrrad zu erreichen – nicht für mich, aber für durchtrainierte Radfahrer wie Silvian. Abgesehen davon, ist das Haus eigentlich zu groß für mich. Wer weiß, vielleicht suche ich mir auch etwas anderes, zentraler gelegenes in Vaison.«

»Geben Sie sich noch ein wenig Zeit für solche Entscheidungen. In ein paar Monaten kann alles schon wieder ganz anders aussehen«, riet Malbec. »Wie haben Sie und Silvian Dupont sich eigentlich kennengelernt?«

»Beruflich. Ich arbeitete damals als Immobilienmaklerin. Silvian interessierte sich für ein Landhaus, für das unsere Agentur einen Käufer suchte. Weil eine Kollegin krank geworden war, nahm ich damals den Ortstermin wahr und zeigte ihm das bei Cairanne gelegene provenzalische Mas. Es war ein herrliches historisches Anwesen mit meterdicken, roh behauenen Mauern, zu dem ein eigener Weinberg gehörte. Der Verkäufer wollte mehr als zwei Millionen. So viel war es Silvian allerdings nicht wert. Immerhin hatten wir bei der Besichtigung viel Spaß und befürchteten, uns im Keller eingesperrt zu haben, als die Tür ins Schloss fiel. Am nächsten Tag rief mich Silvian an, um sich für meine Geduld zu bedanken. Spontan lud er mich in die ›Bastide de Capelongue‹ zum Essen ein, und alles nahm seinen Lauf. Zwei Jahre später haben wir geheiratet.«

Sie machte eine kurze Pause, ehe sie mit einem versonnenen Lächeln hinzufügte: »Aber ich will Sie nicht langweilen. Sie wollen schließlich wissen, warum ich Sie gebeten habe, mich zu besuchen.«

»Das ist richtig, aber ich habe Zeit. Und es interessiert mich durchaus, was Silvian Dupont für ein Mensch war und wie er gelebt hat – das ist oft wichtig, um einen Fall in seiner gesamten Komplexität zu verstehen«, erklärte Malbec offenherzig, um ihren Redefluss nicht zu unterbrechen.

Sophie Dupont nickte, dann deutete sie auf eine große, mit Minzblättern, Zitronenscheiben und Eiswürfeln gefüllte Karaffe, die auf dem Tisch stand. »Wenn Sie ein Glas Wasser möchten, so bedienen Sie sich doch einfach.«

»Danke, gern.« Malbec hob die Karaffe hoch und schenkte erst Sophie Dupont und dann sich selbst ein.

Sie nippte nur einmal kurz am Wasser, dann begann sie zu erzählen: »Am letzten Wochenende habe ich endlich die Kraft gefunden, hier im Haus ein wenig aufzuräumen und auszumisten. In den letzten beiden Monaten haben sich viele Dinge aufgestaut. Um die Finanzen und erbrechtlichen Angelegenheiten kümmert sich zum Glück unser Steuerberater Monsieur Dalmas, aber viele andere Sachen sind einfach liegen geblieben. Mahnungen sind mir ins Haus geflattert, weil ich versäumt hatte, kleinere Rechnungen zu bezahlen. In der Zeit nach dem Krankenhaus hat dankenswerterweise meine Schwester bei mir gewohnt, um mich zu unterstützen, aber um Silvians geschäftliche und private Angelegenheiten musste und wollte ich mich selbst kümmern. Sie sehen: Stück für Stück versuche ich, wieder ins Leben zurückzufinden, auch wenn es für mich nicht leicht ist.«

Malbec nickte.

»Nächste Woche muss ich nach Orange fahren. Ein erneutes Treffen mit Cédric Chasseur, dem ehemaligen Partner meines Mannes, steht an. Er möchte Silvians Anteile an der gemeinsamen Agentur für Sportmarketing und Sportevents übernehmen. Allerdings hat er bereits angedeutet, nicht viel zahlen zu wollen, und behauptet, durch Silvians Tod sei der Marktwert der Agentur deutlich gesunken.«

Malbec hörte aufmerksam zu, stellte hier und da ein paar Fragen, aber es fiel ihm schwer, Sophie Duponts Redefluss in eine bestimmte Richtung zu lenken. Munter sprang sie zwischen den Themen hin und her.

»Können Sie sich vorstellen, dass ein Paar von Silvians alten Radhandschuhen noch wochenlang auf der Kommode im Foyer lag? Schließlich habe ich sie weggeworfen, ebenso wie sein zweites Paar Fahrradschuhe. Jedes Mal wenn ich sie sah, hörte ich das typische Klick-Klack-Geräusch, so als würde er noch über unsere Fliesen laufen. In der letzten Zeit hat er ja wieder verstärkt trainiert. In unserer Garage stehen immer noch mehrere Rennräder sowie Mountainbikes herum. Einen Teil seiner Kleidung habe ich bereits aussortiert, verschenkt oder in den Altkleidercontainer geworfen. Dieses Wegwerfen ist wie ein zweites Abschiednehmen, aber mein Psychologe meint, es könne mir bei einem Neuanfang helfen, und so habe ich mich entschlossen, nur wenige Erinnerungsstücke zu behalten, wie Silvians Radtrikots oder den Anzug, den er trug, als wir heirateten. Nur so kann ich verhindern, dass mich die Erinnerungen erdrücken und mir die Luft zum Atmen nehmen.«

Während Sophie Dupont einen Schluck Wasser trank, überlegte Malbec, wie er sich wohl in so einer Situation verhalten hätte.

»Einzig um Silvians Arbeitszimmer machte ich lange Zeit einen großen Bogen«, fuhr sie fort. »Die Türschwelle erschien mir wie eine unüberwindbare Barriere. Erst letztes Wochenende setzte ich mich an seinen Schreibtisch, weil mich unser Steuerberater gebeten hatte, ein paar Rechnungen sowie weitere steuerrelevante Unterlagen herauszusuchen und ihm zuzusenden. Es dauerte lange, bis ich mir in seinem Chaos einen Überblick verschafft hatte. Silvian hatte ein spezielles

Ordnungssystem, um Briefe und Rechnungen zu stapeln. Aber vielleicht möchten Sie sich selbst ein Bild von seinem Arbeitszimmer machen?«

»Ja, wenn es Ihnen nichts ausmacht, würde ich mich dort gern umsehen.«

Sophie Dupont stand auf und ging voran. Malbec folgte ihr und stieg die Treppe zum Obergeschoss hinauf. Am Ende eines breiten Flures, von dem mehrere Türen abzweigten, drückte sie eine Klinke und blieb am Türrahmen stehen, um Malbec den Vortritt zu lassen. »Das ist – beziehungsweise war – das Arbeitszimmer von Silvian.«

Malbec ließ seinen Blick durch den großen, lichtdurchfluteten Raum schweifen. Vom Schreibtisch aus konnte man durch das nach Südosten ausgerichtete Fenster sogar den Mont Ventoux sehen. Vor einer Wand stand ein wuchtiger Vitrinenschrank, gefüllt mit Pokalen in unterschiedlichen Größen und Formen, die meist mit irgendeinem Radsportsymbol verziert waren, dazwischen waren gerahmte Fotos aufgestellt, die Silvian Dupont in Siegerpose auf dem Podium zeigten.

An der Wand gegenüber hingen über einem schwarzen Ledersofa bunte, mit Nadeln dekorativ in einem Bilderrahmen befestigte Trikots, darunter ein Maillot Jaune sowie das Maillot Rojo, das Dupont bei der Zielankunft der Vuelta getragen hatte. Auch ein weißes Trikot mit roten Punkten, das stets der Führende der Bergwertung bei der Tour de France bekam, fehlte nicht.

Direkt unter den Trikots befand sich die Startnummer, die Dupont bei dem jeweiligen Rennen getragen hatte. Ehrfurchtsvoll sah sich Malbec die Devotionalien eines erfolgreichen Sportlerlebens an.

»Silvians Reich«, kommentierte Sophie Dupont mit leiser Stimme. »Hierher hat er sich manchmal abends zurückgezogen, einen Cognac getrunken und in Erinnerungen geschwelgt.« Sie deutete auf den großen Vitrinenschrank. »Ich kann Ihnen leider nicht erklären, bei welchem Rennen er welchen Pokal gewonnen hat. Im Keller stehen noch ein paar Kisten mit weiteren Exemplaren. Silvian hat ja bereits als Jugendlicher seine ersten Rennen gewonnen. Medaillen und Urkunden von den unterschiedlichsten Meisterschaften hat er da drüben in den Schubladen aufbewahrt«, sagte sie und wies auf ein Sideboard. »Gibt es eigentlich ein Radsportmuseum, dem ich die Dinge vermachen kann?«

»Das weiß ich nicht, aber Sie können die ganzen Trophäen sicherlich auch für einen wohltätigen Zweck versteigern lassen«, antwortete Malbec und bestaunte die eindrucksvolle Sammlung. »Für viele ist Ihr Mann ja heute noch ein Idol.«

»Ja«, sie deutete auf einen Briefstapel, »Silvian bekam noch fast jeden Tag Fanpost, manchmal mit Autogrammwünschen. Nach seinem Tod wurden auf seiner Homepage sowie auf seiner offiziellen Facebook-Seite Tausende von Trauerbekundungen gepostet, aber auch ein paar Beschimpfungen waren darunter. Alle Einträge habe ich nicht gelesen, dazu fehlte mir damals die Kraft.«

»Das kann ich verstehen.«

»Sie wissen sicherlich um die Dopingvorwürfe gegen meinen Mann?«, fragte Sophie Dupont und spielte verlegen mit ihren Ohrringen.

»Ja, das ging ja damals durch alle Medien. Die Sperre bedeutete das unrühmliche Ende seiner großen Karriere. Im Zusammenhang mit den Ermittlungen habe ich dann noch weitere Details erfahren.«

»Mein Mann war kein Betrüger, er war nur Teil des Systems«, betonte Sophie Dupont mit Nachdruck. »Aber er wurde gewissermaßen stellvertretend für andere Radsportler verurteilt, selbst der Internationale Sportgerichtshof CAS hat das Urteil bestätigt. Immerhin konnte er eine Zivilklage auf Schadensersatz abwenden.«

Malbec nickte.

»Glücklicherweise zollten ihm die meisten Internetposts und Briefe Respekt. Viele Menschen dankten ihm auch für seine Verdienste um den französischen Radsport und teilten ihre Erinnerungen.«

»Ja«, bestätigte Malbec, »jeder halbwegs sportbegeisterte Franzose hat seine Duelle mit Armstrong noch im Kopf. Leider hat ihr Mann gegen den übermächtigen Amerikaner selten gewonnen, aber ich weiß noch, wie er in der ›Hölle des Nordens‹ beim Frühjahrsklassiker Paris–Roubaix nach einem Materialschaden eine furiose Aufholjagd über das Kopfsteinpflaster gestartet hat und tatsächlich einen Platz auf dem Podium erringen konnte.«

»Sie wissen aber gut Bescheid«, befand Sophie Dupont mit leuchtenden Augen.

»Das Karriereende muss ihn schwer getroffen haben«, spekulierte Malbec.

»Ja, darunter hat er sehr gelitten. Vor allem, dass man ihn von einem auf den anderen Tag fallen ließ wie eine heiße Kartoffel. Er war immer noch fit und wäre sicherlich noch gern zwei oder drei Jahre auf hohem Niveau weitergefahren. Und nicht nur das: Die Funktionäre machten einen Bogen um ihn, bei den Sportverbänden war er nicht mehr gern gesehen. Geradeso, als wäre er der Einzige gewesen, der gedopt hatte. Um sein Image stand es schlecht. Er hatte kurzzeitig sogar finanzielle Probleme, da ihn ein ehemaliger Sponsor auf Entschädigung verklagt hatte. Ein paar Jahre nach seinem Karriereende erhielt er überdies eine Anfrage von ›TF1‹, ob er nicht als Kandidat bei ›Koh-Lanta‹ mitmachen wolle. Hunderttausend Euro haben sie ihm dafür geboten, aber Silvian hatte es glücklicherweise nicht nötig, bei einer Realityshow mitzumachen und in ein Dschungelcamp zu ziehen.«

Malbec gefiel, wie Sophie Dupont für ihren Mann Partei ergriff.

»Hatte er Feinde?«, fragte er.

»Davon ist mir nichts bekannt. Silvian war ein sehr umgänglicher Mensch, der für seine Freunde da war und sich stets Zeit für seine Fans genommen hat – das habe ich Ihren Kollegen auch schon gesagt. Aber inzwischen habe ich das Gefühl, dass es irgendein Geheimnis geben muss – deswegen habe ich Sie ja gestern angerufen.« Sie ging zum Schreibtisch, faltete zwei Papiere auseinander und hielt sie in die Höhe. »Das hier habe ich zwischen den Unterlagen gefunden, als ich versucht habe, Ordnung zu schaffen.«

Malbec trat einen Schritt näher.

Zwei anonyme Computerausdrucke. Kein Datum, keine Unterschrift, jeweils nur ein einziger fett gedruckter Satz.

»Wage es nicht, mich in deinen Dopingsumpf hineinzuziehen!!!«, stand auf dem einen, auf dem anderen war zu lesen: **»Letzte Warnung: Es gibt Mittel und Wege, dich zum Schweigen zu bringen!!!«**

Die Ausrufezeichen waren jeweils per Hand mit rotem Filzstift hinzugefügt. Beide Briefe schienen aufgrund der gleichen Schriftart und den auffällig hinzugefügten Ausrufezeichen vom selben Verfasser zu stammen.

»Was könnte es damit auf sich haben?«, fragte Malbec und sah Sophie Dupont besorgt an.

»Keine Ahnung. Silvian hat diese Schreiben mir gegenüber nie erwähnt. Aus irgendeinem Grund hat er sie aber nicht weggeworfen, sondern aufgehoben. Ich weiß auch nicht, wie lange sie hier schon gelegen haben. Ein paar Wochen? Monate?«

»Gibt es einen zugehörigen Briefumschlag?«, fragte Malbec, da die Schreiben deutliche Bruchlinien aufwiesen. Sie mussten entsprechend gefaltet worden sein.

»Nein, nicht dass ich wüsste«, wiegelte Sophie Dupont ab. »Ich weiß nicht einmal, ob die Drohungen überhaupt per Post kamen.«

»Schade, ist aber kein Problem, denn es würde an ein Wunder grenzen, wenn der anonyme Verfasser seine Adresse auf das Kuvert geschrieben hätte. Haben Sie einen leeren Umschlag oder eine Klarsichthülle für mich?«, bat Malbec.

»Ja, warum?«

»Ich würde die Ausdrucke gern mitnehmen und untersuchen lassen – wer weiß, vielleicht finden sich noch Fingerabdrücke oder genetisch verwertbare Spuren darauf.«

Sophie Dupont bückte sich, öffnete eine Schublade und

zog nach kurzer Suche einen großen braunen Briefumschlag heraus, den sie Malbec reichte.

»Danke. Darf ich mich noch weiter umsehen?«, fragte er.

»Ja, selbstverständlich.« Sophie Dupont drehte sich zur Tür. »Ich lasse Sie allein. Wenn Sie Fragen haben oder etwas benötigen, rufen Sie einfach nach mir.«

Malbec setzte sich auf den Schreibtischstuhl und sah sich konzentriert um. Er ließ die Szenerie des Zimmers auf sich wirken. Dann durchsuchte er die Ablage, blätterte in der Fanpost und sah sich den Inhalt der Schubladen an. Bis auf eine geschickt hinter Ordnern verborgene Minibar konnte er nichts Ungewöhnliches entdecken.

»Haben Sie noch etwas gefunden?«, fragte Sophie Dupont, als Malbec die Treppe herunterkam.

»Nein, nichts, das mir von Bedeutung erschien. Aber da fällt mir ein: Haben Sie eigentlich einen Tresor im Haus, in dem Sie Wertsachen und andere Besitztümer aufbewahren?«

»Ja, wir haben einen Wandsafe im Schlafzimmer.«

»Könnte sich dort etwas befinden, das in Zusammenhang mit dem Tod Ihres Mannes stehen könnte?«

»Nein, das kann ich mit Sicherheit ausschließen. Dort werden nur Uhren, Schmuck und eine Sammlung Goldmünzen, die Silvian von seinem Vater geerbt hat, aufbewahrt.« Sie ging ein paar Schritte in Richtung Schlafzimmer voraus. »Aber ich kann den Tresor gern öffnen, wenn Sie sich selbst ein Bild machen möchten.«

»Danke, das ist nicht nötig«, sagte Malbec mit einer abwinkenden Geste. »Ich wollte nur an alles denken.« Er ging zum Tisch, um sich Wasser nachzuschenken. »Darf ich Sie noch etwas fragen?«, sagte er, nachdem er einen Schluck getrunken hatte.

»Selbstverständlich«, erwiderte Sophie Dupont. »Setzen wir uns? Da fällt es mir leichter zu reden.«

»Wie ich gehört habe, gab es Wochen vor dem Tod Ihres Mannes einen Streit zwischen ihm und Ihrem Ex-Mann Jérôme Dommenach?«

»Ja, das ist richtig«, sagte sie mit leiser Stimme.

»Wie kam es dazu?«, hakte Malbec nach.

Sophie Dupont lehnte sich zurück und dachte ein paar Sekunden nach.

»Silvian begleitete mich zu einer regionalen Immobilienmesse nach Avignon, die ich gern als Kontaktbörse nutze«, sagte sie schließlich. »Dort sind Jérôme und er aneinandergeraten. Es soll eine kurze Rangelei gegeben haben. Ich war selbst nicht dabei, aber mir wurde erzählt, Jérôme hätte den Vorfall provoziert. Das würde zu ihm passen, denn er ist manchmal ein echter Hitzkopf. Und er ist wohl nie darüber hinweggekommen, dass ich mich von ihm getrennt habe. Letztlich war der Streit aber halb so wild. Mehr als ein Hemdknopf ging nicht kaputt. Allerdings fand mein Mann – wie Sie sich vielleicht denken können – die Auseinandersetzung nicht gerade lustig.«

»Wieso tauchte Monsieur Dommenach überhaupt bei dieser Messe in Avignon auf? Ist er Ihnen dorthin gefolgt?«, fragte Malbec vorsichtig.

»Nein, Jérôme ist auch in der Immobilienbranche tätig.«

»Haben Sie darüber hinaus noch Kontakt zu Ihrem Ex-Mann?«

»Gelegentlich sehen wir uns privat.«

»Was darf ich mir unter ›gelegentlich‹ vorstellen?«, fragte Malbec alarmiert.

»Nun, nachdem jahrelang Funkstille zwischen uns geherrscht hatte, haben wir uns in der letzten Zeit wieder ab und an getroffen.«

Malbec sah Sophie Dupont abwartend an.

»Ich mag Jérôme immer noch gern«, erklärte sie. »Aber als Ehemann war er mir zu unzuverlässig. Außerdem pflegte er einen, wie soll ich es ausdrücken … unkonventionellen Lebensstil.«

»Inwiefern?«, fragte Malbec.

»Vom Typ her ist Jérôme eher ein verkannter Künstler. In seiner Jugend hat er in einer Rockband gespielt, zeitweise wollte er eine Kunstakademie besuchen, aber dann ist er doch in das väterliche Immobiliengeschäft eingestiegen. Glücklich ist er mit dieser Entscheidung aber nicht geworden. Soweit ich es beurteilen kann, kommt er seiner Arbeit als Makler auch heute meist nur halbherzig nach. Am liebsten träumt er vor sich hin und lebt in den Tag hinein. Eine Verabredung mit ihm kann zum Geduldsspiel werden.« Sie sah Malbec tief in die Augen. »Bitte verwenden Sie das, was ich Ihnen nun erzähle, nicht gegen ihn. Zum Teil liegt seine Unzuverlässigkeit auch daran, dass er stets ein gewisses Drogenproblem hatte. Jedes Wochenende war er mal mehr, mal weniger bekifft. Mir wurde diese Antriebslosigkeit irgendwann zu viel.«

Malbec räusperte sich. »Ich will Ihnen ja nicht zu nahe treten, aber wie eng war Ihr Verhältnis noch nach Ihrer Scheidung?«

Sophie Dupont sah ihn stirnrunzelnd an.

»Ich meine, hatten Sie noch intime Kontakte?«

»Das …«, sie zögerte irritiert, »das möchte ich jetzt nicht beantworten. Und ich kann mir beim besten Willen nicht vorstellen, dass das irgendetwas mit Silvians Tod zu tun haben könnte.«

Ihr Schweigen war vielsagend. Malbec überlegte, inwieweit Dommenach als Täter in Betracht kommen könnte. Eifersucht war bekanntlich eines der häufigsten Mordmotive.

»Nun, wie Sie wissen, wurde Jérôme Dommenach damals in der Nähe des Tatorts gesehen.«

»Das war sicher Zufall. Soweit ich weiß, haben Ihre Kollegen bereits mehrfach einen Zusammenhang gesucht und alles überprüft.«

»Monsieur Dommenach hat zu Protokoll gegeben, dass er am Vormittag mit der Staffelei unterwegs gewesen sei.«

»Ja, Jérôme malt oft im Freien. Sie müssen sich seine Bilder einmal ansehen. Keine Klischee-Provence, er spielt mit den Perspektiven und baut absurde Elemente ein«, erklärte Sophie Dupont so enthusiastisch, als sei sie Jérôme Dommenachs Galeristin.

»Dennoch ist sein Alibi lückenhaft. Es gibt keine Zeugen, die seine Aussage belegen können – und Eifersucht wäre ein mögliches Motiv. Erfahrungsgemäß sind die meisten Morde Beziehungstaten. Außerdem hat die Auswertung des Bewegungsprofils seines Mobiltelefons eindeutig ergeben, dass Monsieur Dommenach zum Tatzeitpunkt auf der Nordseite des Mont Ventoux gewesen sein muss. Seltsamerweise war sein Handy über mehrere Stunden über denselben Funkmast eingeloggt. Die Funkzelle deckt zwar mehrere Quadratkilometer ab, aber es könnte auch bedeuten, dass Jérôme Dommenach sein Telefon irgendwo deponiert hat«, rekapitulierte Malbec den Sachverhalt, den er in den Akten vorgefunden hatte.

»Das ist vollkommen absurd«, wies Sophie Dupont seine Gedankenspiele zurück. »Dann hätte Jérôme sein Mobiltelefon doch einfach ausschalten oder zu Hause liegen lassen können. Abgesehen davon: Jérôme ist kein Mörder. Er kann kein Blut sehen und konnte früher nicht einmal einen Fisch ausnehmen. Und erst recht kann ich mir nicht ansatzweise vorstellen, was ihn bewogen haben sollte, eine ganze Familie auszulöschen.«

ACHT

Malbec schaltete den Computer aus. Inzwischen war kaum mehr jemand im Commissariat. Selbst Cabanel war schon vor einer halben Stunde nach Hause gegangen.

Er blickte aus dem Fenster. Der Parkplatz war verwaist. Es war Zeit, nach Hause zu fahren.

Erst als Malbec ins Auto stieg, spürte er die Anstrengung des Tages. Er hatte Hunger, und je mehr er sich Calmont-les-Fontaines näherte, desto mehr knurrte sein Magen. Jetzt rächte es sich, dass er den ganzen Tag kaum etwas gegessen hatte. Dem ersten Impuls, am Ortseingang hinter dem Kreisverkehr anzuhalten und sich eine Pizza mitzunehmen, widerstand er.

Der obligatorische Pizzastand gehörte nicht nur in Calmont-les-Fontaines, sondern in ganz Frankreich längst zum abendlichen Stadtbild. Ein ausländischer Tourist konnte fast den Eindruck gewinnen, die Pizza sei statt *coq au vin* zum neuen französischen Nationalgericht avanciert.

Malbecs Fuß schwebte über dem Gaspedal, dann dachte er an seinen leeren Kühlschrank und stellte sich den Duft einer ofenfrischen Calzone vor … Er bremste so abrupt, dass der Fahrer des hinter ihm fahrenden Autos verärgert hupte.

Glücklicherweise war nicht viel los. Er musste nur zehn Minuten warten, dann fuhr er mit der dampfenden Pizza nach Hause.

Nach dem Essen schaltete er den Fernseher ein und zappte lustlos durch die Kanäle. Ein paar Minuten lang sah er sich auf »Eurosport« die Zusammenfassung der heutigen Tour-de-France-Etappe an. Eine in seinen Augen eher langweilige Flachetappe hatte auf dem Programm gestanden. Zwei wackere Ausreißer, die sich früh abgesetzt und zeitweise zehn Minuten in Führung gelegen hatten, waren rund zehn Kilometer vor dem Ziel wieder vom Peloton aufgesaugt worden.

Die Teams mit den besten Sprintern hatten das Tempo forciert, den Tagessieg und wertvolle Punkte für das Grüne Trikot vor Augen.

Dann schossen die bulligen Kraftpakete aus dem Windschatten ihrer Helfer, doch geriet der Name des holländischen Tagessiegers zur Nebensache, denn hundert Meter vor der Ziellinie kam es zu einem spektakulären Massensturz, der mehrfach in Zeitlupenwiederholungen eingeblendet wurde.

Malbec zappte weiter und landete schließlich mitten in einer »Arte«-Dokumentation, die sich mit dem Aufstieg von Sportfunktionären und deren mitunter seltsamen Geschäftsverbindungen beschäftigte.

Wirtschaftskriminalität war ein weites Feld, aber vor allem im Profisport war dieses Geschäftsmodell weitverbreitet. Mit zahllosen Beispielen aus der jüngsten Vergangenheit wurde belegt, dass kaum eine Welt- oder Europameisterschaft vergeben wurde, ohne dass hinter den Kulissen verbotenerweise Gelder transferiert und Stimmen gekauft wurden. Sepp Blatter und Bernie Ecclestone waren nur die bekanntesten Namen, hinter denen sich ein tiefer Sumpf aus Korruption, Wettbetrug und Manipulation verbarg. Einzig Transparency International kämpfte tapfer gegen die Windmühlen an. Doping gehörte in dieser Branche schon zu den kleinsten Vergehen.

Es war ein anstrengender Tag gewesen. Nach seinem Abstecher nach Vaison-la-Romaine hatte Malbec einen ganzen Stapel Verwaltungskram abarbeiten müssen, der sich in den letzten Wochen angesammelt hatte. Um sich abzulenken, hatte er sich dazwischen noch einmal die Akten zum Mordfall am Mont Ventoux angesehen, das Dossier des Staatsanwaltes studiert und die Aussagen der Zeugen gelesen.

Hatte der Motorradfahrer etwas mit dem Fall zu tun? Wenn Malbecs Bauchgefühl nicht versagte, musste der Täter im Umfeld von Silvian Dupont zu finden sein. Das ganze Hypothesengerüst, warum die Familie Alkhateeb das Ziel gewesen sein könnte, erschien ihm immer zweifelhafter.

Leider hatte sich seine Hoffnung, weitere technisch nachgerüstete Rennräder in Duponts Garage zu finden, ebenfalls zerschlagen. Keines der Fahrräder verfügte über einen Elektromotor. Der Gedanke, dass Dupont selbst hinter den Manipulationen stecken könnte, erschien ihm absurd, obwohl auch die Frage nach der Herkunft des Rennrades bisher ungeklärt geblieben war.

Gerade als Malbec ins Bett gehen wollte, fiel ihm ein, dass die Wäsche seit gestern Abend in der Waschmaschine lag. Er ging hinunter in den Abstellraum, der sich hinter der Küche befand, öffnete die Waschmaschine und bückte sich, um die feuchte Wäsche aus der runden Öffnung zu nehmen, doch schon beim zweiten Kleidungsstück geriet er ins Träumen.

Es war die dunkelblaue Cargohose, die er auf der Wanderung zum Mont Ventoux getragen hatte. Das Wochenende war sehr schön gewesen. Malbec hatte es genossen, endlich einmal zwei ganze Tage mit Catherine verbringen zu können. Mehr als die Wanderung auf den Mont Ventoux war ihm aber der Badeausflug in die Gorges du Toulourenc in Erinnerung geblieben.

Malbec musste lächeln. Ihm gefiel, wenn ihn Catherine mit ihrer direkten Art und ihren erotischen Provokationen in Verlegenheit brachte.

***

Malbec saß im Auto und schrieb Catherine gerade eine SMS, als Chantal Kleber mit ihrem schwarzen Mini so schwungvoll in den Parkplatz des Commissariats einbog, dass die Reifen quietschten. Chantals Fahrstil war berüchtigt. Es gab Kollegen, die sich weigerten, mit ihr zu fahren. Spaßeshalber war ihr schon mehrfach vorgeschlagen worden, ihren Job bei der Spurensicherung aufzugeben und sich für den Streifendienst zu bewerben.

Malbec stieg aus seinem Wagen aus. »Guten Morgen, Chantal.«

»Guten Morgen, Olivier.«

Sie begrüßten sich mit zwei Wangenküssen, wobei Malbec Chantals herbes Männerparfüm wahrnahm.

»Dein neuer Haarschnitt steht dir übrigens phantastisch, auch wenn ich mich noch nicht an die kurzen Haare gewöhnt habe«, befand er.

Chantal hatte sich letzte Woche von ihren langen Haaren getrennt und trug nun einen modischen Undercut, der ihre schöne Kopfform zur Geltung brachte. Manche Kollegen waren aber anderer Meinung und hatten hinter vorgehaltener Hand gelästert, sie würde mit ihrer neuen Frisur und ihrer knabenhaften Figur jetzt aussehen wie eine Kampflesbe, wobei dieser Eindruck auch ihren auffälligen Ohrpiercings geschuldet war.

»Danke für das Kompliment«, erwiderte Chantal geschmeichelt.

»Dürfte ich dich um einen Gefallen bitten?«, fragte Malbec.

»Um fast jeden, mein Schatz.«

Malbec ging um sein Auto herum, öffnete die Beifahrertür und griff nach einem Umschlag. »Könntest du bitte die beiden Schreiben in dem Kuvert auf Fingerabdrücke überprüfen und mit der Datenbank abgleichen?«

»Ganz offiziell?«

»Halb offiziell. Die Ergebnisse bitte nur mündlich an einen gewissen Capitaine Malbec übermitteln.«

»Verstehe, aber dafür bist du mir einen Gefallen schuldig.«

»Klar – wie wäre es mit einem romantischen Candle-Light-Dinner?«

»Nur wenn ich meine Freundin mitbringen darf. Du weißt, Anne kann ziemlich eifersüchtig sein, und dann ist mit ihr nicht zu spaßen …«, antwortete Chantal mit gespielter Drohgebärde.

»Bevor ich mir Ärger einhandle, würde ich dich nächste Woche heimlich mittags in das neue Bistro neben dem Hôtel de Ville einladen.«

»Ich denke, das geht in Ordnung«, sagte Chantal und steckte lachend den braunen Umschlag ein.

Der Sommer hatte die Provence fest im Griff. Trotz der frühen Stunde war die Luft im Commissariat stickig. Kein Wunder: Es gab keine funktionierende Klimaanlage. Stattdessen mussten sich die Kollegen mit billigen Tischventilatoren behelfen.

Malbec betrat das durch Jalousien abgedunkelte Büro. Capitaine Cabanel saß bereits am Schreibtisch. Er war in ein Telefonat vertieft und deutete auf einen Notizzettel mit einer Telefonnummer. Der Notiz entnahm Malbec, dass er diese Nummer anrufen sollte, weil sich jemand wegen des vermissten Lehrers gemeldet habe.

Gerade als sich Malbec einen Kaffee holen wollte, stand Sous-Lieutenant Taurel in der Tür. »Morgen, Chef, ähh, die anderen warten schon seit zehn Minuten auf Sie«, sagte er unsicher.

Malbec sah ihn verständnislos an. »Wer wartet auf mich?«

»Ein Monsieur Noriel sowie vier weitere Kollegen aus unserem Département. Es geht um die neuen Möglichkeiten der Gesichtserkennung bei der Fahndung.«

»Was habe ich damit zu schaffen?«, fragte Malbec ungehalten.

»Commandant Chevaline hat uns beide doch zur Schulung angemeldet.«

»Mich?« Allmählich dämmerte es Malbec. Vor Monaten hatte ihn Chevaline in dieser Angelegenheit angesprochen, aber Malbec hatte das vollkommen verdrängt. Auch war ihm nicht bewusst gewesen, dass es sich um eine Schulung handelte.

Mürrisch folgte er Taurel. Das hatte ihm gerade noch gefehlt!

»Viel Spaß!«, rief ihm Cabanel schadenfroh hinterher, der wusste, dass Malbecs Technikverständnis sehr begrenzt war.

***

»Vier Stunden meiner Lebenszeit verschwendet«, grummelte Malbec, als er zurück ins Büro kam.

»So schlimm wird es auch nicht gewesen sein«, entgegnete Cabanel.

»Doch. Dieser Noriel gehört zu einer Steuergruppe, die die praktische Umsetzung eines staatlichen Forschungsprojektes zur Foto-Fahndung vorbereiten soll. Während ihm Taurel ständig irgendwelche Fragen gestellt hat und sich am liebsten bei dieser Steuergruppe bewerben würde, rauchte mir schon nach einer halben Stunde der Kopf. Bei den technischen Feinheiten verstehe ich nur Bahnhof. Aber wenn ich es richtig begriffen habe, gibt es bald eine ausgefeilte Software, die über die geometrische Vermessung besonderer Merkmale eine Authentifizierung ermöglicht. Dies und die flächendeckende Videoüberwachung mit gleichzeitiger Analyse der biometrischen Daten soll die Cyberfahndung revolutionieren. Durch das neue Programm ist die Erkennungsleistung erheblich verbessert worden, so dass demnächst der Praxistest ansteht. Für die Gendarmerie nationale und die anderen Polizeieinheiten soll es dann noch eine spezielle App geben, bei der man einen Verdächtigen nur mit dem Smartphone fotografieren muss. Dann wird dieses Bild in Sekundenschnelle mit allen vorhandenen Datensätzen abgeglichen. Gibt es einen Treffer, kann der Delinquent umgehend verhaftet werden.«

»Das klingt doch gut«, meinte Cabanel, »dann müssen wir nur noch darauf warten, dass wir demnächst ein Programm bekommen, mit dessen Hilfe Verhaftungen online durchgeführt werden können.«

Malbec setzte sich an seinen Schreibtisch. Er konnte sich das Lachen nicht verkneifen. »Das wäre mir auch recht. Hauptsache, ich muss mich nicht in diese Computerthematik einarbeiten.«

Er erinnerte sich an den gelben Notizzettel, den ihm Cabanel hingelegt hatte, und griff nach seinem Telefon, das in diesem Moment vibrierte. Die Nummer im Display kam ihm bekannt vor.

»*Oui*«, sagte er.

»Capitaine Malbec?«, fragte eine Frau mit aufgeregter Stimme.

»Was kann ich für Sie tun?«

»Sophie Dupont am Apparat. Sie müssen, also nein, äh, könnten Sie bitte sofort zu mir kommen? Ich brauche Ihre Hilfe.«

»Um was geht es?«, fragte Malbec alarmiert.

»Hier herrscht das absolute Chaos!«

Anfangs wurde Malbec aus dem konfusen Wortschwall nicht schlau, doch dann begriff er endlich, dass bei Sophie Dupont eingebrochen worden war.

»Wo sind Sie jetzt?«, fragte er.

»Im Haus.«

»Sind Sie allein?«

»Ja, ich glaube schon.«

»Fassen Sie bitte nichts an. Begeben Sie sich zu Ihrer Sicherheit hinunter zur Landstraße und warten Sie dort auf die Gendarmerie. Ich schicke Ihnen sofort eine Streife aus Vaison und mache mich selbst umgehend auf den Weg.«

Malbec beendete das Gespräch, stand auf, griff nach seiner Jacke und verließ das Büro. Cabanel sah ihm verdutzt hinterher.

Normalerweise hatte Malbec zwar mit Einbruchsdelikten nichts zu schaffen, aber er wusste, dass viele Opfer regelrecht traumatisiert darauf reagierten, dass ein Fremder in ihr Haus eingedrungen war und ihre Kleiderschränke und Schubladen mit seinen »schmutzigen« Fingern durchwühlt hatte. Die materiellen Verluste waren da meist zweitrangig. Vielmehr war die Verletzung der Intimsphäre nachhaltig und schwer. Wer fand schon gern seine Spitzenunterwäsche oder seine Schulzeugnisse auf dem Boden verstreut vor? Das eigene Haus wurde nicht mehr als Rückzugsort empfunden, Angstzustände und Schlafstörungen waren oft unangenehme Folgen. Manche zogen sogar in eine neue Wohnung oder ein neues Haus, da sie ihr Zuhause als geschändet erachteten.

Nachdem sich Malbec in den Verkehr eingefädelt hatte, überlegte er, wer bei Sophie Dupont eingebrochen haben konnte und warum. Kurz vermutete er einen Zusammenhang mit dem Mord an ihrem Mann, doch dann verwarf er diesen Gedanken wieder, da er wusste, dass in den Sommermonaten regelmäßig zahlreiche Diebesbanden durch die Provence zogen, um in Ferienwohnungen und Landhäuser einzubrechen. Allerdings hatten sie es selten auf entlegene Häuser abgesehen, stattdessen suchten sie sich gezielt touristische Hotspots aus.

Malbec kannte die Geschichte vom Onkel eines Kollegen, der letztes Jahr an der Côte d'Azur in einem Hotel bei Sainte-Maxime nächtlichen Besuch durch die geöffnete Balkontür bekommen hatte, während er und seine Frau seelenruhig schliefen. Als die beiden am nächsten Morgen aufwachten, waren Geldbeutel, Smartphones und eine Kamera verschwunden.

Das Einsatzfahrzeug der Gendarmerie stand vor dem Haus, wie Malbec zufrieden registrierte. Sophie Dupont war noch immer ziemlich aufgelöst und verstört, als er das Haus betrat. Sie dankte ihm überschwänglich für sein Kommen und berichtete unzusammenhängend, dass sie in Vaison auf dem Markt gewesen sei und der Einbrecher ihre Abwesenheit ausgenutzt habe. Vielleicht habe er sie sogar beobachtet, fürchtete sie. Die Vorstellung schien sie am meisten zu verunsichern.

Malbec sprach beruhigend auf Sophie Dupont ein und forderte sie auf, sich auf das Sofa zu setzen. Dann gab er den beiden Kollegen zu verstehen, dass er so lange hierbleiben würde, bis die Spurensicherung kam, und geleitete sie zur Tür. Auf dem Rückweg ins Wohnzimmer holte er ein Glas Wasser aus der Küche und setzte sich neben Sophie Dupont, die abwesend aus dem Fenster blickte.

»Haben Sie ein Auto oder irgendjemanden gesehen, als sie nach Hause kamen?«, fragte er und reichte ihr das Glas.

»Nein«, sie schüttelte den Kopf, »glücklicherweise nicht.«

»War die Haustür verschlossen?«

»Ja, aber mir ist sofort aufgefallen, dass etwas nicht stimmte. Im Wohnzimmer waren mehrere Schränke geöffnet, und der Inhalt war, wie Sie sehen können«, sie machte eine ausladende Armbewegung, »auf dem Boden verstreut. Zudem stand die Tür zum Garten offen.«

Malbec stand auf und besah sich die Terrassentür, die augenscheinlich aufgehebelt worden war. Jemand hatte sich mit roher Gewalt dilettantisch am Türrahmen zu schaffen gemacht. Ein Profi hätte wohl kaum derartige Spuren hinterlassen.

»Was ist mit der Kamera über der Einfahrt? Gibt es da vielleicht aufschlussreiches Bildmaterial?«, fragte er.

»Da muss ich Sie enttäuschen. Die Kamera ist nur eine Attrappe.« Sie hob entschuldigend ihre Hände.

»Schade. Ich würde mir gern einen Überblick verschaffen. Wenn Sie mich begleiten, sehen wir gleich, ob irgendetwas fehlt. Aber bitte lassen Sie alles so, wie es ist.«

Sie fingen im Erdgeschoss an und arbeiteten sich bis zum Obergeschoss vor. Manche Räume, wie das Badezimmer, schienen den Einbrecher nicht interessiert zu haben, auch der hinter einem Kunstdruck versteckte Wandsafe im Schlafzimmer schien unberührt, während die Schranktüren und Nachttischschubladen alle offen standen.

Sophie Dupont reagierte angesichts der Unordnung mit Entsetzen. Einem Einfall folgend, bat Malbec sie, den Tresor zu öffnen, und reichte ihr vorsichtshalber ein paar Plastikhandschuhe. Obwohl ihr Gesichtsausdruck Unverständnis signalisierte, kam sie der Aufforderung nach und drehte an dem Zahlenkombinationsschloss. Als sie den hellgrauen, in die Wand gemauerten Tresor öffnete, stand ihr die Überraschung ins Gesicht gemeißelt.

Malbec trat neben sie und sah in den nahezu leeren Safe. Lediglich drei Brillantringe und eine Perlenkette befanden sich darin, aber keine Uhren oder Goldmünzen.

Sophie Dupont sah ihn fragend an. »Das … das ist … Ich verstehe das nicht …«, sagte sie aufgewühlt.

»Die Spurensicherung wird den Tresor überprüfen, aber es sieht nicht so aus, als hätte ihn jemand geknackt. Wer den Code nicht kennt, müsste hier mit brachialer Gewalt zu Werke gehen. Außerdem hätte ein Einbrecher den Schmuck sicher mitgenommen.« Malbec überlegte. »Wann haben Sie den Tresor das letzte Mal geöffnet?«

Sophie Dupont dachte kurz nach. »Ich glaube, ein paar Wochen vor Silvians Tod.«

»Und da fehlten weder Uhren noch Goldmünzen?«

Sie nickte. »Wir waren zur Feier eines fünfzigsten Geburtstags eingeladen. Aus diesem Grund habe ich die Perlenkette getragen, die mir Silvian zur Hochzeit geschenkt hat.« Fassungslos blickte sie nochmals in den Safe und tastete die Ecken ab. »Ich begreife das nicht.«

Sie gingen in Duponts verwüstetes Arbeitszimmer hinüber. Es war schwer, in dem Wirrwarr den Überblick zu behalten. Ordner und Unterlagen lagen verteilt auf dem Boden, es herrschte ein heilloses Durcheinander.

Während sich Malbec noch wunderte, dass sich niemand für die Pokale und Trophäen interessiert hatte, ließ ihn ein spitzer Schrei herumfahren.

»Silvians Computer ... Er ist ... weg«, rief Sophie Dupont und deutete aufgeregt auf den Platz, wo der Rechner gestanden hatte: eine freie Stelle, an der sich Staub angesammelt hatte und ein paar Kabelanschlüsse in die Luft ragten.

»Haben Sie noch weitere Computer im Haus?«, fragte Malbec.

Sophie Dupont nickte und lief aus dem Zimmer. Malbec folgte ihr die Treppe herunter. Nach kurzer Suche fand Sophie Dupont in dem Chaos ihre geöffnete Aktentasche.

»Ich glaube es nicht! Mein nahezu neues Notebook haben sie auch mitgenommen! So ein Mist, da sind nicht nur meine Arbeitssachen, sondern auch alle unsere Urlaubsfotos drauf!«

»Haben Sie keine Sicherungskopien gemacht?«, fragte Malbec.

»Doch, doch, aber die waren auf Silvians Rechner«, sagte

Sophie Dupont unter Tränen. »Und das Tablet, das immer auf dem Wohnzimmertisch lag, ist wohl auch verschwunden.«

Eine erste Bilanz ergab, dass neben den Computern noch eine Damenarmbanduhr und vier- oder fünfhundert Euro Bargeld fehlten, die im Wohnzimmer offen herumgelegen hatten. Dies sprach dafür, dass professionelle Einbrecher am Werk gewesen waren.

»Die Spurensicherung müsste in Kürze eintreffen«, sagte Malbec. »Die Arbeit der Kollegen wird sicher einige Zeit in Anspruch nehmen. Anschließend werden Sie das Durcheinander hier wieder aufräumen müssen.«

Sophie Dupont nickte mit zusammengekniffenen Lippen. »Ich verstehe gar nichts mehr. Erst der Mord, dann der Einbruch. Hört das denn gar nicht mehr auf?«

»Bleiben Sie heute Nacht hier?«, fragte Malbec besorgt.

»Nein, Sie können beruhigt sein, ich werde bei einer Freundin schlafen.«

»Das ist gut. So einsam, wie Sie hier wohnen, noch dazu allein, sollten Sie über den Einbau einer Alarmanlage nachdenken«, empfahl ihr Malbec zum Abschied.

Doch als er sich zum Gehen wandte, stand Jérôme Dommenach aufgeregt in der Tür.

»Ach, Sophie, wenigstens ist dir nichts passiert«, sagte er und schloss sie in die Arme.

***

Wieder in seinem Auto sah Malbec auf die Uhr. Er fühlte sich in seiner Unlust bestätigt: Es lohnte sich nicht, noch mal zurück ins Büro zu gehen. Doch statt auf dem direkten Wege nach Hause zu fahren, beschloss er, noch bei seinem Lieblingswinzer in Vacqueyras vorbeizuschauen. Wein im Supermarkt zu kaufen lehnte er kategorisch ab, schließlich reihte sich in der Provence ein gutes Weingut an das andere. Und er liebte die Weine aus der Provence. Einen vollmundigen Côtes du Rhône Villages zog er jedem Bordeaux vor.

Der Kies knirschte, als Malbec unter einer knorrigen Platane parkte. Das Haupthaus des Weinguts Domaine de Beauregard – es stammte wohl im Kern noch aus dem Spätmittelalter – war ein stattliches Anwesen, das von mehreren landwirtschaftlichen Gebäuden umringt war. Malbec lief zu den ehemaligen Stallungen, von denen ein Teil als Verkostungsraum diente. Die Tür, über der ein Schild mit der Aufschrift *»Dégustation«* hing, war allerdings geschlossen. Er spähte durch die Glasscheibe: Unter einer alten Gewölbedecke waren verschiedene Weine der Domaine aufgestellt, in einem weiteren Regal gab es noch provenzalisches Olivenöl und Lavendelhonig.

Da niemand zu sehen war, zog Malbec an einem Hanfseil, woraufhin eine Glocke so schrill zu läuten begann, dass es unmöglich war, sie zu überhören. Kurze Zeit später kam Jean-Philippes schnauzbärtiger Schwager Pierre schnaufend um die Ecke und nickte Malbec freundlich zu. Die Domaine de Beauregard war ein typischer Familienbetrieb, auch die Kinder halfen selbstverständlich bei der herbstlichen Weinlese mit.

»Salut«, sagte Pierre außer Atem.

»*Salut,* ist Jean-Philippe da?«

»Nein, er kontrolliert den Zustand der Rebstöcke und kommt erst am frühen Abend zurück. Er befürchtet, dass die Trauben unter dem trockenen Sommer bereits zu sehr gelitten haben. Wenn es nicht bald wieder regnet, wird der Jahrgang wohl eher mäßig.«

»Ja, ein wenig Regen wäre mal an der Zeit«, erwiderte Malbec.

»Soll ich Jean-Philippe anrufen, damit er herkommt?«, fragte Pierre.

»Nein, das ist nicht nötig. Ich wollte nur kurz Hallo sagen und ein paar Kisten Wein mitnehmen.«

»Letzteres kriegen auch wir hin.«

Pierre schloss den Verkaufsraum auf, der durch das dicke Mauerwerk angenehm kühl war. Ein langer Holztisch, flankiert von zwei Bänken, stand mitten im Raum. Bis auf ein Tablett mit Degustationsgläsern war der Tisch leer.

Pierre stand hinter der Verkaufstheke und bot Malbec an, Wein zu verkosten, was dieser aber ablehnte. Er wusste, was er wollte, deutete auf eine Flasche des im Barriquefass ausgebauten Grenache und orderte vier Kisten davon sowie zwei Kisten Rosé, der sich auch hervorragend als Apéritif trinken ließ. Ein Rosé aus der Appellation Vacqueyras war eher ungewöhnlich, aber auf der Domaine de Beauregard gönnte man sich diese Extravaganz.

Malbec bezahlte mit Kreditkarte. Gemeinsam verstauten die beiden Männer den Wein im Auto und verabschiedeten sich mit Handschlag. Malbec ließ Grüße an Jean-Philippe ausrichten.

Als er zu Hause ankam, legte er vorsorglich zwei Flaschen von dem Rosé in den Kühlschrank, da sich Catherine für den Abend angekündigt hatte.

Obwohl es stickig war, ließ Malbec die Fensterläden noch geschlossen, um das gleißende Sonnenlicht auszusperren. Seit mehr als einer Woche lag die Provence unter einer Hitzewelle. Selbst nachts fielen die Temperaturen nur in höheren Lagen unter die Zwanzig-Grad-Marke. Im Radio wurde die anhaltende Hitzeperiode von einem Experten als sicheres Indiz für den kaum mehr abwendbaren Klimawandel gewertet. Die heiße Luft kratzte an der Haut, nur ab und an war ein leichter Windstoß auszumachen.

Malbec duschte und rasierte sich. Mit noch nassen Haaren stand er danach in der im Dämmerlicht liegenden Küche. Eine Nachricht auf dem Display seines *portable* ließ ihn wissen, dass sich Catherine verspäten würde.

Macht nichts, dachte er, so habe ich noch Zeit, das Abendessen vorzubereiten.

Er hatte einen frischen Römersalat, Paprika, Tomaten, Bohnen und ein paar weitere Zutaten eingekauft, da er Lust auf eine *salade niçoise* hatte. Genau das Richtige für einen warmen Sommerabend, wie er fand. Sogar beim Fischhändler war er noch vorbeigefahren, da er den Salat mit frischem Thunfisch zubereiten wollte.

Er stellte drei Töpfe auf den Herd, um Kartoffeln sowie Eier zu kochen und die Bohnen weich zu garen. Dann wusch er Salat und Gemüse, schnitt es klein und vermengte es in einer großen Schüssel, schließlich gab er noch einige Anchovis, Kapern sowie schwarze Oliven aus Nyons hinzu. Später musste er nur noch die Kartoffeln schälen und das Dressing zusammenrühren. Kurz vor dem Servieren würde er die beiden Thunfischscheiben scharf anbraten, damit der Fisch innen noch schön roh blieb, und sie mit einer Prise *fleur de sel* aus der Camargue veredeln.

Während Malbec auf Catherine wartete, machte er es sich auf der Terrasse mit einem Buch gemütlich. Er war in der letzten Zeit kaum mehr zum Lesen gekommen. Doch gerade als er sich wieder in die Handlung von Némirovskys »Suite française« eingefunden hatte, klingelte es an der Tür.

»Entschuldige, aber ich bin noch im Büro aufgehalten worden«, erklärte Catherine, umarmte Malbec innig und drückte ihm einen Kuss auf die Wange.

»Kein Problem, ich habe das Essen schon vorbereitet und den Tisch gedeckt«, sagte er. »Wie lief dein Tag?«

»Stressig. Deswegen habe ich mich ja auch verspätet. Zuletzt«, erzählte Catherine, während sie ihre Schuhe auszog, »musste ich einen Kunden nicht nur davon überzeugen, kegelförmig geschnittene Eiben zwischen seinen Lavendel zu setzen, sondern ihm auch eine Oleanderhecke ausreden. Statt Blumen werden jetzt Zierkohl und Artischocken gepflanzt.«

»Zierkohl und Artischocken?«

»Ja, dadurch entsteht ein herrlicher Kontrast zu den anderen Gewächsen. Außerdem verbindet sich das Schöne mit dem Nützlichen. Solltest du vielleicht auch versuchen«, sagte sie mit einem augenzwinkernden Blick auf Malbecs immer noch verwilderten Garten.

»Sind Artischocken pflegeleicht?«, fragte Malbec.

»Nicht so ganz.«

»Bist du dir sicher, dass es dann das Richtige für mich ist?« Er ging lachend zum Kühlschrank, um den Rosé zu holen.

Auf der seit dem Spätnachmittag im Schatten liegenden Terrasse waren die Temperaturen halbwegs erträglich. Catherine hatte die Füße hochgelegt, um sich zu entspannen. Malbec kehrte mit dem Wein und einer mit Eiswürfeln und Wasser gefüllten Karaffe zurück, dann schenkte er beide Gläser halb voll und stieß mit ihr an.

»Kannst du dir vorstellen, dass bei Madame Dupont eingebrochen worden ist?«, fragte er, bevor er sich in der Küche um den Salat kümmerte.

»Oh, das auch noch.«

Beim Essen erzählte er ausführlich von dem Einbruch, während Carla Brunis Stimme leise aus dem Lautsprecher säuselte.

»Der Thunfisch war perfekt«, lobte Catherine.

»Danke«, erwiderte Malbec und strich ihr über das Haar. »Noch einen Schluck Wein?«

Catherine stand auf. »Nein, ist genug. Lass uns ins Bett gehen. Es war ein anstrengender Tag, und ich muss morgen früh raus. Zuvor räume ich noch schnell die Küche auf.«

»Nein, lass mal. Das mache ich. Du kannst schon mal hoch ins Bad gehen.«

Malbec schichtete das schmutzige Geschirr in die Spülmaschine, dann setzte er sich nochmals auf die Terrasse und trank den restlichen Wein aus. Gedankenverloren drehte er den Stiel seines Glases zwischen den Fingern und starrte ins Dunkel der Nacht, bevor er in sein Schlafzimmer hinaufging.

»Was ist los?«, fragte Catherine und streichelte Malbec sanft über die nackte Schulter, als er sich auf die Bettkante setzte. »Ich merke doch, dass dich die Morde noch immer beschäftigen. Warum nimmst du die Ermittlungen nicht einfach wieder auf?«

»Vielleicht, weil es nicht mehr mein Fall ist?«, antwortete Malbec und stupste Catherines Nase liebevoll an. »Lass uns schlafen.« Dann knipste er die Nachttischlampe aus, gab ihr einen Kuss und nahm sie in den Arm.

Zweimal wachte Malbec in der Nacht auf und konnte lange nicht wieder einschlafen. Um Catherine nicht zu wecken, blieb er jedes Mal ruhig liegen, während er sich das Hirn über die Gründe für den Einbruch in Sophie Duponts Haus zermarterte. Als sich in den frühen Morgenstunden seine Entscheidung verfestigte, Cédric Chasseur gleich am nächsten Morgen anzurufen, um ein Treffen zu vereinbaren, löste sich seine Anspannung, und er schlief noch einmal ein.

Chasseur war jahrelang zusammen mit Silvian Dupont für den gleichen Rennstall gefahren, zudem hatten die beiden später gemeinsam eine Agentur für Sportmarketing betrieben. Wenn jemand über Duponts Geschäftsbeziehungen und seine Dopingvergangenheit Bescheid wusste, dann konnte das nur Cédric Chasseur sein.

***

Chantal legte den braunen Umschlag auf Malbecs Schreibtisch.

»Fehlanzeige. Und ich weiß, ich soll am besten keine weiteren Fragen stellen.«

Malbec nickte.

»Aber ich bin neugierig. Sieht man davon ab, dass es keine Übereinstimmung mit den einschlägigen Datenbanken gibt, habe ich auf beiden Drohbriefen jeweils die Fingerabdrücke von drei verschiedenen Personen gefunden, darunter die von Silvian Dupont, was dich nicht überraschen wird.«

»Danke. Ich wollte dich sowieso aufsuchen.«

Chantal sah Malbec fragend an.

»Ich weiß nicht, ob du es mitbekommen hast, aber es gab einen Einbruch im Haus von Sophie Dupont in Vaison-la-Romaine. Dein neuer Kollege Claude Martin hat die Spuren am Tatort gesichert. Könntest du bitte kurz nachprüfen, ob es irgendwelche Übereinstimmungen zwischen den Fingerabdrücken auf den Drohbriefen und den Einbruchsspuren gibt?«

Chantal zog die Augenbrauen nach oben. »Sitzt da nicht die Sonderkommission dran?«

»Davon weiß ich nichts«, entgegnete Malbec mit einem gespielten Engelsblick.

»Verstehe.«

»Übrigens: Die Essenseinladung steht«, sagte Malbec und warf Chantal einen Kussmund zu. Er wusste, dass er sich auf sie verlassen konnte. Sollten die oder der Einbrecher Fingerabdrücke hinterlassen haben und sollten diese auch auf den Drohbriefen zu finden sein, so würde er bei diesem Fall einen entscheidenden Schritt weiter sein.

Bevor Malbec nach Orange fuhr, hatte er ausführlich im Internet recherchiert: Als Radrennfahrer hatte Chasseur zwar stets im Schatten von Dupont gestanden, doch er war kein typischer Wasserträger gewesen, der einfachere Helferdienste für seinen Kapitän verrichtete und regelmäßig zum Begleitfahrzeug fuhr, wo er sich das Trikot vollstopfte, um das Team mit Nahrung und Getränkeflaschen zu versorgen. Chasseur galt als sogenannter Edelhelfer.

Um den Gesamtsieg einer großen Rundfahrt zu erringen, fehlten ihm die sportlichen Voraussetzungen, aber er ordnete sich bedingungslos unter und leistete wertvolle Unterstützungsarbeit, damit sein Kapitän um den Toursieg mitfahren konnte. Das bedeutete nicht nur, dass Chasseur Lücken schließen oder das Tempo auf den Bergetappen oder beim Mannschaftszeitfahren hochhalten musste, um die Mitkonkurrenten abzuschütteln, seine Aufgabe bestand auch darin, seinen Kapitän so lange im Windschatten mitzuziehen, bis seine Kräfte aufgebraucht waren und er ins Hauptfeld zurückfiel. Hatte das Rennrad seines Kapitäns einen Defekt, so stellte er ihm selbstlos sein eigenes Rad zur Verfügung und wartete auf den Materialwagen.

Entlohnt wurden die Edelhelfer aber recht fürstlich, denn die Prämien für den Toursieg oder andere Radrennen wurden wie alle Geldpreise traditionell unter allen Mitgliedern eines Radsportteams gerecht aufgeteilt. Gelegentlich hatte Chasseur auch einmal einen prestigeträchtigen Ausreißversuch unternehmen dürfen und über die Jahre hinweg sogar drei Etappen der Tour de France gewonnen, doch meist war er ein treuer Unterstützer seines jeweiligen Chefs gewesen und hatte sich mit dieser Rolle begnügt.

Chasseurs Namen kannten eigentlich nur eingefleischte Radsportfans, in der Öffentlichkeit trat er kaum in Erscheinung, sah man von der Affäre um das Simeoni-Team ab, in deren Folge Cédric Chasseur ebenfalls gesperrt worden war.

Parkende Reisebusse am Kreisverkehr beim Arc de Triomphe brachten den Verkehr zum Stocken. Das an einer Ausfallstraße gelegene römische Stadtgründungsmonument und das imposante Théâtre Antique waren die großen touristischen Attraktionen von Orange. Von der UNESCO zum Weltkulturerbe geadelt, durfte das Städtchen daher auf kaum einer Rundreise durch die Provence fehlen.

Zwei oder drei Autos weiter vorn wurde entnervt gehupt und diskutiert, weil eine Horde japanischer Touristen aus dem Bus ausgestiegen war und die Straße gemächlich auf dem direkten Weg zum Triumphbogen überquerte.

Malbec mochte Orange nicht. Er empfand die Atmosphäre in der Kleinstadt stets als bieder und engstirnig. Es verwunderte ihn nicht, dass Orange vor über zwei Jahrzehnten eine der ersten Städte in Frankreich gewesen war, in der ein Politiker des Front National ins Rathaus einziehen konnte. Malbec musste sich immer noch die Haare raufen, wenn er daran dachte, dass eine der ersten Amtshandlungen des neuen Stadtoberhauptes gewesen war, eine Buchreihe mit dem Titel »Märchen aus aller Welt« aus den Regalen der Stadtbibliothek zu verbannen, weil dieses Thema zu kosmopolitisch sei. Zudem ließ der Bürgermeister die städtischen Abonnements der Zeitungen »Libération« und »Le Monde« kündigen und durch ihm politisch näher stehende rechtskonservative Blätter ersetzen. Weitere verbale Eskapaden folgten. Auch wenn er zeitweise zum ebenso rechtskonservativen Mouvement pour la France gewechselt war, hatten ihm die Bürger trotz seines sozialen und kulturellen Kahlschlags bis heute die Treue gehalten.

Orange war darüber hinaus ein langjähriger Standort der Légion étrangère, weshalb uniformierte Fremdenlegionäre zum Stadtbild gehörten.

Keine Frage, Malbec fühlte sich in Aix oder Avignon bedeutend wohler. Über den pastellfarbenen Häuserfassaden von Orange hing für ihn ein brauner Schleier. Und was fast ebenso schlimm war: Es gab seit Jahren kein gutes Restaurant in der Stadt.

Das Büro von Cédric Chasseur befand sich im dritten Stock eines unauffälligen Geschäftshauses in der Innenstadt. Auf dem Weg dorthin lief Malbec über die Place de la République und kam an der monumentalen Statue für Raimbaud II., einem ehemaligen Grafen von Orange und Kreuzfahrer, vorbei. Das erinnerte ihn daran, dass die Wiedererrichtung des Denkmals eine der ersten kulturpolitischen Investitionen des neuen Bürgermeisters gewesen war. Viele behaupteten zynisch, er habe wohl vor allem Raimbauds Verdienste im Kampf gegen die Araber gewürdigt sehen wollen.

Malbec klingelte. Nach kurzer Zeit ertönte ein *»Oui«*, und Malbec nannte seinen Namen. Umgehend öffnete sich die Haustür mit einem Summen. Er überlegte kurz, dann entschied er sich im Treppenhaus seiner Gewohnheit gemäß gegen den Lift.

»Sportlich«, kommentierte Cédric Chasseur, der freundlich lächelnd in der Tür stand und Malbec begrüßte, als dieser schwungvoll die letzten Stufen nahm. »Die meisten fahren mit dem Aufzug.«

Chasseur trug ein dunkelgrünes Polohemd, unter dem sich ein kleiner Bauchansatz abzeichnete, und forderte Malbec mit einer einladenden Geste auf, einzutreten. »Ich habe Sie bereits erwartet, Capitaine Malbec.«

Malbec zeigte seinen Dienstausweis. »Schön, dass Sie sich

so schnell Zeit für mich nehmen konnten«, sagte er und betrat die funktional eingerichteten Geschäftsräume.

»Gern, das ist doch selbstverständlich.«

Cédric Chasseur war anscheinend allein. Nach der Größe des Büros zu schließen, dürfte die Agentur nicht sehr viele Mitarbeiter haben.

»Möchten Sie etwas trinken?«, fragte er Malbec. »Meine Sekretärin ist leider gerade im Urlaub, aber ich kann Ihnen gern einen Kaffee aufbrühen.«

»Nein, vielen Dank. Sie müssen sich keine Umstände machen. Ich bin ja dienstlich hier.«

Chasseur bot Malbec einen Platz an einem runden Besprechungstisch an und setzte sich ihm gegenüber. »Ja, Sie erwähnten schon am Telefon, es ginge um Silvian Dupont.«

»Richtig.« Malbec nickte. »Wie Sie wissen, sind die schrecklichen Mordfälle am Mont Ventoux noch immer nicht aufgeklärt.«

»Ja, das mit Silvian ist tragisch. Ich wollte es erst gar nicht glauben, als ich davon erfuhr«, sagte Cédric Chasseur mit tonloser Stimme. »Wäre er an diesem Tag nur nicht auf den Mont Ventoux geradelt. Eigentlich hätte er in der Woche verreisen sollen, aber die Veranstaltung wurde kurzfristig abgesagt, weil der Hauptsponsor ausgefallen war. Sie haben vielleicht von diesem Windparkbetreiber gehört, der vor drei Monaten in die Insolvenz gegangen ist?«

Malbec verneinte.

»Ein deutsches Unternehmen namens ›Reichwind‹, das sich saubere Energie auf die Fahnen geschrieben hatte. Allerdings waren die Bilanzen wohl weniger sauber«, erklärte Chasseur süffisant grinsend. »Der Vorstand war ein Radsportfan und wollte ein Elektrobike-Event in den Alpen organisieren, um für schadstofffreie Fortbewegung zu werben. Silvian hätte zusammen mit Jan Ullrich die Veranstaltung als prominentes Zugpferd begleiten sollen. Das Übliche: ein paar schöne Bilder mit Bergkulisse für die Presse und ein wenig Meet and Greet mit den Radsportfans.«

»Das wusste ich nicht.«

»Ich habe schon vor Wochen einem Ihrer Kollegen davon erzählt, aber bei Ihnen scheint die interne Kommunikation nicht im Fluss zu sein«, erklärte Chasseur trocken.

Malbec ging über den Vorwurf hinweg. »Sie und Monsieur Dupont waren nicht nur Geschäftspartner, sondern auch gut befreundet?«

»Ja, wir sind derselbe Jahrgang. Wir haben uns schon in den achtziger Jahren bei einem Jugendrennen in Bordeaux kennengelernt. Als wir noch Amateure waren, hat sich dann bei vielen nationalen Rennen langsam eine Freundschaft zwischen uns entwickelt. Silvian – das ist ja kein Geheimnis – war der Talentiertere und wechselte schon zwei Jahre vor mir zu den Profis. Später hat er mich seinem Sportlichen Leiter Charles Torrent empfohlen, so dass wir dann lange Zeit für denselben Rennstall gefahren sind. Wir verstanden uns von Anfang an gut und haben bei den Rundfahrten meist ein Doppelzimmer miteinander geteilt. Das schweißt zusammen. Gefühlt haben wir mehr Nächte miteinander verbracht als mit unseren Frauen.«

Malbec musste bei dem Vergleich schmunzeln.

»Der Kontakt blieb auch nach Ende unserer aktiven Zeit bestehen. Wir leben ja beide seit vielen Jahren in Südfrankreich. Silvian in Vaison-la-Romain, ich in Piolenc. Silvian brauchte das Radfahren zum Leben wie die Luft zum Atmen. Daher wohnte er auch in der Nähe des Mont Ventoux – was ihm letztlich wohl zum Verhängnis wurde. Er war ein hervorragender Bergfahrer und der Mont Ventoux gewissermaßen sein Hausberg. Jedes Jahr ist er da sicher mehr als ein Dutzend Mal hinaufgeradelt. Ein gutes Training, zudem hat der Mont Ventoux für uns Radfahrer ja eine besondere Bedeutung.«

»Ja, ich weiß. Er ist ein Mythos, seit hier das erste Bergzeitfahren der Tour de France stattgefunden hat«, pflichtete Malbec ihm bei.

»Oh, Sie kennen sich aber aus«, registrierte Chasseur anerkennend.

»Ich fahre selbst hin und wieder Rennrad, zudem habe ich mich natürlich in den Fall eingearbeitet.«

»Ich überlege gerade: Das erste Bergzeitfahren mit Bergankunft, das müsste 1958 gewesen sein – da hat Charly Gaul am Mont Ventoux gesiegt und anschließend die Tour gewonnen. Wer am Mont Ventoux brilliert, steht meist auf dem Podium. Das haben später auch Eddy Merckx und zuletzt Chris Froome bewiesen«, sinnierte Chasseur mit leuchtenden Augen. »Für uns Radsportprofis ist der Mont Ventoux einer der heiligen Berge der Tour.«

»Wie waren …« Malbec versuchte, das Thema zu wechseln, aber Cédric Chasseur ließ sich nicht beirren.

»Ich selbst war 2000 und 2002 dabei und habe bei der Tour den Gipfel des Mont Ventoux erklommen – ein atemberaubendes Gefühl mit den vielen enthusiastischen Radsportfans am Streckenrand. Adrenalin pur!«

»Das kann ich mir zwar lebhaft vorstellen, mich würde dennoch mehr interessieren, wie Ihre geschäftlichen Beziehungen zu Silvian Dupont aussahen«, insistierte Malbec.

Chasseur war anzusehen, dass er lieber von seinen Tourerlebnissen berichtet hätte. »Nun, nach dem Ende unserer aktiven Karriere habe ich meine Kontakte genutzt und begonnen, die ersten Sportevents zu organisieren, während Silvian sich dem Profiradsport noch weiter verbunden fühlte und einen Vertrag als Teammanager unterschrieben hat«, sagte er. »Er ist erst drei Jahre später in die Firma eingestiegen, wobei wir seither als gleichberechtigte Geschäftsführer fungierten.«

»Sophie Dupont hat mir erzählt, Sie wollen die Anteile von Silvian erwerben?«

»Ja, das ist richtig.«

»Sie deutete an, Ihr Angebot sei zu niedrig.«

Cédric Chasseur lachte auf. »Zwischen Madame Dupont und mir hat die Chemie noch nie richtig gestimmt. Da wundert mich dieser Vorwurf nicht. Schauen Sie sich um«, sagte er mit einer ausholenden Geste. »Das Büro ist nur gemietet.

Hier gibt es kein großes Betriebsvermögen. Der Wert der Firma ist mehr ein ideeller, der durch Silvians Tod sicherlich nicht gestiegen ist. Unsere Kunden kaufen einen Namen ein, und ein Radsportevent mit Cédric Chasseur hat leider nicht den gleichen Stellenwert wie eine Veranstaltung mit Silvian Dupont.«

»Verstehe.«

»Die Agentur lebt zwar von Silvians Namen, aber dahinter steht mein Konzept«, erläuterte Chasseur. »Ich versuche gerade, die Lücke zu schließen, und kümmere mich verstärkt darum, andere Radsportprofis zu managen, aber dieses Vorhaben steckt noch in den Kinderschuhen und ist deshalb noch ausbaufähig. Daher finde ich, mein Angebot für Silvians restlichen Anteil ist großzügig bemessen. Sollte Madame Dupont es aber nicht annehmen, würde ich die Agentur abwickeln und unter einem anderen Namen neu gründen.«

»Restlichen Anteil?«

»Silvian hatte finanzielle Probleme und musste mir einen Teil seiner Geschäftsanteile übertragen. Das habe ich mir notariell verbriefen lassen. Unsere Zusammenarbeit war in der letzten Zeit nicht immer konfliktfrei.«

»Was wollen Sie damit andeuten?« Malbec setzte sich aufrecht hin.

»Wir hatten vor drei Jahren sogar ziemlich viel Ärger, weil Silvian Geld für private Zwecke von unserem Firmenkonto abgezogen hatte. Es gab einen ominösen russischen Geschäftsmann, den er an der Côte d'Azur kennengelernt hat. Sein Name war Sergej oder Serge. Wie auch immer – er soll im Ölgeschäft aktiv gewesen sein und hatte Silvian anscheinend eine größere Summe geliehen. Wie viel, kann ich Ihnen nicht sagen, aber er war sehr wenig erfreut, als Silvian mit den Rückzahlungsraten in Verzug kam.«

»Monsieur Dupont hatte finanzielle Schwierigkeiten?«, entgegnete Malbec erstaunt.

»Wussten Sie das nicht?«

»Nein, das ist mir vollkommen neu«, gab Malbec unumwunden zu. »Inwiefern haben Sie denn mitbekommen, dass dieser Russe ungehalten war?«

»Weil eines Tages zwei mit russischem Akzent sprechende Gorillas bei uns in der Agentur aufgetaucht sind. Das war nicht gerade lustig.«

»Um was für Schulden ging es damals?«

»Nun, es war ein offenes Geheimnis, dass Silvian gern spielte. Er brauchte dieses Kribbeln, dieses Risiko. Monatelang hielt er sich von jedem Glücksspiel fern, doch dann überkam es ihn urplötzlich.«

»Was spielte er?«

»Manchmal Blackjack, aber meistens saß er am Roulettetisch. Jahrelang war er Stammgast in verschiedenen Casinos. In Deauville hatte er sogar eine Zeit lang Spielverbot, weil er zu viel gewonnen hat.«

»Zu viel gewonnen?«, fragte Malbec ungläubig nach.

»Ja, damals hatte er mit seinem System wohl eine Glückssträhne, aber die ließ sich andernorts nicht fortsetzen. Selbst wenn Silvian ein paar tausend Euro gewonnen hatte, konnte er nicht aufhören und spielte bis zum bitteren Ende weiter. Es ist immer wieder vorgekommen, dass er mit zehntausend Euro nach Monaco fuhr und am nächsten Tag ohne einen Cent zurückkehrte. Das war schon früher so. Kaum war die Rundfahrt zu Ende, schon saß er am Spieltisch. Hinzu kamen Sportwetten im Internet. Das führte immer wieder zu Streit zwischen uns.«

»Hat Monsieur Dupont jemals versucht, sich professionelle Hilfe zu holen?«, fragte Malbec.

»Ja, Silvian hatte schon vor Jahren eine Therapie gegen seine Spielsucht gemacht, aber das war wohl ein vergeblicher Versuch. Zuletzt waren seine Geldprobleme so groß, dass er sich ernsthaft überlegt hatte, ob er nicht bei ›Koh-Lanta‹ mitmachen sollte. Ich habe ihm allerdings dringend davon abgeraten, sich im Dschungel zum Affen zu machen.« Chasseur hielt einen Augenblick inne. »Vor diesem Hintergrund verwundert es mich nicht, dass Madame Dupont Geld benötigt. Es würde mich auch nicht überraschen, wenn Silvians Haus in Vaison-la-Romaine bis zum Dach mit Hypotheken belastet ist.«

Kurz überlegte Malbec, ob er Cédric Chasseur fragen sollte, wo er zum Zeitpunkt des Einbruchs gewesen war, aber dann verzichtete er darauf. Stattdessen erkundigte er sich, ob er sich vorstellen könne, weshalb jemand Silvian Dupont anonyme Drohbriefe geschickt hatte.

»Drohbriefe? Wegen seiner Schulden?« Chasseur schaute Malbec argwöhnisch an.

»Nein, jemand hat Dupont beschuldigt, er wolle ihn in seinen Dopingsumpf hineinziehen.«

Chasseurs Augen verengten sich. »Was wollen Sie damit andeuten?«, fragte er, lehnte sich zurück und verschränkte demonstrativ die Arme vor der Brust.

»Das kann ich Ihnen nicht genau sagen. Momentan versuche ich nur, die Fakten zu sortieren und mir dadurch einen Überblick zu verschaffen. Ich will daher nicht ausschließen, dass es vielleicht einen Zusammenhang zwischen dem Mord und diesen Drohbriefen geben könnte.«

»Aber soweit ich weiß, hatten es die Mörder doch auf diese englische Familie abgesehen? Alle Zeitungen haben darüber berichtet.«

»Das stimmt, diese These gilt zwar als die wahrscheinlichere, aber wir gehen trotzdem jeder noch so kleinen Spur nach.«

»Das verstehe ich, aber was soll Silvians Tod mit dem Thema Doping zu tun haben? Unsere aktive Sportkarriere und die damalige Sperre sind Ewigkeiten her. Kehrt da nie Ruhe ein? Ich habe es nämlich satt, immer wieder auf dieses Thema angesprochen zu werden. Die Leute sollten mal vor ihrer eigenen Haustür kehren«, sagte Chasseur gereizt. »Sind Sie schon mal bei über dreißig Grad den Tourmalet hinaufgeradelt, nachdem Sie zuvor zwei andere Pässe und zweihundert Straßenkilometer bewältigt haben?«

Malbec schüttelte wahrheitsgemäß den Kopf.

»Dann kennen Sie nicht dieses Gefühl, wenn die Oberschenkel zittern, sich die Hände um den Lenker verkrampfen und man vor Erschöpfung anfängt zu halluzinieren. Man tritt weiter und weiter wie in einem Rausch in die Pedale. Kilometer um Kilometer verengt sich der Blick zu einem Tunnel. Da ist man dankbar für jede Unterstützung. Wer nicht dopte, hatte keine Chance. Und wer dopte, war nicht unfair, sondern wahrte nur seine Erfolgsaussichten. Sie können sich sicher sein: Es gab damals keinen Profi auf der Tour, der seine Leistungen nicht durch diverse Hilfsmittelchen gesteigert hat. Aber wer über Doping spricht, gilt gleich als Nestbeschmutzer.«

Cédric Chasseur hatte sich in Rage geredet. »Das Publikum schreit nach immer neuen Höchstleistungen, ist aber beleidigt, wenn es nicht mit rechten Dingen zugeht. Diese Doppelmoral kotzt mich an! Wir Radfahrer werden seit Jahren als Lügner und Betrüger verunglimpft. Aber hat sich schon mal jemand gefragt, weshalb viele Fußballer bei einer Weltmeisterschaft in der Verlängerung noch rennen wie ein neu eingewechselter Spieler oder warum so mancher Tennisspieler im Tiebreak des entscheidenden Satzes noch so fit ist?«

Malbec blieb ruhig und ließ Chasseurs Redeschwall über sich ergehen. »Könnte Rache ein mögliches Motiv gewesen sein?«, fragte er schließlich.

»Rache? Wer hätte sich denn an Silvian für was rächen sollen?«

»Andere Frage: Können Sie sich vorstellen, dass Monsieur Dupont versucht hat, irgendjemanden zu erpressen?«

»Nein, das kann ich mir nicht vorstellen. Silvian hatte zwar Geldprobleme, aber eine Erpressung – das hätte nicht zu ihm gepasst. Er wollte eine erneute Therapie wegen seiner Spielsucht in Angriff nehmen und hoffte, seine Finanzprobleme durch die Veröffentlichung seines Buches zu beenden.«

»Welches Buch?«

»Silvian schrieb seit einem halben Jahr an seiner Autobiografie«, erklärte Chasseur und weckte damit Malbecs Neugier.

»Er schrieb an seiner Autobiografie?«

»Ja, Silvian wollte damit gewissermaßen die Deutungshoheit über seine Karriere zurückbekommen. Er wollte über die Höhen, aber auch über die Tiefen seines Sportlerlebens schreiben. Über gekaufte Rennen, ehrgeizige Funktionäre, Exzesse, Doping und Amphetamin. Dabei wollte er kein Blatt vor den Mund nehmen, wie er mir erzählt hat. Eine Lebensbeichte. Gespickt mit ein paar Anekdoten über die Tour de France sowie Einblicken in den Trainingsalltag eines Radprofis, erhoffte sich Silvian, einen kleinen Bestseller zu landen. Und eitel, wie er war, wollte er auf einen Ghostwriter verzichten und das Buch von der ersten bis zur letzten Zeile selbst schreiben. Er saß noch oft bis spät in die Nacht über dem Manuskript. Soweit ich weiß, hatte er bereits einen Vertrag mit einem Verlag unterschrieben und ein beachtliches Garantiehonorar ausgehandelt.«

»Kennen Sie das Manuskript, oder haben Sie Auszüge davon gelesen?«

»Nein, da muss ich Sie enttäuschen. Silvian hat mit mir zwar über seine geplante Autobiografie gesprochen und Andeutungen in der Richtung gemacht, dass das Buch noch für Schlagzeilen sorgen werde, doch von diesen vagen Behauptungen abgesehen, hüllte er sich in Schweigen. Wenn er sich über ein paar Ereignisse und Fakten im Unklaren war, hat er mich zwar gelegentlich nach dem einen oder anderen Detail gefragt, beispielsweise zu einem Rennverlauf oder wenn er wissen wollte, was ich über einen ehemaligen Teamkameraden oder Konkurrenten dachte. Als es um private Details ging, habe ich ihm angeboten, das Manuskript noch einmal kritisch gegenzulesen, und ihm geraten, einen Anwalt zu konsultieren, um auszuschließen, dass er Persönlichkeitsrechte verletzt. Er meinte aber, darum würde sich die Rechtsabteilung seines Verlages kümmern.«

***

Capitaine Cabanel stand vor dem Commissariat und rauchte, als Malbec zurückkam und ihm von dem Treffen mit Chasseur berichtete.

»Ein Rachemord der russischen Mafia? Damit käme ein weiteres mögliches Motiv ins Spiel«, sagte er und ließ dabei den Rauch aus Mund und Nase austreten.

»Kannst du dir das vorstellen?«, fragte Malbec.

»Nein, nicht wirklich. Ein Auftragskiller der Mafia hätte Dupont viel professioneller getötet und nicht noch nebenbei eine Familie aus dem Weg geräumt.«

»Ja, da bin ich deiner Meinung, aber seine Spielsucht hat ihn in große finanzielle Schwierigkeiten gebracht. Und letztlich ist ihm die Situation wohl über den Kopf gewachsen.«

»Das will man gar nicht glauben, Dupont muss in seiner aktiven Zeit doch Millionen verdient haben. Und dann das. Weißt du, wie hoch seine Schulden waren?«

»Konkrete Zahlen kann ich nicht nennen. Ich sollte mich mal im zuständigen Grundbuchamt erkundigen, ob er unlängst eine Hypothek auf sein Haus aufgenommen hat«, schlug Malbec vor.

»Aber selbst das würde nicht viel besagen.«

»Richtig, daher beginnt sich bei mir immer mehr der Verdacht zu verfestigen, dass Duponts Tod in irgendeinem Zusammenhang mit dem Thema Doping steht. Nur der genaue Ansatzpunkt, der fehlt mir noch.«

»Hoffentlich verrennst du dich da nicht«, sagte Cabanel nachdenklich und schnipste den Zigarettenstummel in den Randstein.

»Sei unbesorgt.«

»Da fällt mir ein: Ich habe am Rande mitbekommen, dass die Sonderkommission eine neue Spur verfolgt«, deutete Cabanel an.

»Spann mich nicht auf die Folter.«

»Gestern lief mir zufällig Émile Poinsot über den Weg. Ich habe ihn ein wenig ausgefragt, und da hat er mir erzählt, das Team von Colonel Bouquil würde derzeit die Theorie überprüfen, ob nicht doch der iranische Geheimdienst seine Finger im Spiel gehabt haben könnte. Den Verdacht soll die Aussage eines iranischen Agenten genährt haben, der vor drei Monaten in Frankreich um politisches Asyl ersucht hat. Die Jungs stehen unter Druck und müssen Fakten liefern, sonst wird die Truppe bald endgültig aufgelöst«, prophezeite Cabanel.

***

Duponts geplante Autobiografie ging Malbec schon den ganzen Tag nicht aus dem Kopf. Aber erst just in dem Moment, als er auf der Toilette die Spülung drückte, fiel ihm ein, dass er David Dandine anrufen könnte. Er holte sein Mobiltelefon hervor und suchte hektisch dessen Nummer unter seinen Kontaktdaten. Glücklicherweise nahm Dandine das Gespräch gleich an.

»David, entschuldige die Störung, darf ich dich um einen Gefallen bitten?«

»Jederzeit, Olivier. Wie kann ich dir helfen?«

»Ich möchte deine Kontakte zur Pariser Verlagswelt nutzen.«

»Gern. Willst du etwa einen Kriminalroman veröffentlichen?«, fragte Dandine lachend.

»Wahrscheinlich sollte ich das machen, aber vorerst würde mich interessieren, bei welchem Verlagshaus man als berühmter Sportler am besten anklopft, wenn man seine Autobiografie veröffentlichen will?«

»Literarische Häuser wie ›Hachette‹ oder ›Gallimard‹ werden da wohl weniger in Frage kommen. Wahrscheinlich eher einer der zur ›Groupe Flammarion‹ gehörenden Publikumsverlage. Aber vielleicht kannst du mich noch mit ein paar Informationen füttern. Das würde die Sache erheblich erleichtern.«

»Es geht um Silvian Dupont.«

»Silvian Dupont – wer ist das?«, fragte Dandine.

Malbec musste schmunzeln. David Dandine kannte wahrscheinlich die Namen aller Literaturnobelpreisträger, aber von einem der berühmtesten französischen Radsportler der letzten Jahre hatte er anscheinend noch nie etwas gehört. Mit wenigen Worten berichtete er ihm von den Morden am Mont Ventoux und verwies auf den Umstand, dass Dupont eines der Opfer war.

»Ja, der tote Radsportler vom Mont Ventoux – darauf hätte ich auch selbst kommen können«, gestand Dandine ein.

»Wie ich erfahren habe, hatte Silvian Dupont geplant, seine Autobiografie zu veröffentlichen. Und mich würde interessieren, ob dieses Buch irgendwelche spektakulären Enthüllungen oder andere Indiskretionen hätte enthalten sollen.«

»Verstehe. Ich werde mich in der Verlagsszene umhören und melde mich, sobald ich etwas in Erfahrung gebracht habe.«

»Das wäre wunderbar. Ich danke dir.«

David Dandine musste wirklich über erstklassige Verbindungen zur Verlagswelt verfügen, denn zu Malbecs Überraschung rief er schon nach kurzer Zeit zurück. Nahezu beiläufig ließ er ihn wissen, er habe herausgefunden, dass Duponts Buch im nächsten Spätherbst in der »Collection Albin« hätte erscheinen sollen. Der Arbeitstitel lautete schlicht »Über dem Limit«.

Malbec bedankte sich freudig und bekam gewissermaßen als Sahnehäubchen noch den Namen und die Telefonnummer des zuständigen Lektors mitgeteilt.

***

Alain Soulet war zunächst reserviert, als er hörte, dass ihn Malbec in einer dienstlichen Angelegenheit sprechen wolle, und ihn am Telefon bat, dieses Gespräch vertraulich zu behandeln. Als Lektor habe man nicht alle Tage mit der Polizei zu tun, erklärte er, aber wenn er helfen könne, den Mord an Silvian Dupont aufzuklären, dann sei er dazu gern bereit.

Malbec bedankte sich höflich und brachte seine Hoffnung zum Ausdruck, so die Ermittlungen vielleicht einen Schritt weiterzubringen.

»Wie kam es zu dem Kontakt zu Silvian Dupont?«, fragte er.

»Silvian Dupont hat unseren Verleger Monsieur Lafarge Anfang des Jahres selbst angerufen und ihn gefragt, ob er seine Autobiografie veröffentlichen wolle. Soweit ich weiß, kannte er die Autobiografie von Yannick Noah, die vor ein paar Jahren in unserem Verlag erschienen war und mehrere Monate auf den Bestsellerlisten stand. Silvian Dupont war ja kein Unbekannter, und Monsieur Lafarge hat verständlicherweise sein Interesse signalisiert. Bei einem Treffen wurden die Eckdaten abgesteckt, aber dann wäre das Projekt fast noch gescheitert.«

»Warum?«, fragte Malbec interessiert.

»Monsieur Dupont bestand auf einem Vorschuss, wurde dann aber ungehalten, als er erfuhr, dass die erste Hälfte des Garantiehonorars bei Manuskriptabgabe und die zweite Hälfte erst bei Erscheinen des Buches gezahlt werden sollte. Fast wäre die Sache geplatzt. Doch Monsieur Lafarge blieb hart und verwies darauf, dass er keine Katze im Sack kaufen wolle. Dupont hat dies schließlich akzeptiert und den Vertrag unterschrieben.«

»Würden Sie mir die Höhe des Garantiehonorars verraten?«

»Nun, ich weiß nicht, ob es Monsieur Lafarge recht wäre, die Zahlen sind quasi Betriebsgeheimnis«, antwortete Soulet ausweichend. Dann schob er aber nach einer kurzen Pause nach: »Gehen Sie mal von einer sechsstelligen Summe aus.«

Malbec pfiff anerkennend durch die Zähne. »Wer so viel Geld in die Hand nimmt, hat sicherlich auch gewisse Erwartungen«, sagte er.

»Ja, durchaus. Wir haben uns zweimal persönlich getroffen und mehrfach telefoniert, um über das Buch und seinen Aufbau zu sprechen. Die Gliederung sollte eher klassisch sein.

Als Einstieg sollte eine persönlich-emotionale Schilderung seines Karrieretiefpunkts dienen, als Dupont zwei Tage lang in Untersuchungshaft saß, dann im Rückblick sein sportlicher Werdegang von den ersten Rennen bis hin zu den größten Erfolgen geschildert werden.«

»Das klingt nicht gerade spektakulär«, wandte Malbec ein.

»Doch, doch, Sie können mir glauben, das Buch hätte für einigen Wirbel gesorgt, was der Auflage sicherlich zugutegekommen wäre. Drogen, Sport, Reichtum – die ganze Mischung. Selbst die Affäre mit dem Unterwäschemodel, das sich später als minderjährige Gelegenheits-Prostituierte herausstellte, wollte Dupont nicht aussparen. Aber die eigentliche Brisanz steckte noch woanders: Interna zur Doppelmoral im Radsport, aber auch Details, mit welchen Methoden die Dopingkontrolleure überlistet wurden. Und wer über wen schützend die Hand hielt. Dupont setzte sich seit Jahren vehement für die kontrollierte Freigabe von Doping im Leistungssport ein. Er prangerte an, dass immer wieder einzelne Fahrer oder kleinere Teams von der Tour ausgeschlossen werden, um ein sauberes Image vorzutäuschen. Dies sei in seinen Augen eine Illusion. Ob sich niemand darüber wundere, so schrieb er, dass die besten Fahrer heute immer noch so schnell wie vor zehn Jahren sind. Duponts Buch sollte der Auftakt einer großen Kampagne werden. Es hätte sich sicherlich gut verkauft. Zudem wäre die Veröffentlichung von einer Werbestrategie begleitet worden. Sie wissen schon: Interviews, Auftritte in Talkshows, Interaktionen in den sozialen Netzwerken und so weiter.«

»Wollte Dupont auch etwas über seine Leidenschaft fürs Glücksspiel schreiben?«, wechselte Malbec das Thema.

»Ach, Sie meinen die Geschichte, dass er vom Casino von Deauville mit einem Spielverbot belegt worden war, weil er zu viel gewonnen hat?«, sagte Soulet und lachte herzhaft.

»Und darüber hinaus?«

»Da weiß ich nicht viel. Er hat mir gegenüber nur angedeutet, dass er hin und wieder gern am Spieltisch sitzt.«

»Gab es irgendwelche Insiderinformationen, die einen Skandal hätten hervorrufen können?«

»Ja, aber da hat sich Monsieur Dupont bis zum Schluss bedeckt gehalten. Er hat jedoch angedeutet, dass er über Beweise verfüge, die eine bedeutende Persönlichkeit in Schwierigkeiten bringen würden. Um wen es sich handelt, wollte er mir aber zum damaligen Zeitpunkt noch nicht sagen. Das wäre dann noch das Sahnehäubchen gewesen«, erklärte Alain Soulet.

»Dann gehe ich davon aus, dass Sie das Manuskript nicht gelesen haben.«

»Richtig. Ich kenne nur Auszüge und die schematische Gliederung. Wir kannten seine schriftstellerischen Fähigkeiten nicht und haben Monsieur Dupont angeboten, einen Ghostwriter einzubinden, aber er wollte nicht. Um späteren Diskussionen vorzubeugen, habe ich aber darauf gedrungen, dass ich vorab bereits zwei oder drei Probekapitel bekomme. Zu meiner Überraschung waren diese Auszüge, von einigen sprachlichen Feinheiten und Rechtschreibfehlern abgesehen, wirklich ganz ordentlich geschrieben. Literarische Höhenflüge hat sowieso niemand erwartet. Den Rest hätten wir im Lektorat leicht hinbekommen.«

»Haben Sie die Probekapitel noch?«

»Ja, selbstverständlich. Ich muss nur auf meinem Computer danach suchen.«

»Könnten Sie sie mir zusenden?«

»Ja, sobald ich den Text gefunden habe, werde ich Ihnen die Dateien zumailen.«

»Das wäre schön«, sagte Malbec und bedankte sich für das Gespräch. Euphorisiert schnalzte er mit der Zunge.

***

Am nächsten Tag war Malbec schon früh ins Commissariat gefahren. Er wollte der Hitze aus dem Weg gehen und die morgendliche Ruhe nutzen, um einen überfälligen Bericht zu schreiben. Als er seinen Computer hochfuhr, betrat Sergent Thibault gut gelaunt sein Büro.

»Hast du noch Papier für den Drucker?«, fragte sie.

»Ja«, sagte Malbec und deutete auf das Regal neben der Tür. »Nimm dir einfach ein Päckchen.«

»Super, danke«, sagte Simone und machte sich am Regal zu schaffen. »Wie war dein Wochenende? Gut erholt?«

»Ja, recht geruhsam, aber auch abwechslungsreich. Am Sonntag habe ich noch eine Ausstellung in Aix-en-Provence besucht.«

»Kunst?«, fragte Simone mit einem ironischen Unterton. »Deine neue Freundin scheint ja einen positiven Einfluss auf dich zu haben.«

»Und wie war's bei dir?«, stellte Malbec lächelnd die Gegenfrage.

»Ich war mit Robert auf dem Antiquitätenmarkt in L'Isle-sur-la-Sorgue. Wir brauchen für unsere neue Wohnung noch ein paar Möbel. Nach längerem Suchen haben wir vier schöne alte Holzstühle gefunden, die wunderbar zu dem Esstisch passen, den ich von meiner Oma geerbt habe. Und halbwegs bezahlbar waren sie erfreulicherweise auch.«

»Da hast du ja Glück gehabt. Ich habe mich dort zuletzt für einen Spiegel mit einem holzgedrechselten Rahmen interessiert, aber für den Preis, den der Verkäufer wollte, hätte man meinen können, er hing früher bei Napoléon über dem Rasiertisch.«

»Ja, die Preise sind teilweise unverschämt, andererseits nicht verwunderlich. Es wimmelt dort sonntags nur so von Touristen mit dicken Brieftaschen, die noch ein Schmuckstück für ihr Ferienhaus suchen«, sagte Simone. »Da fällt mir noch etwas ein, was deine Neugier wecken könnte. In einem Café in L'Isle-sur-la-Sorgue habe ich Sophie Dupont mit einem Mann turteln sehen.«

»Das ist in der Tat interessant«, entgegnete Malbec und stellte irritiert fest, dass sich seine Recherchen herumgesprochen haben mussten. Hatte Cabanel seinen Mund nicht halten können? Wenn das so weiterging, bekam Chevaline doch noch Wind von der Sache.

»Woher weißt du …«

Simone Thibault schnitt ihm das Wort ab: »Woher ich weiß, wie Sophie Dupont ausschaut? Ich war einmal bei einer Zeugenvernehmung von ihr dabei, als ich noch zur Sonderkommission gehörte. Zuerst habe ich sie fast nicht erkannt, weil sie eine Sonnenbrille trug, aber dann schob sie die Brille hoch und gab dem Mann einen Kuss.«

»Wie sah der Mann aus?«

»Ungefähr fünfzig, vielleicht etwas jünger. Dunkle, leicht grau melierte, lockige Haare. Er wirkte durchaus lausbubenhaft.«

»Das kann eigentlich nur Jérôme Dommenach gewesen sein.«

»Ihr Ex-Mann?«

Malbec nickte, während ihm viele Fragen durch den Kopf schossen. Er rätselte immer noch, inwieweit Jérôme Dommenach als Täter in Betracht kam. Es stand außer Frage, dass zwischen Dommenach und Sophie Dupont eine enge Verbundenheit bestand. Die beiden hatten sich allzu innig umarmt, als Dommenach nach dem Einbruch zu ihr geeilt war. Irgendetwas lief da zwischen den beiden, da war sich Malbec sicher.

Hatte Sophie Dupont schon länger eine Affäre mit ihrem Ex? Das wäre an sich nichts Ungewöhnliches. Oder hatten sich die beiden erst durch den Tod von Silvian Dupont wieder angenähert? Anderseits konnte sich Malbec nicht vorstellen, dass Dommenach so blöd war, den Verdacht dadurch auf sich zu lenken – wenn er der Täter war.

Irgendwie blieb ihm dieser Jérôme Dommenach suspekt. Zwar fand er ihn durchaus sympathisch, aber aus seinem Verhältnis zu Sophie Dupont wurde Malbec nicht schlau. Angeblich hatte er sie zufällig eine halbe Stunde, nachdem bei ihr eingebrochen worden war, angerufen. Und Zufälle machten Malbec prinzipiell misstrauisch. Er nahm sich vor, sicherheitshalber zu überprüfen, ob auf Jérôme Dommenach ein Motorrad zugelassen war.

Malbecs Finger glitten über die Computertastatur. Kurze Zeit später wurde er fündig und drehte den Bildschirm in Simones Richtung.

»War es dieser Mann?«, fragte er und deutete auf mehrere Fotos von Jérôme Dommenach, die er im Internet gefunden hatte.

»Ja, ganz sicher.«

»Und die beiden haben den sonntäglichen Antiquitätenmarkt besucht«, resümierte Malbec nachdenklich.

»Ja, und das ist sicher kein Ort für ein heimliches Tête-à-Tête.«

Malbec sah Simone abwartend an.

»Nein, ganz sicher nicht, obwohl man in dem Gedränge auch leicht untergehen kann. Ich habe die beiden ja auch nur zufällig entdeckt und dann erst genauer beobachtet. Ihr Umgang miteinander sah jedenfalls ziemlich vertraut aus. Ich hatte den Eindruck, es gefiel ihnen, ihre Gefühle öffentlich zu zeigen. Ich glaube, da bahnt sich ein Neuanfang an: Küsschen, Umarmungen, du weißt schon, was ich meine. Und er konnte die Hand kaum von ihrem Oberschenkel lassen. Kein Wunder: Für einen Mann im fortgeschrittenen Alter ist Sophie Dupont sicherlich ein schöner Schmuck«, bemerkte sie mit einem provokativen Unterton.

»Ich danke dir für den Hinweis auf mein vermeintliches Beuteschema – das wäre mir sonst nicht aufgefallen«, entgegnete Malbec lächelnd. Dann legte er den Zeigefinger senkrecht über den Mund.

»Keine Sorge, von mir erfährt niemand etwas. Weder über dein Beuteschema noch über unser Gespräch«, versprach Simone, klemmte sich das Kopierpapier unter den Arm und ging in ihr Büro.

Gedankenverloren spielte Malbec mit seinem Kugelschreiber. Das passte alles nicht zusammen. Erst Sophie Duponts Zusammenbruch, dann der Tod ihres Mannes und die Fehlgeburt – dann turtelte sie ein paar Wochen später wieder mit ihrem Ex herum.

Malbec warf einen Blick auf sein E-Mail-Programm: Neununddreißig neue, ungelesene Nachrichten blinkten auf. Er scrollte durch die Liste, löschte ein paar Infomails und wollte gerade eine E-Mail von Chantal Kleber lesen, als ihm zwei Zeilen tiefer eine E-Mail mit dem Absender »Alain. Soulet@collection-albin.fr«, Betreff: Silvian Dupont, auffiel.

Das war die E-Mail, auf die Malbec schon am Freitagnachmittag gewartet hatte.

Elektrisiert öffnete er die angehängten drei Word-Dateien. Es waren die versprochenen Probekapitel, die Silvian Dupont bereits an den Verlag gesandt hatte. Wie Alain Soulet in seinem Anschreiben erwähnte, handelte es sich um die unbearbeiteten Originaldateien der Autobiografie, die ihm Dupont vier Wochen vor seinem Tod zugesandt hatte.

Die erste Datei mit der Überschrift »Zum Erfolg gepuscht« behandelte neben Duponts ersten großen Siegen auch seine ersten Dopingerfahrungen. Er beschrieb, wie er sich anfangs dagegen gesträubt hatte, Dopingmittel einzunehmen, woraufhin ihm aber von seinem Teammanager schnell verdeutlicht worden war, dass er sich dann nicht nur jeden Titel abschminken könne, sondern wohl auch nicht die erwünschte Leistung erbringen würde und sich im nächsten Jahr einen anderen Rennstall suchen müsse. Wasserträger habe man ausreichend im Team.

Dupont fügte sich und schilderte umfassend, wie sehr er dadurch seine Leistung und Ausdauer hatte steigern können. Er flog die Berge geradezu hinauf und konnte mit den besten seiner Zunft mithalten. EPO gehörte für ihn fortan zum Leben. So wie andere Nahrungsergänzungsmittel zu sich nahmen, ließ er sein Blut mit roten Blutkörperchen anreichern. Und wie alle Radfahrer profitierte er davon, dass Erythropoetin nicht nachgewiesen werden konnte. Die Unregelmäßigkeiten seiner Blutwerte begründete er mit einer Fehlfunktion der Schilddrüse – immerhin war er kein »Asthmatiker« wie

Jan Ullrich und viele andere Rennfahrer. Aber es blieb nicht bei EPO: Auch Kortison, Wachstumshormone und künstliches Testosteron gehörten zum Routineprogramm. Dupont entblößte sich sprichwörtlich bis auf die Unterhose. Hinzu kam, dass er davon profitierte, dass die Côntrole Antidopage lange Zeit nur unzureichend funktionierte.

»Gefallener Held« lautete der Name der zweiten Datei. Dupont schilderte darin, wie er bedingt durch seine Dopingsperre in einen Strudel geraten war, der ihn immer tiefer in den Abgrund gezogen hatte. Er pendelte zwischen Casinos und Nightclubs hin und her, geriet in falsche Kreise, hier eine Flasche Champagner, dort eine Prise Kokain, und seine Ehe zerbrach.

In seinen weiteren Ausführungen vollzog er einen kleinen Parforceritt und versuchte, sich zum Opfer zu stilisieren. Zwar gestand er ein, dass er in jener Zeit kein Kind von Traurigkeit gewesen sei, beteuerte aber nochmals, er habe nie für Sex mit Geld bezahlt und das wahre Alter seiner Gespielin nicht gekannt. Er sei, so schrieb er, an jenem Abend betrunken gewesen und schnell ihren Reizen erlegen, wobei er sich nicht zu schade war, dies noch mit pikanten Details wie ihrem Intimpiercing auszuschmücken, um im nächsten Satz darauf zu verweisen, er hätte nie vermutet, dass sie minderjährig war.

Malbec schüttelte beim Lesen den Kopf und hoffte, dass Alain Soulet da als Lektor noch eingegriffen hätte. Die explizite Schilderung diverser Sexpraktiken sollte wahrscheinlich nur den diesbezüglichen Erfahrungshorizont und das daraus vermutete Alter seiner Sexpartnerin untermauern, aber sie hätte sicherlich auch die Verkaufszahlen nach oben getrieben.

Die mit »Doppelmoral« betitelte letzte Datei setzte sich dann nochmals mit dem Thema Doping auseinander. Nach einer anfänglichen Entschuldigung, er habe weder jemanden betrogen noch ein schlechtes Gewissen, denn ohne sportliches Können nütze Doping gar nichts, folgte ein ausführliches Plädoyer für die Freigabe von Doping unter ärztlicher Kontrolle. Dupont gestand ein, dass Doping durchaus ein

Gesundheitsrisiko berge, aber dies würde auch auf den Spitzensport an sich zutreffen. Jeder Athlet dürfe seinen Körper durch exzessives Training und brutale Wettkämpfe schädigen, ohne dass dies Konsequenzen nach sich ziehe, und er verwies darauf, dass durch das Dopingverbot letztlich nur neue Dopingmethoden entwickelt würden.

Dupont schlug einen weiten Bogen und prangerte vor allem auch das Fehlverhalten der Funktionäre an, die gleichzeitig Teil und Kritiker des Systems waren. Auf der einen Seite profitierten sie von der Medienpräsenz und der Sogwirkung der Tour de France als einem der wertvollsten internationalen Sportevents, anderseits wiesen sie alle Verantwortlichkeiten von sich und ließen die unter Dopingverdacht geratenen Fahrer im Regen stehen. Man müsse dieses Schweigekartell aufbrechen, forderte Dupont.

Bis auf wenige Ausnahmen habe auch die Sportpresse dieses Vorgehen akzeptiert, wobei er in diesem Zusammenhang zweimal den Namen Vincent Beuve erwähnte. Die Doppelmoral widere ihn an, ereiferte sich Dupont.

Dann führte er mehrere Beispiele an, um seinen Vorstoß zu untermauern. So habe Pascal Arrambide in seiner Funktion als Rennstallleiter nachweislich sein Team mit EPO versorgt, bevor er sich nach seinem Wechsel und schnellen Aufstieg in der Funktionshierarchie entschieden von Doping distanziert und harte Konsequenzen gefordert hatte, damit Radsport ein sauberer Sport bleibe. Diese Scheinheiligkeit wurde in Duponts Augen aber noch durch JMT übertroffen, der sich nun auf der politischen Funktionärsbühne als Antidopingkämpfer aufspiele. JMT leugne seine Verbindungen zur Dopingszene, obwohl er selbst in seiner aktiven Zeit jahrelang seine Leistung durch Doping gesteigert und später Sportler mit EPO versorgt habe – ein Umstand, der sich leicht beweisen lassen würde.

Wer war JMT? Malbec googelte und rätselte, wer sich hinter dem Kürzel verbergen könnte?

Der oberste Treffer war eine Mietmöbelfirma namens

JMT. Er warf einen Blick auf die Homepage »www.jmt.fr«, konnte aber keinen Zusammenhang zwischen JMT, der Tour de France und Silvian Dupont herstellen. Die Firma, die sich auf das passende Mobiliar für Messen und Events spezialisiert hatte, war jedenfalls nie als Sponsor eines Radsportteams in Erscheinung getreten, und auch ihr Eigentümer hatte nichts mit dem Radsport am Hut.

Malbec schrieb eine E-Mail an Alain Soulet, bedankte sich für die Texte und fragte ihn, ob er mehr über Duponts Verhältnis zu Pascal Arrambide wisse und eine Ahnung habe, wer sich hinter dem Kürzel JMT verberge. Anschließend widmete er sich widerwillig seinem, von Staatsanwalt Brice schon in der letzten Woche angemahnten, Bericht.

***

Chevaline würde nicht begeistert sein, sollte er erfahren, dass Malbec auf eigene Faust weiterermittelte. Doch hielt ihn dies nicht davon ab, Vincent Beuve anzurufen. Beuve gehörte zum Reporterstab von »L'Équipe« und hatte damals Adjudant Poinsot mit Freikarten »bestechen« wollen. Jetzt hatten sich die Verhältnisse umgekehrt, denn Malbec erhoffte sich von Beuve ein paar Hintergrundinformationen zu Silvian Dupont.

Bei seinem Anruf in der Redaktion wurde ihm mitgeteilt, dass Beuve derzeit schwer zu erreichen sei, da er vor Ort von der diesjährigen Tour berichte.

Das hätte ich mir eigentlich denken können, schalt sich Malbec, als später im Radio die bevorstehende Bergankunft in Alpe d'Huez live übertragen wurde.

Zurück im Büro googelte er nach dem Tourplan: Zwei Tage später sollte Gap als Etappenziel im Fokus stehen. Anschließend wollte man den Fahrern einen Ruhetag gönnen, damit sie sich von den schweren zurückliegenden Alpenetappen, zu denen neben Alpe d'Huez auch der Col du Galibier gehörte, erholen konnten. Dann standen zwei einfachere Flachetappen auf dem Programm, bevor es weiter in die Pyrenäen ging – der Mont Ventoux fehlte hingegen bei der diesjährigen Tour de France.

Gap war die Hauptstadt des Départements Hautes-Alpes. Im Kopf überschlug Malbec, dass zwischen Calmont-les-Fontaines und Gap rund zwei Stunden Autofahrt lagen. Er war hin- und hergerissen, doch dann entschied er sich, nach Gap zu fahren und sich dort mit Vincent Beuve zu treffen.

Nochmals rief er in der Redaktion von »L'Équipe« an. Die Redaktionsassistentin sträubte sich zunächst. Malbec machte Druck, da ihm die Bittstellerrolle nicht behagte. Entnervt gab sie ihm Beuves Mobilfunknummer und nannte ihm den Namen und die Adresse seines Hotels in Gap.

Vincent Beuve nahm den Anruf schon beim zweiten Klingeln an. Wie Malbec schnell bemerkte, hatte er allerdings einen anderen Anrufer erwartet. Er war durchaus verwundert, als sich Malbec mit seinem Dienstgrad vorstellte und ihn um ein Treffen in Gap bat.

Ungehalten beschied ihm Beuve, er habe beim besten Willen keine Zeit. Die aktuelle Berichterstattung zur Tour de France stehe im Vordergrund. Wie er sich denn das vorstelle? Selbst der Hinweis, es handle sich um dringende Ermittlungen in einem Mordfall, ließ ihn ungerührt.

Erst als Malbec hartnäckig blieb und ihm signalisierte, er könne ihn zur Vernehmung auch gern ins Präsidium einbestellen, war Beuve zu einem Treffen bereit. Es müsse aber am frühen Nachmittag stattfinden, gab er mit genervter Stimme zu bedenken. Spätestens wenn sich der Tour-Tross der Stadt nähere, müsse er seinen beruflichen Verpflichtungen nachkommen.

Malbec ließ ihn ein wenig zappeln, ehe er Verständnis andeutete und einen Treffpunkt vereinbarte.

Gap – das war eine gute Idee! Schon lange hatte Malbec mal wieder Tour-de-France-Atmosphäre schnuppern wollen. Die Tour im Fernsehen zu verfolgen war nur ein müder Abklatsch der Wirklichkeit. Schöne Bilder, aber die Emotionen blieben letztlich außen vor.

Den Gedanken, Adjudant Blanc mitzunehmen, verwarf er schnell wieder. Blanc hätte sich als Radsportbegeisterter sicher über diesen »Ausflug« gefreut, aber er hätte sich vielleicht verplappert, und Chevaline hätte von der Sache Wind bekommen. Malbec wollte vermeiden, dass der Commandant erfuhr, dass er sich wieder mit den Morden vom Mont Ventoux beschäftigte.

Stattdessen überlegte er, Catherine zu fragen, ob sie ihn begleiten wolle. Doch verwarf er diesen Gedanken wieder.

***

Malbec fuhr auf der Route nationale an Apt vorbei in Richtung Sisteron. Durch das Beifahrerfenster begleitete ihn die Bergkulisse des Luberon. Er drehte das Radio lauter, als er die ersten Takte von »Je veux« hörte. Das Lied zauberte ihm mit seinem provokativen Text ein Lächeln ins Gesicht, zudem mochte er den einprägsamen Jazzgesang von Zaz.

»Je veux de l'amour, de la joie, de la bonne humeur. C' n'est pas votre argent qui f'ra mon bonheur. Moi, j'veux crever la main sur le cœur«, summte er mit und beschloss, sich zu erkundigen, ob die immer so erfrischend wirkende Sängerin vielleicht demnächst ein Konzert in der Provence gab. Dann würde er Catherine mit zwei Karten überraschen.

Es war nicht viel los auf der gut ausgebauten Landstraße. Malbec kam zügig voran, nur hin und wieder musste er einen Lastwagen überholen.

Die Route nationale führte hinter Céreste durch die touristisch abgelegene Haute-Provence, vorbei an kleineren Dörfern wie Mane und schließlich direkt durch Forcalquier hindurch. Schon von Weitem konnte Malbec die auf einem Hügel hoch über dem Städtchen thronende neobyzantinische Wallfahrtskapelle ausmachen. Da es keine Umgehungsstraße gab, wurde der gesamte Verkehr durch das Ortszentrum hindurchgeführt. Linker Hand der Marktplatz, rechter Hand eine wuchtige romanisch anmutende Kirche, die Mauern des Chors waren kaum einen Meter entfernt.

Malbec schlängelte sich durch die Altstadt und entdeckte zwei Minuten später einen Wegweiser zum Cimetière. Schlagartig erinnerte er sich daran, dass ihm Cabanel bei ihrem Gespräch über die Affäre Dominici erzählt hatte, dass dort die Familie Drummond begraben liege. Intuitiv bremste er und bog nach links ab. Zwei Minuten später parkte er vor dem Friedhof von Forcalquier.

Schon in seiner Jugend war Malbec gern auf den Pariser Friedhöfen spazieren gegangen, hatte die Gräber der berühmten Maler, Dichter und Denker aufgesucht. Beckett, Sartre und Beauvoir am Cimetière du Montparnasse, Raymond Radiguet, Oscar Wilde und Edith Piaf auf dem Père Lachaise. Die Aura der Vergänglichkeit, die die manchmal schlichten, manchmal monumentalen Grabmäler umgab, faszinierte ihn. Einmal war er sogar nach einer Party in den frühen Morgenstunden mit ein paar Freunden über die abweisenden Friedhofsmauern geklettert, um mit klammen Fingern einen Joint am Grab von Jim Morrison zu rauchen.

Zu Malbecs Überraschung war der Cimetière von Forcalquier kein gewöhnlicher Dorffriedhof, sondern besaß eine ganz besondere Atmosphäre. Die haushohen Buchsbaumhecken waren labyrinthartig geschnitten und schlossen manchmal kleine Mausoleen ein.

Nach kurzer Suche hatte er das schlichte, mit Holzkreuzen geschmückte Familiengrab gefunden.

»Jack Drummond, Anne, his wife, and Elizabeth, their daughter. 5th August 1952. They were lovely and pleasant in their lives and in their death they were not divided«, war auf der Grabplatte eingraviert.

Es gab drei Holzkreuze, und erst vor wenigen Tagen musste jemand auf dem Grab drei Rosen abgelegt haben, zwei rote für die Eltern und eine gelbe vor dem Kreuz der zehnjährigen Tochter.

Malbec ging in die Hocke, hielt eine Minute inne und dachte an das tragische Ende der Familie Drummond und an das ungelöste Rätsel der Affäre Dominici. Im Tod vereint zu sein war letztlich auch nur ein schwacher Trost.

Dann stand er auf. Er musste weiter, die Zeit drängte.

NEUN

Gap war die kleinste Département-Hauptstadt Frankreichs und lag in einem breiten Talkessel, der von mehreren, über zweitausend Meter hohen Bergen eingerahmt wurde. Eine überschaubare Stadt mit vielen Vorzügen: sonnenverwöhnt und trocken im Sommer, während im Winter verschneite Gipfel und die Pisten der nahen Skigebiete lockten.

Es lag mehrere Jahre zurück, dass Malbec zuletzt in Gap gewesen war. Damals war er von Paris über Grenoble hinunter an die Côte d'Azur gefahren. Aus Interesse hatte er sich für die Route Napoléon entschieden, jene legendäre Strecke, die Napoléon Bonaparte im Jahre 1815 nach seiner Flucht aus Elba in einem siebentägigen Gewaltmarsch bewältigt hatte, um wenig später im Triumphzug nach Paris zurückzukehren. Wie jeder Franzose kannte Malbec diese Geschichte samt der sich daran anschließenden »Herrschaft der Hundert Tage« seit seiner Schulzeit. An Gap selbst konnte er sich kaum mehr erinnern.

Malbec hatte es eilig. Daher fuhr er nicht auf der mit der Route Napoléon identischen RN 85, sondern auf der Autobahn an Sisteron vorbei nach Norden. Die heutige Etappe der Tour de France führte über mehrere Alpenpässe hinunter nach Gap. Daher würden die Straßen, die von Nordosten nach Gap führten, gesperrt sein.

Malbec hoffte, dass er sich dem Etappenziel der Tour von Süden her gut nähern konnte. Doch schon vor dem Autobahnende bei Tallard geriet der Verkehrsfluss ins Stocken. Die letzten Kilometer auf dem Weg nach Gap standen die Fahrzeuge im Stau. Um an der Kolonne vorbei schnell ins Zentrum zu kommen, griff Malbec nach dem Blaulicht, setzte es auf das Dach und schaltete kurzerhand die Sirene ein.

Als Start- oder Zielort einer Etappe ausgewählt zu werden war für ein französisches Provinzstädtchen so bedeutend, als würde in Paris die nächste Olympiade stattfinden. Vom Sportjournalisten über den Masseur und den Fahrradmechaniker bis hin zum Radsportler gehörten mehr als viertausend Personen zum Tour-Tross. Nicht nur in einer Kleinstadt wie Gap führte dies dazu, dass das Alltagsleben beinahe vollkommen zum Erliegen kam. Die Altstadt sowie der Altstadtring waren für den Verkehr gänzlich gesperrt. *Rien ne va plus.* Wohnmobile säumten die Ausfallstraßen, viele Zelte standen auf einer zum provisorischen Campingplatz umfunktionierten Wiese. Alle Hotels in der Umgebung waren seit Monaten ausgebucht.

Die Tour de France war ein riesiges, kostenloses Volksfest. Angeheizt wurde das Spektakel von den bunt dekorierten Werbefahrzeugen der Sponsoren, skurrile Gefährte, von denen manche an Karnevalswagen erinnerten, während andere als rollende Getränkedosen oder mit Plastikfiguren auf dem Dach unterwegs waren. Unter großem Jubelgeschrei zog zuerst die *caravan publicitaire* an den Zuschauern vorbei und ließ Gummibärchen, Mützen, T-Shirts, Probepackungen und andere Werbegeschenke auf das Publikum regnen. Mit einem großen Abstand kam dann das von Motorrädern und Begleitfahrzeugen flankierte Fahrerfeld.

Dank des Blaulichts kam Malbec halbwegs schnell in Gap an. Er schüttelte nicht nur einmal den Kopf darüber, wie sich manche Autofahrer anstellten, einen Korridor freizuräumen, sondern regte sich mehrmals auf. Er hatte schon immer den Eindruck gehabt, dass viele Fahrer allein durch die Sirene in Panik gerieten und nicht mehr wussten, wie sie sich verhalten sollten. Statt eine Rettungsgasse zu bilden, bremsten sie nur hektisch ab und blockierten so den Verkehrsfluss.

Mit mehreren waghalsigen Manövern schlängelte er sich durch die Autokolonne. Zu allem Überfluss geriet er auch noch in eine Verkehrsabsperrung, aber die Kollegen waren sichtlich gelangweilt und winkten ihn durch, nachdem er seinen Dienstausweis gezeigt hatte.

Schnell wurde Malbec klar, dass es aussichtslos war, im

Zentrum von Gap nach einem Parkplatz zu suchen. Er hatte Mühe, in einer weit abgelegenen Nebenstraße irgendeine Lücke auszumachen, und quetschte sein Auto schließlich auf einen Grünstreifen neben eine Oleanderhecke. Um Ärger zu vermeiden, legte er vorsichtshalber eine Plakette mit der Aufschrift »Gendarmerie nationale« hinter die Windschutzscheibe.

Zu Fuß machte sich Malbec auf den Weg, obwohl er für alle Fälle sein Mountainbike im Auto verstaut hatte, um vor Ort mobiler zu sein.

Auf dem Weg zur Altstadt sah er immer wieder in die Luft: Mehrere Heißluftballons schwebten über dem Talkessel. Spätestens eine halbe Stunde vor der Zielankunft würden ein paar Hubschrauber über dem Ort kreisen, um die besten Bilder für die Live-Berichterstattung einzufangen. Allerdings würde das Rattern der Rotorblätter in der Hektik und dem ohrenbetäubenden Lärm der Radsportfans untergehen.

Keine Frage: In Gap herrschte Ausnahmezustand. Entlang der Zieleinfahrt waren breite Sicherheitsbarrieren aufgestellt, damit die Radsportfans nicht einfach auf die Straße stürmen konnten. Tribünen für Zuschauer, Funktionäre und Ehrengäste, daneben das zentrale, mit Werbung gepflasterte Podest, auf dem später der Etappensieger sowie der Führende in der Gesamtwertung und die Punktbesten geehrt werden würden, dominierten die am nördlichen Rand der Altstadt gelegene Place Alsace Lorraine. Über die Straßen waren bunte Werbebanner gespannt, die Namen der Sponsoren leuchteten groß und grell.

Im etwas versteckt gelegenen Pressezentrum gingen die Techniker emsig zu Werke. Zahlreiche nationale und internationale Radio- und Fernsehsender waren mit ihren Übertragungswagen vor Ort, schließlich war die Tour de France trotz aller Dopingskandale nach der Fußballweltmeisterschaft und der Olympiade das Sportereignis mit dem weltweit größten medialen Echo – was hohe Einschaltquoten und Werbeeinnahmen garantierte.

Malbec bahnte sich seinen Weg durch die Menschenmassen, darunter zahlreiche Kinder und Jugendliche, die aufgedreht herumliefen. Statt den Nachmittag mit Computerspielen zu verbringen, freuten sie sich über dieses besondere Ereignis, das für Abwechslung in den Schulferien sorgte. An verschiedenen Stellen des Altstadtrings waren Essens- und Getränkestände aufgebaut. An einer Ecke spielte eine Band, die zum Rahmenprogramm gehörte, einen Rockklassiker von Deep Purple oder Status Quo. Die Boxen wummerten.

Malbec lief weiter, die Musik wurde von Lautsprecherdurchsagen und dem Geräusch von Tröten und Rasseln übertönt.

Vincent Beuve stand auf der Place Jean Marcellin neben dem Brunnen, den sie als Treffpunkt vereinbart hatten, und blickte gelangweilt auf sein Handy. Trotz der vielen Menschen erkannte Malbec ihn sofort. Zwar war Beuve kleiner und kräftiger, als Malbec es vermutet hatte, aber er trug exakt den gleichen Bürstenhaarschnitt wie auf dem Porträtfoto, das er im Internet gesehen hatte.

Malbec begrüßte Beuve mit Handschlag und registrierte, dass sich ein Schweißfilm über dessen Stirn gelegt hatte.

Beuves Wangen waren gerötet, und aus der Tasche seines dezent karierten Hemdes lugten ein Notizblock und ein Diktiergerät hervor.

Malbec schlug vor, sich in eines der umliegenden Cafés oder Restaurants zu setzen. Angesichts des großen Trubels war es nicht verwunderlich, dass es auf den Terrassen keinen einzigen freien Platz mehr gab, aber im stickigen Inneren eines Eckbistros fanden sie noch einen Tisch, der gerade verlassen und noch nicht ganz abgeräumt worden war.

»Monsieur Beuve, es freut mich, dass Sie sich die Zeit nehmen, sich kurz mit mir zu treffen«, sagte Malbec, während sie auf den Service warteten.

»Die Freude teile ich nicht so ganz«, ließ ihn Beuve unverblümt wissen.

»Das kann ich verstehen, aber ich ermittle immer noch

zum Tod von Silvian Dupont, wie ich schon am Telefon angedeutet habe.«

»Ich weiß, aber was habe ich damit zu schaffen? Ich habe Monsieur Dupont das letzte Mal vor zwei oder drei Jahren gesehen, da er sich in der letzten Zeit von den großen Radsportereignissen ferngehalten hat.«

»Sie gehören ganz sicher nicht zum Kreis der Verdächtigen.«

»Da bin ich ja beruhigt«, antwortete Beuve lakonisch. »Ich brauch jetzt erst mal einen Pastis. Wollen Sie auch einen?«, fragte er und winkte die Bedienung heran, die sie bisher nicht beachtet hatte.

»Nein danke, ich nehme eine *noisette.*« Pastis – Malbec konnte dem Anisschnaps nichts abgewinnen. Egal, von welcher Marke. Schon oft hatte er sich deshalb anhören müssen, so würde er wohl nie ein echter Provenzale werden. Abgesehen davon, war ihm am Nachmittag ein starker Kaffee mit etwas Milch sowieso lieber.

»Möchten Sie auch etwas essen?«, fragte die angesichts des Gästeansturms sichtlich gestresste Bedienung. In der Hand hielt sie ein Körbchen mit ein paar aufgeschnittenen Baguettescheiben, denen anzusehen war, dass sie im Mund zu einer trockenen Masse verklumpen würden.

»Nein danke. Wir trinken nur kurz etwas.«

»Alles klar, kann aber noch dauern«, antwortete sie und machte auf dem Absatz kehrt.

»Sie haben ja einen Traumjob«, sagte Malbec, um die Stimmung aufzuhellen.

»Sportreporter?«, fragte Beuve, während er sich mit einem Taschentuch die Stirn abtupfte. Er lachte herablassend. »Und ich dachte bei all den Krimiserien immer, Ermittler bei der Mordkommission würde auf der Beliebtheitsskala ganz oben stehen.«

»Nein, Sportreporter ist besser. Es gibt keine Toten, und man ist immer dicht am Geschehen, bei der Fußballweltmeisterschaft sitzt man direkt auf der Haupttribüne, oder man ist bei der Tour de France mit dem Peloton unterwegs, mitten im Radsportzirkus, kennt alle Sportstars, führt ein paar Interviews, schreibt anschließend einen Artikel und debattiert abends mit den Kollegen in einem Restaurant bei einem Glas Rotwein über den Rennverlauf, während man sich dabei mit einem leckeren *bœuf bourguignon* den Bauch vollschlägt«, philosophierte Malbec.

»Nein, nein, da haben Sie ganz falsche Vorstellungen«, entgegnete Beuve kritisch. »Die Arbeit ist ziemlich stressig. Ständig Termindruck, und immer ist man auf der Suche nach einer außergewöhnlichen Geschichte und Insiderinfos. Das Ganze muss dann in den Zeiten von Twitter und Facebook am besten noch möglichst schnell online stehen, sonst funkt Ihnen ein Leserreporter dazwischen und postet seine Handybilder. Aber vielleicht sollten wir einmal den Job tauschen?«, schlug Beuve vor. »Ich wollte schon immer mal auf Verbrecherjagd gehen.«

»Das wäre eine gute Idee, aber da würde die staatliche Bürokratie nicht mitspielen. Und meine Texte würde wohl auch niemand lesen wollen.«

Beide lachten.

»Doch lassen Sie mich auf Silvian Dupont zurückkommen«, sagte Malbec wieder ernst. »Sie haben sich sicher gefragt, warum ich mich unbedingt mit Ihnen unterhalten wollte. Zum einen gelten Sie als ausgesprochener Radsportfachmann und Kenner der Szene. Soweit ich weiß, berichten Sie schon seit Jahrzehnten über die Tour.«

Beuves Augen blitzten. »Ja, 1991 war ich erstmals dabei. Damals gewann Miguel Induráin seine erste Tour und legte damit den Grundstein für seine Karriere«, erwähnte er nicht ohne Stolz und strich sich versonnen mit der linken Hand über seinen feisten Kugelbauch.

»Sie verfügen daher nicht nur über einen großen Erfahrungsschatz, sondern auch über viele Insiderinfos, und deshalb hoffe ich, dass Sie mir mit Ihren Verbindungen weiterhelfen können. Wussten Sie übrigens, dass Silvian Dupont große Stücke auf Sie hielt und Sie in seiner geplanten Autobiografie lobend erwähnte?«, fragte Malbec, um Beuve aus der Reserve zu locken.

»Nein. Aber das wird jetzt leider niemand mehr lesen.«

»Dupont schätzte Ihre pragmatische Einstellung zum Thema Doping – das ist ein weiterer Grund, weshalb ich Sie sprechen wollte.«

»Dann schießen Sie mal los.«

»Kennen Sie Pascal Arrambide?«

»Arrambide? Selbstverständlich. Wer kennt ihn nicht? Pascal Arrambide gehört seit Jahren zu den bekannten Gesichtern der Radsportszene. Früher war er Leiter vom Team Lotto2000, heute ist er Vizepräsident der Fédération Française de Cyclisme und gilt als aussichtsreicher Kandidat für die Nachfolge von Christian Prudhomme als Direktor der Tour. Ich habe ihn erst gestern Abend gesehen. Wie viele Funktionäre begleitet auch er den Tour-Tross. Ich habe mit ihm schon so manchen Abend an der Bar eines Provinzhotels verbracht.«

»Entschuldigung …« Die Bedienung setzte das Tablett am Rand des Tisches ab, um diesen erst mit einem blauen Lappen hektisch zu säubern, bevor sie den Männern die Getränke hinstellte.

Beuve griff zur Karaffe und verlängerte seinen Pastis mit Wasser, so dass er die typische milchige Farbe annahm.

Malbec wartete, bis Beuve einen ersten Schluck genommen hatte. »Können Sie sich vorstellen, dass es zwischen Pascal Arrambide und Silvian Dupont irgendwelche Spannungen gegeben hat?«

»Soweit ich gehört habe, sollen sich die beiden nicht verstanden haben. Dupont fuhr mal eine Saison für Arrambides Rennstall. Es soll damals Streitereien um die Hierarchie im Team sowie ausstehende Gehälter gegeben haben – doch über die Hintergründe kann ich nur spekulieren.«

Malbec nahm einen halben Teelöffel Zucker und verrührte ihn in seinem Kaffee.

»Sollten Sie ihn verdächtigen, so muss ich Sie allerdings enttäuschen«, fügte Beuve hinzu. »Arrambide hatte vor drei Monaten einen schweren Autounfall und lag danach wochenlang im Krankenhaus.«

»Sind Sie sich sicher?«, fragte Malbec überrascht.

»Ganz sicher. Der Unfall ereignete sich am 11. Mai. Das weiß ich deswegen so genau, weil meine Frau an diesem Tag ihren siebenundfünfzigsten Geburtstag gefeiert hat. Ich habe von dem Unfall erfahren, kurz bevor ich die Redaktion verließ. Der Vorfall trübte meine Stimmung, und ich musste mehrfach an Arrambide denken, als wir am Abend gemeinsam mit unseren Kindern in einem Restaurant saßen.«

Malbec nippte nachdenklich an seinem Kaffee. Da es keinen Grund gab, Beuves Angaben in Zweifel zu ziehen, schied Pascal Arrambide als Tatverdächtiger eindeutig aus.

»Sagt Ihnen das Kürzel JMT irgendetwas?«

»JMT? Was soll das sein?«

»Wahrscheinlich eine Person aus der Radsportwelt.«

»JMT?«, wiederholte Beuve.

»Ja, irgendjemand, gegen den Dupont belastendes Material in der Hand gehabt haben könnte.«

»Mmh, ich glaube, da muss ich wohl passen«, sagte Beuve, nachdem er eine Weile angestrengt nachgedacht hatte.

In diesem Moment piepte es. Umgehend nahm er sein *portable* aus der Hosentasche und las eine Textnachricht. »Jetzt muss ich aber endgültig los. In einer halben Stunde wird die Zielankunft erwartet. Es tut mir leid, dass ich Ihnen nicht weiterhelfen konnte.« Er trank hastig seinen Pastis aus und stützte seine Hände auf den Tisch. »Sie entschuldigen mich?«

Malbec nickte. Er wollte Beuves Geduld nicht überstrapazieren, bedankte sich für das Gespräch und reichte ihm eine Visitenkarte, sollte ihm doch noch etwas einfallen. Dann suchte er in seinem Geldbeutel und legte sieben Euro in die grüne Plastikschale mit dem Kassenbeleg.

»Chris Froome fährt in der Spitzengruppe und dürfte wieder sein Gelbes Trikot verteidigen«, ließ ihn Beuve nach einem erneuten Blick auf sein Smartphone wissen, während sie auf die Terrasse hinaustraten. Dann berührte er spontan Malbecs Oberarm.

Malbec sah ihn irritiert an.

»*Mon Capitaine*, jetzt ist mir doch noch etwas eingefallen. Könnte mit JMT vielleicht der Sportminister Jean-Michel Trouchet gemeint sein?«

»Jean-Michel Trouchet?«, fragte Malbec überrascht.

»Ja, intern wird der manchmal als JMT bezeichnet. Allerdings muss das nichts bedeuten. Ein Radsportler war er aber definitiv nie.«

»Ich werde der Sache nachgehen. Danke für den Hinweis.«

»Gern geschehen. Übrigens: Jean-Michel Trouchet wird heute auch in Gap sein.«

»Ach wirklich?«

»Ja, als Sportminister lässt er sich gern bei Großveranstaltungen blicken. Das schmeichelt seinem Ego. Soweit ich weiß, soll er in einem Begleitfahrzeug sitzen und mit dem Peloton ankommen. Wenn Sie möchten, werden Sie ihn später sicherlich leicht finden: Sobald Trouchet irgendwo eine Kamera sieht, wird er von ihr geradezu magisch angezogen. So, jetzt muss ich aber endgültig los«, beschied Beuve, hob die rechte Hand zu einem angedeuteten Gruß und schlängelte sich trotz seines Bauchumfangs wie ein Kugelblitz durch das Getümmel.

»Nochmals danke!«, rief ihm Malbec hinterher.

***

Jean-Michel Trouchet. Der Name hallte in Malbecs Ohren nach. Eigentlich wollte er den Hinweis gleich wieder verwerfen. Trouchet als Tatverdächtiger – das wäre mehr als eine Sensation!

Er kannte Trouchet aus zahlreichen Fernseh- und Zeitungsberichten. Er war früher Leichtathlet gewesen und hatte – soweit Malbec sich erinnern konnte – als Mittelstreckenläufer bei den Olympischen Spielen eine Silber- oder Bronzemedaille gewonnen. Später wechselte er dann in die Politik und wurde als Abgeordneter in die Nationalversammlung gewählt.

Trouchet war ein typischer Vertreter jener aalglatten Politikerzunft, die es verstand, sich geschickt durch die Parteiinstanzen zu manövrieren und die eigene Meinung den jeweiligen populistischen Stimmungen anzupassen. Er blieb oft indifferent und war daher mit seinen politischen Ansichten schwer zu fassen. Ein Opportunist wie aus dem Bilderbuch.

Wenn Malbec ehrlich war, würde er ihm zwar zutrauen, in einen Korruptionsskandal verwickelt zu sein oder seine Ehefrau zur persönlichen Mitarbeiterin zu erklären und diese damit illegal auf Staatskosten zu beschäftigen – aber einen Mord?

Malbec brauchte unbedingt weitere Hintergrundinformationen zu Trouchet. Mit seinem Smartphone kam er allerdings nicht über den entsprechenden Wikipedia-Eintrag hinaus. Wenn ihm da jemand auf die Schnelle helfen konnte, dann war das wohl Sous-Lieutenant Taurel.

Malbec versuchte, dem Menschengetümmel auf der Place Jean Marcellin zu entkommen, um ungestört telefonieren zu können.

Im Hinterhof eines Brillengeschäftes rief er Taurel an und trug ihm unter dem Mantel der Verschwiegenheit auf, möglichst schnell alle verfügbaren Informationen zu Jean-Michel Trouchet zu sammeln. Und zwar nicht nur in privater Hinsicht, er solle sein Augenmerk vor allem auf mögliche Verbindungen zur Radsportszene legen und ihm seine Rechercheergebnisse umgehend durchgeben.

Anschließend rief er Duponts Lektor Alain Soulet an und fragte ihn, ob er sich vorstellen könne, dass sich Jean-Michel Trouchet hinter dem Kürzel JMT verberge.

»Der Sportminister?«, fragte Soulet ungläubig.

»Ja, der Sportminister. Könnte es da irgendeine Verbindung zu Silvian Dupont geben?«

»Möglich ist alles, aber bisher ist der Name Trouchet nie explizit gefallen. Da muss ich wirklich passen. Letztlich weiß ich auch nicht viel mehr als das, was in den Probekapiteln gestanden hat.«

Während Malbec schweigend nachdachte, fügte Soulet hinzu: »Abgesehen davon, möchte ich mir aber auch keinen Ärger einhandeln.«

***

Um die Zeit zu überbrücken, ließ sich Malbec durch Gap treiben. Als er an einem Getränkestand vorbeilief, bestellte er kurz entschlossen eine sündhaft teure Coke Zero. Er wunderte sich selbst, aber zwei- oder dreimal im Jahr überkam ihn dieses eigenartige Verlangen.

Während die eiskalte Cola seine Kehle hinunterlief und er fast Schluckauf bekam, beobachtete Malbec ein paar Jungs, die mit ihren BMX-Rädern Kunststücke übten. Schwungvoll warf er die leere Dose in einen Abfallkorb und ging weiter.

Je näher er der Place Alsace Lorraine kam, desto dichter wurde das Gedränge und desto höher der Geräuschpegel. Die Zuschauer fieberten der Zielankunft entgegen. Rasseln und Wimpel wurden geschwungen. Mehrere Leute hielten die französische Nationalflagge hoch.

Angesichts des Lärms wurde Malbec schnell klar, dass dies der falsche Platz war, um in Ruhe zu telefonieren. Sorgenvoll blickte er auf das Display seines Smartphones, um sich zu vergewissern, dass er Taurels Anruf nicht schon verpasst hatte, und suchte sich einen ruhigeren Platz am Rande der Altstadt. Es ärgerte ihn, dass er nun doch nicht bei der Zielankunft dabei sein würde.

Geduld war nicht gerade Malbecs Stärke. Er stand in einer Seitenstraße und scharrte unruhig mit den Füßen. Endlich vibrierte sein Telefon.

»Chef, das war in der kurzen Zeit nicht ganz einfach, aber ich hoffe, ich habe da ein paar hilfreiche Infos zusammengetragen«, sagte Taurel entschuldigend, nachdem Malbec das Gespräch angenommen hatte.

»Spannen Sie mich nicht auf die Folter, Taurel!«

»Fakt ist: Trouchet hat bei den Olympischen Spielen in Los Angeles eine Silbermedaille im Achthundert-Meter-Lauf gewonnen. Er war damals der einzige europäische Läufer im Finale. Nach einer langwierigen Verletzung der Achillessehne hat er seine aktive Sportlaufbahn dann früh beendet und sein Medizinstudium abgeschlossen. Bis vor zehn Jahren arbeitete er als selbstständiger Internist, dann ist er nach einem kurzen Zwischenspiel als Unternehmensberater endgültig in die Politik gewechselt. Dort gilt er als Mitglied der UMP als ebenso gut vernetzt wie ambitioniert. Schon mehrfach wurde er als Anwärter für höhere Ämter gehandelt. Verheiratet ist Trouchet mit Raphaela Béart, einer ehemaligen Schweizer Schönheitskönigin, gemeinsam haben sie zwei Töchter. Es ist übrigens seine dritte Ehe.«

»Okay, das war die Kurzform. Aber es gibt doch sicherlich noch ein paar Flecken auf seiner Weste? Einen kleinen Skandal? Oder vielleicht einen Ladendiebstahl in der Jugend?«

»Richtig, Chef. Mit einem Ladendiebstahl kann ich zwar nicht dienen, dafür aber mit einer weiteren Tochter aus einer früheren Beziehung und einem uralten Fahrverbot wegen überhöhter Geschwindigkeit – aber das wird Sie nicht sonderlich interessieren.«

»Taurel, kommen Sie auf den Punkt!«

»Also, Chef, meist geht es um seine Politikerkarriere. Politikjournalisten sind sich sicher, dass das Sportministerium für Trouchet nur ein Sprungbrett ist, um sich für höhere Aufgaben zu qualifizieren. Angeblich liebäugelt er mit einem Wechsel ins Wirtschaftsministerium. Andere Quellen besagen, er sei für ein neues Superministerium vorgesehen, das neben Sport auch für Jugend, Frauenrechte sowie für Stadtplanung zuständig sein soll.«

Malbec brummte angespannt.

»Dann habe ich mich noch, soweit es jedenfalls auf die

Schnelle ging, in diverse Netzwerke eingehackt und bin auf interessante ältere Dokumente gestoßen, die von einem mysteriösen Vorfall berichten. Wussten Sie, dass Trouchets erste Ehefrau 1998 an der spanisch-französischen Grenze mit Wachstumshormonen sowie einer größeren Menge Recormon und Mircera erwischt worden war?«

»Recorwas?«

»Recormon und Mircera – beides sind Arzneimittel, die hauptsächlich gegen Anämie bei chronischen Nierenerkrankungen eingesetzt werden, aber auch bei Ausdauersportlern beliebt sind, weil damit die Zahl der roten Blutkörperchen ebenso schnell wie deutlich erhöht werden kann.«

»Aha.«

»Dann gibt es noch ein paar Ungereimtheiten. Trouchets erste Ehefrau gab bei der Vernehmung an, sie hätte die Medikamente für die Praxis ihres Mannes in Spanien besorgt, weil sie dort günstiger seien. Das Ganze hat man ihr zwar nicht abgenommen, seltsamerweise kam es aber nicht zu einer Anklage, obwohl die Einfuhr rezeptpflichtiger Medikamente verboten ist – noch dazu in solchen Mengen. Das Verfahren wurde gegen Zahlung einer Geldsumme eingestellt.«

»Das klingt, als wäre eine einflussreiche schützende Hand im Spiel gewesen«, mutmaßte Malbec.

»Über die Hintergründe konnte ich nichts in Erfahrung bringen. Aber es scheint, als habe Trouchet seine früheren Sportkontakte genutzt. Er behandelte in seiner in Montpellier gelegenen Praxis vorrangig Privatpatienten, darunter wohl auch den einen oder anderen Spitzensportler.«

»Wie haben Sie das alles so schnell herausbekommen?«, fragte Malbec sichtlich beeindruckt.

»Das wollen Sie wahrscheinlich gar nicht so genau wissen.«

»Danke, Taurel. Sollten Sie noch etwas aufspüren, schicken Sie mir doch bitte eine Mail oder eine SMS.«

Malbec lief wieder zurück in Richtung Place Alsace Lorraine, wo das Tourspektakel bereits in vollem Gange war. Mit

Mühe gelang es ihm, sich in Richtung Ziellinie vorzuschieben, was aufgrund seiner Körpergröße ein schwieriges Unterfangen war.

Nicht nur der Platz, auch die Fenster und die Balkone der umliegenden Häuser waren dicht belagert. Die Fassaden der den Platz umrahmenden Häuser glänzten in der Sonne. Selbst auf den Ästen der Platanen saßen Radsportfans. Handys, Tablets und Kameras wurden in die Höhe gehalten. Ganz vorn neben der VIP-Tribüne drängten sich Kamerateams und Pressefotografen mit ihren Objektiven.

Schließlich fand Malbec eine Stelle, von der er über die Köpfe der besser platzierten Zuschauer hinweg einen schmalen Blick auf das Renngeschehen erhaschen konnte. Der Lärmpegel schwoll an – und dann ging es Schlag auf Schlag.

Erst rasten mehrere Motorräder mit Kameramännern vorbei, dann folgte das Red Car der Tourleitung.

Obwohl er nur Zuschauer war, spürte Malbec, wie das Adrenalin durch seinen Körper strömte.

Dann flog die Spitzengruppe pfeilschnell heran, und die Fahrer drückten sich beim Endspurt Kopf an Kopf über die Ziellinie.

Jubel, Applaus und großes Getöse.

Der Lautsprecherkommentator überschlug sich vor Begeisterung. Der Name des Siegers wurde mehrfach genannt. Es war ein Norweger, von dem Malbec noch nie gehört hatte.

In den nächsten Minuten überquerten die restlichen Radfahrer in größeren und kleineren Gruppen mit ihren bunten Helmen die Ziellinie, dazwischen fuhren immer wieder die Begleitfahrzeuge mit ihren Ersatzfahrrädern sowie Polizeimotorräder. Alles ging so schnell, dass Malbec nicht einmal Chris Froome im Maillot Jaune erkennen konnte. Glücklicherweise war in Malbecs Nähe eine große digitale Leinwand aufgebaut, so dass er den Zielspurt nochmals verfolgen konnte. Mehrmals wurde in Zeitlupe eingeblendet, wie der Norweger einen Vorsprung von zehn Zentimetern über die Ziellinie retten konnte.

Gebannt beobachtete Malbec das Szenario. Im Zielraum herrschte noch immer Karnevalsstimmung. Allmählich orientierten sich die Zuschauer zu dem Podest hin, auf dem die Siegerehrung stattfinden sollte. Malbec ließ sich mittreiben. Oder besser: Er wurde mitgeschoben. Aus einiger Entfernung beobachtete er das Prozedere.

Der Etappensieger erhielt einen Blumenstrauß, den Führenden der Berg- und Sprintwertung wurde das Gepunktete und das Grüne Trikot übergestreift, Chris Froome ließ sich im Gelben Trikot feiern. Nochmals brandete lauter Applaus auf, dann war die Siegerehrung zu Ende.

Malbec drehte den Kopf zur Seite und bemerkte, dass das Zeitmessteam begann, sein Equipment abzubauen. Reibungslos griffen geschickte Hände ineinander. Eine für die Tourtechniker alltägliche Routinearbeit.

Inzwischen war es wieder möglich, sich frei über den Platz zu bewegen, da sich viele Schaulustige bereits verteilt hatten. Dennoch war die Stimmung ausgelassen, und die Gesichter der meisten Zuschauer strahlten noch immer vor Euphorie.

Malbec wusste, dass nach der Siegerehrung die offiziellen Vertreter und ein paar Fahrer im Pressezentrum zusammenkamen, um sich den Fragen der Presse zu stellen. Sein Dienstausweis öffnete ihm die Türen. Wahrscheinlich hätte er sogar Catherine im Windschatten mit sich ziehen und sie als seine Kollegin vorstellen können.

Er verfolgte die Interviews, Mikrofone wurden in die Höhe gereckt, dazu das Blitzlicht zahlreicher Kameras. Mehrfach ließ er seinen Blick über die Menschenmenge schweifen, doch nach Jean-Michel Trouchet hielt er vergeblich Ausschau. Nebenbei erfuhr er, dass am Abend ein offizieller Empfang der Stadt Gap geplant war, zu dem Ehrengäste und etliche örtliche Honoratioren eingeladen waren.

Malbec befürchtete, dass der Fall eine Nummer zu groß für ihn war. Sobald der Name Trouchet im Raum stand, würden alle versuchen, in Deckung zu gehen. Niemand würde sich die Finger verbrennen wollen, schließlich konnte das der eigenen Karriere empfindlich schaden.

Da Malbec keine Ermittlungsbefugnis hatte, bewegte er sich auf brüchigem Eis. Hinzu kam, dass bisher alles nur reine Spekulation war. Ohne schlagkräftige Verdachtsmomente waren ihm die Hände gebunden. Zwar hätte er Trouchet am liebsten direkt mit den Morden am Mont Ventoux konfrontiert, um zu sehen, wie er reagierte. Würden seine Mundwinkel verdächtig zucken, oder würde er diesen Vorwurf galant abperlen lassen? Aber das konnte er sich nicht erlauben – zudem wäre es zum jetzigen Zeitpunkt kontraproduktiv gewesen. Bis auf einen vagen Anfangsverdacht und eine wackelige Hypothese hatte er nichts vorzuweisen. Wenn er sich vergaloppierte, würde dies mit Sicherheit eine Dienstaufsichtsbeschwerde nach sich ziehen.

Nach der Pressekonferenz warf Malbec einen Blick auf seine Uhr: Bis zu dem abendlichen Empfang blieben ihm noch fast zwei Stunden.

Er lief zum Auto zurück. In weiser Voraussicht hatte er eine kleine Reisetasche mit ein paar notwendigen Utensilien für eine Übernachtung gepackt.

Er sah sich kurz um, ob ihn jemand zwischen dem Auto und der Oleanderhecke sehen konnte, dann tauschte er sein verschwitztes T-Shirt gegen ein frisches, seriöses Hemd und zog eine dunkle lange Hose an. Den Wagen parkte er auf einem inzwischen frei gewordenen legalen Parkplatz, öffnete die Heckklappe und holte sein Mountainbike und einen Vorderreifen heraus. Mit geübtem Griff befestigte er den Reifen in Sekundenschnelle in der Gabel des Vorderrads.

In der verbleibenden Zeit wollte er Gap erkunden. Er radelte einen kleinen Hang hinunter, fuhr in einem Bogen ins Zentrum und ließ sich treiben.

Am Ende einer schäbigen, bröckelnden Wand, auf die ein inzwischen kaputter Zaun aufgesetzt worden war, entdeckte er eine verblichene Cinzano-Werbung. Der Schriftzug war auf einem rot-blauen, diagonal geteilten Hintergrund aufgemalt, wobei der Putz im unteren Teil schon abblätterte, aber die Buchstaben waren immer noch gut lesbar.

Malbec bremste und hielt an. Er holte sein Smartphone heraus und fotografierte die Wand aus verschiedenen Perspektiven. Er liebte diese *murs réclames*, die einst in ganz Frankreich verbreitet gewesen waren, die man heute aber fast nur noch im Süden des Landes vorfand. Mit Glück entdeckte man hier und da noch ein paar dieser verzierten Häuserfassaden. Diese längst vergessenen Botschaften, die meist für alkoholische Getränke, mal für eine Wermutmarke wie Cinzano, manchmal für einen *vin tonique* wie Dubonnet, aber auch für Banken, Zeitungen oder Schokolade von Chocolat Menier warben, strahlten mit ihrer Antiquiertheit eine besondere Atmosphäre aus.

Schon in seinen ersten Jahren, als Malbec noch in Marseille wohnte, hatte er begonnen, diese Wände mit der Kamera festzuhalten. Seither hielt er jedes Mal an, wenn er irgendwo in der Provence unterwegs war und eine der meist aus den dreißiger und fünfziger Jahren stammenden *murs réclames* entdeckte. Nostalgisch sonnenverblasste Zeugnisse einer Zeit, in der die Warenwelt noch überschaubar gewesen war. Bisher gab es zu Malbecs Bedauern kein Bestreben, die Wände als einzigartiges kulturelles Zeugnis unter Denkmalschutz zu stellen. Stattdessen wurden sie oft zusammen mit den baufälligen Häusern abgerissen oder von Ignoranten übermalt, so wie unlängst in Saint-Maximin-la-Sainte-Baume, als im Zentrum des Ortes eine großflächige Dubonnet-Werbung bei Renovierungsarbeiten gedankenlos übertüncht worden war.

Im Geheimen plante Malbec, irgendwann einen Bildband zu veröffentlichen oder seine Fotosammlung wenigstens auf einer Homepage im Internet zu präsentieren.

Er schob sein Smartphone in die Hosentasche und fuhr weiter. Entlang des Altstadtrings lagen im Rinnstein und auf den Gehwegen zahllose zerknüllte Pappbecher, Dosen und Werbematerialien. Erste Aufräumarbeiten waren schon im

Gange, Absperrungen wurden abgebaut und krachend auf einen Lastwagen verladen.

Obwohl sich Gap ein altertümliches Aussehen bewahrt hatte, fiel Malbec auf, dass es weder mittelalterliche Häuser noch viele historische Sehenswürdigkeiten im Zentrum der Stadt gab. Statt einer Stadtmauer gab es nur einen vom Verkehr umtosten Boulevard. Wie er auf einer Infotafel las, war dies dem Umstand geschuldet, dass die Stadt während der Religionskriege mehrfach als Kriegsschauplatz gedient hatte und von den Truppen des Herzogs von Savoyen in Schutt und Asche gelegt worden war. Beim Wiederaufbau hatte man sich anscheinend an dem alten Straßenverlauf orientiert. Malbecs Vermutung wurde wenig später von einem historischen Stadtplan bestätigt, der die ockerfarbene Giebelwand eines Hauses zierte. Selbst die Kathedrale war nur ein dem Geist des Historismus entsprungener Bau, der im bunten Stilmix byzantinische, romanische und gotische Elemente vereinte.

Als er im Café saß, rief ihn Sous-Lieutenant Taurel nochmals an und berichtete, dass Trouchet seine Praxis nach dem Medikamentenskandal verkauft hatte und nach Paris gezogen war. Seither hatte er nicht mehr als Arzt gearbeitet.

Nachdem er seinen Kaffee ausgetrunken hatte, fuhr Malbec zum Hôtel de Ville, wo in einem angegliederten Festsaal der abendliche Empfang stattfinden sollte.

Vor dem Rathaus stand eine große Menschentraube und begehrte Einlass. Aus mehreren Cateringwagen wurden Getränke und diverse Häppchen ausgeladen. Malbec sperrte sein Rad an einen Laternenpfosten und beobachtete das Geschehen noch eine Weile, bevor er zum Eingang schlenderte. Sicherheitsleute kontrollierten die Zugangsberechtigung, Malbec zeigte seinen Dienstausweis einem bärtigen Wachmann, der ihm seltsam vielsagend zunickte.

Gemächlich stieg er die Treppen zum Festsaal hinauf, der bereits gut gefüllt war. Eine Servicekraft hielt ihm ein Tablett mit Getränken entgegen. Malbec entschied sich für einen

Orangensaft, trank einen Schluck und verfolgte den weiteren Ablauf vom hinteren Teil des Saales aus. Er hatte einen guten Überblick und konnte zu seiner Überraschung sogar Cédric Chasseur, Duponts ehemaligen Partner, unter den Gästen ausmachen.

Beginnend mit zwei halbwegs kurzweiligen Ansprachen, erst vom Bürgermeister und anschließend von Christian Prudhomme, der sich als Tourdirektor bei den Verantwortlichen der Stadt Gap für die reibungslose Vorbereitung und die tolle Ausrichtung der Etappe bedankte, wurde mit der Eröffnung des Büfetts der gemütliche Teil des Abends eingeläutet. Irritiert beobachtete Malbec, dass sofort ein paar Menschen losstürmten, um sich als Erste ihren Teller zu beladen.

Es hatte sich ein buntes Publikum im Festsaal versammelt, neben lokalen Würdenträgern waren auch mehrere prominente Radsportler unter den geladenen Gästen. Malbec erkannte die ehemaligen Toursieger Bernard Hinault und Laurent Fignon, um die sich die üblichen Bewunderer scharten. Auch Vincent Beuve war in ein angeregtes Gespräch vertieft.

Endlich entdeckte Malbec auch Jean-Michel Trouchet, der sich händeschüttelnd mit einem breiten Lächeln durch die Menschen schob, hier und da kurz stehen blieb und ein paar Worte wechselte.

Trouchet war an seinem schwarzen, streng nach hinten gegelten Haar leicht zu erkennen. Er trug ein dunkelblaues Jackett und ein weißes Hemd, trat aber bewusst leger auf, da er auf eine Krawatte verzichtet hatte. Zwei Männer und eine Frau hielten sich immer in seiner Nähe auf, und es wirkte so, als sei er von einer kleinen Entourage umgeben.

Malbec stellte sich an einen strategisch günstigen Stehtisch und beobachtete ihn unauffällig, aber konzentriert.

Trouchet war größer, als er ihn sich vorgestellt hatte. Vor allem gegenüber weiblichen Gesprächspartnern war er sehr zuvorkommend und charmant. Er genoss es sichtlich, im Mittelpunkt zu stehen. Immer wieder trat jemand an ihn heran, mit dem er einen kurzen Small Talk führte, wobei er, falls sein

Gegenüber ein Mann war, diesen fast immer mit seiner linken Hand an die rechte Schulter fasste, gerade so, als wolle er sich mit ihm verbrüdern oder ihn für sich einnehmen.

Malbec hatte von vornherein geahnt, dass er in diesem Rahmen erst gar keinen Versuch zu starten brauchte, Trouchet anzusprechen. Es wäre absurd gewesen, ihn hier zu seinem Verhältnis zu Silvian Dupont oder zu den Morden am Mont Ventoux zu befragen. Kurz dachte er daran, sich als Journalist auszugeben und Trouchet vorzugaukeln, er würde an einer Biografie über Silvian Dupont schreiben, aber die Idee verwarf er rasch wieder. Stattdessen umkreiste er den Sportminister wie ein Wolf, der eine vielversprechende Fährte aufgenommen hatte, indem er seinen Standort mehrfach wechselte, bis er sich schließlich in seiner unmittelbaren Nähe befand.

Ihm fiel Trouchets sonore Stimme auf, als er ein paar Wortfetzen am benachbarten Stehtisch aufschnappte, in denen es um eine bevorstehende Neuregelung der olympischen Sportförderung ging.

Trouchet beugte sich zu dem jüngeren seiner Begleiter hin und flüsterte ihm etwas ins Ohr, woraufhin dieser zum Büfett ging, um ihm einen Teller mit provenzalischem Fingerfood und ein Glas Wein mitzubringen. Trouchet nippte mehrfach am Rotwein und aß zwei, drei Häppchen, während er seine Unterhaltung über die Sportförderung fortsetzte, was Malbec mit knurrendem Magen registrierte. Dann gab Trouchet noch ein kurzes Interview, begrüßte den Bürgermeister und strahlte mit Christian Prudhomme händeschüttelnd in das Kamerablitzlicht.

Einer spontanen Eingebung folgend, nutzte Malbec die Situation, ging mit zwei schnellen Schritten an dem Stehtisch vorbei, streckte den Arm aus und nahm Trouchets halb leeres Weinglas unauffällig an sich. Als er sich dem Ausgang näherte, bemerkte er Chasseurs Blick …

***

Obwohl er nur drei Stunden geschlafen hatte, war Malbec hellwach, als er ins Commissariat kam.

Wie eine Trophäe hatte er am Vorabend das Weinglas in der Hand gehalten und es schließlich in einer Plastiktüte aus dem Rathaus getragen. Fast wäre es ihm noch auf den Boden gefallen, als ihn ein Autofahrer beim Abbiegen übersehen hatte. In letzter Sekunde war Malbec dem Auto ausgewichen, indem er fluchend den Fahrradlenker herumgerissen hatte.

Da alle Hotels rund um Gap sowieso restlos ausgebucht waren und er niemanden kannte, bei dem er hätte wohnen können, hatte er erst überlegt, sich in Forcalquier oder Manosque ein Zimmer zu suchen, doch dann hatte er sich entschieden, noch in der Nacht zurück nach Calmont-les-Fontaines zu fahren. Die Fahrt über die kurvigen Landstraßen war anstrengend gewesen, obwohl es nur wenig Verkehr gegeben hatte.

Malbecs Hoffnungen ruhten auf dem Weinglas und dem Ergebnis des DNA-Abgleichs. Er wusste: Selbst wenn Trouchet der Mörder war, hatte er bei einem negativen Ergebnis nicht das Geringste gegen ihn in der Hand. Malbec hoffte daher auf eine Übereinstimmung mit den Proben vom Tatort. Die Spuren am Weinglas sollten dafür mehr als ausreichend sein, selbst Trouchets Fingerabdrücke ließen sich damit sichern und vergleichen.

Schnurstracks ging Malbec ins Labor der Spurensicherung. Durch die Glastür sah er Bernard Réval, der gerade sein linkes Auge auf das Okular eines Mikroskops presste. Mit seinen früh ergrauten Haaren und dunklen Augenbrauen erinnerte der Leiter der Spurensicherung Malbec stets an George Clooney, doch seine Vorliebe für langweilige Beigetöne und billige Konfektionsware schmälerten den Gesamteindruck erheblich. Vor allem seine gemusterten Strickwesten sorgten intern häufig für liebevollen Spott.

Malbec ging zwei Türen weiter, wo Chantal Kleber ihren Arbeitsplatz hatte. In Anbetracht der sommerlichen Temperaturen trug sie nur ein schwarzes Top. Anerkennend bewunderte Malbec ihre gut definierte Schulter- und Armmuskulatur.

»Chantal«, flüsterte er verschwörerisch. »Ich weiß, ich stehe schon knietief in deiner Schuld, aber könntest du mir vielleicht noch einen klitzekleinen Gefallen erweisen?«

»Olivier, ich habe wirklich viel zu tun und weiß eigentlich gar nicht, wo mir der Kopf steht. Außerdem ziehe ich am Wochenende um, daher will ich nicht so spät nach Hause, da ich noch ein paar Kisten packen muss«, entgegnete Chantal und hielt ihm beide Hände mit abgespreizten Fingern entgegen.

Malbec ging auf ihren Einwand nicht ein, zog das Weinglas aus einer Plastiktüte und hielt es in die Höhe. »Könntest du dir dieses Glas bitte einmal genauer ansehen?«

Sie sah ihn abwartend an.

»Es wäre wirklich wichtig ...«

»... und am besten so schnell wie möglich«, schnitt sie ihm das Wort ab.

»Das wäre wirklich toll!«

»Ich vermute ...«

»Richtig.«

»Dann will ich mal sehen, was sich machen lässt, aber du weißt schon: Du schuldest mir einen Gefallen ...«

»Ja, noch eine Essenseinladung?«

»Nein.«

»Sondern?«

»Nun, mir fehlt für Samstag noch ein Umzugshelfer«, erwiderte sie mit einem breiten Grinsen.

»Das ist nicht dein Ernst?«

»Doch!«

***

Sous-Lieutenant Taurel legte einen Zettel mit der Adresse und Rufnummer von Trouchets Ex-Frau auf Malbecs Schreibtisch.

»Vielen Dank«, entgegnete Malbec.

»Keine Ursache. Das war eine Kleinigkeit. Wo ist eigentlich Capitaine Cabanel?«, fragte Taurel und deutete auf den verwaisten Platz.

»Cabanel ist beim Schießtraining«, antwortete Malbec.

Er konnte sich nicht erinnern, wann Roland zuletzt im Dienst seine Waffe gezückt hatte, aber er ballerte gern. Während Cabanel am liebsten Sondereinheiten einlegte, schwänzte Malbec meist die eigentlich obligatorischen Pflichtschießübungen. Seit er einen Artikel über die hohe Schadstoffbelastung auf Schießständen gelesen hatte, der amüsanterweise mit der Schlagzeile »Schießen ist gefährlich« überschrieben gewesen war, fühlte er sich in seiner Haltung bestätigt.

»Soll ich ihm etwas ausrichten?«, fragte er.

»Nein, ich komme später noch mal vorbei.«

Malbec sah auf den Zettel. Anne Trouchet wohnte gar nicht weit entfernt in einer Kleinstadt in der Nähe von Nîmes. Er überlegte, ob es für die Ermittlungen hilfreich sei, sie zu den damaligen Vorfällen zu befragen, verwarf den Gedanken aber schnell wieder.

Die Stimmung in der Gendarmerie war locker, was nicht zuletzt daran lag, dass Chevaline seit gestern für zwei Wochen im Urlaub war. Als Malbec hörte, wie Taurel auf dem Gang von Houellebecqs neuestem Roman schwärmte, musste er schmunzeln. Obwohl Taurel manchmal etwas umständlich war und seltsamen Interessen nachging, hatte Malbec seine verbindliche Art längst zu schätzen gelernt. Keine Frage: Taurel brachte nicht nur Farbe in den Laden, sondern würde sicherlich noch seinen Weg gehen. Malbec beschloss, dem Offiziersanwärter bei der nächsten passenden Gelegenheit endlich das Du anzubieten.

Er war gerade damit beschäftigt, etwas Ordnung auf seinem Schreibtisch zu schaffen, als Chantal gegen den offenen Türrahmen klopfte.

»Treffer! Wer auch immer dieses Glas zum Mund geführt hat, ist damals am Tatort gewesen«, teilte sie ihm mit einem spitzbübischen Lächeln mit.

»Wirklich?«

»Da besteht kein Zweifel.«

Malbec konnte kaum glauben, dass sich seine vage Verdachtstheorie bestätigt hatte. »Du bist ein Schatz!«

»Jetzt würde ich aber gern erfahren, um wen es sich dabei handelt«, sagte Chantal, lehnte sich über Malbecs Schreibtisch und reichte ihm die Ergebnisse ihrer Untersuchung.

»Um Jean-Michel Trouchet!«

»Jean-Michel Trouchet?« Chantal sah ihn irritiert an.

»Ja, um unseren Sportminister.«

»Oh, là, là – da stichst du wohl direkt in ein Wespennest. Ein Minister unter dringendem Mordverdacht? Das gibt es auch nicht alle Tage«, kommentierte Chantal. »Aber wenn Trouchet aus diesem Glas getrunken hat, dann gibt es keinen Zweifel, dass er zum fraglichen Zeitpunkt am Mont Ventoux gewesen ist.«

Malbec stand auf und umarmte Chantal. »Nochmals danke.«

»Keine Ursache. Und apropos: Es reicht übrigens, wenn du am Samstag kurz nach neun Uhr vorbeikommst.«

Malbec klemmte sich die Unterlagen unter den Arm und begab sich auf direktem Weg ins Büro von Staatsanwalt Brice. Er betrat das Vorzimmer, begrüßte dessen Sekretärin mit einem freundlichen *»Bonjour«* und warf einen fragenden Blick auf die Bürotür des Staatsanwaltes.

Madame Démar, eine ältere Dame mit streng geflochtenem Haarkranz, sah auf die Telefonanlage und nickte ihm dann aufmunternd zu.

Vor der Tür verharrte Malbec einen Augenblick, atmete kurz durch, dann klopfte er und drückte die Klinke herunter.

»Ah, Capitaine Malbec, was führt Sie zu mir?«, fragte Brice und blickte ihn über seine Lesebrille hinweg an.

»So wie es aussieht, benötige ich Ihre Unterstützung.«

»Kein Problem – in welcher Angelegenheit kann ich Ihnen behilflich sein?«

»Nun, könnten Sie mir umgehend einen Haft- sowie einen Durchsuchungsbeschluss ausstellen?«

Der gesamte Oberkörper von Brice nahm augenblicklich Spannung auf. »Wollen Sie damit sagen, Sie haben einen Tatverdächtigen und wir können den Mord im Melonenfeld bald zu den Akten legen?«

»Nein, da muss ich Sie enttäuschen. Im Fall von Solenne Rochée tappen wir noch immer im Dunkeln.«

»Schade. Ihr Vater sitzt mir mit seinen Nachfragen ständig im Nacken, und der Onkel des Mädchens ist vor Kurzem auch noch Mitglied in meinem Rotary Club geworden. Um wen handelt es sich dann?«

»Nun, die Angelegenheit ist diffizil und erfordert viel Fingerspitzengefühl.«

»Ich bin ganz Ohr.«

Malbec wartete zwei Sekunden, ehe er die Bombe platzen ließ. »Ich benötige einen Haftbefehl gegen Jean-Michel Trouchet.«

Brice nahm seine Lesebrille ab und warf ihm einen Blick zu, als befürchte er, Malbec sei von allen guten Geistern verlassen.

»Trouchet?«

Malbec nickte.

»Kein Problem, stelle ich Ihnen sofort aus. Gern auch noch einen Haftbefehl für den Staatspräsidenten. Aber vielleicht wären Sie so nett und würden mir bitte zuvor noch verraten, aus welchem Grund Sie Trouchet verhaften wollen?«, entgegnete Brice trocken.

Umfänglich und dennoch so knapp wie möglich erstattete Malbec dem Staatsanwalt Bericht. Die Haltung von Brice, der ihn anfangs vollkommen ungläubig gemustert hatte, änderte sich allmählich. Je mehr Details Malbec ausbreitete, desto nachdenklicher wurde Brice.

»Sie wissen schon, dass uns die Sache in große Schwierigkeiten bringen kann?«

»Ja«, sagte Malbec und strich sich abwartend über das

Kinn. »Ich habe bereits mit der Autovermietung telefoniert, denn ich wollte den Fall ausschließen, dass Trouchet zufällig den Porsche gemietet hatte.«

»Und?«

»Der Wagen war nahezu nagelneu. Vor Chalid Alkhateeb gab es nur zwei Vormieter. Einen Schönheitschirurg aus Bordeaux und einen Fußballprofi, der bei Paris Saint-Germain meist auf der Ersatzbank sitzt.«

»Das ist zwar gut, aber es gibt bisher keine Zeugenaussagen, dass Trouchet irgendwo in der Nähe des Tatorts gesehen wurde. Die Übereinstimmung der DNA-Probe ist eindeutig, doch wir benötigen weitere Verdachtsmomente und Indizien, damit ich unsere Vorgehensweise offiziell rechtfertigen kann«, gab Brice zu bedenken.

»Die werden wir bekommen. Wir können ein Bewegungsprofil seines Mobiltelefons erstellen. Das könnte ihn zusätzlich belasten.«

»An die Daten kommen wir so schnell nicht heran, die sind sensibel. Trouchets Diensthandy ist wie bei allen Regierungsmitgliedern speziell geschützt, da müsste uns erst der Inlandsgeheimdienst sein Plazet erteilen.«

»Egal, wir müssen ihn auf alle Fälle unter Druck setzen. Und das geht nur mit einem Haftbefehl. Ich bin gespannt, auf welches Alibi er verweisen will«, sagte Malbec.

Brice nickte. »*Bien*, aber lassen Sie uns die weiteren Aktionen genau abstimmen. Nicht nur aus personellen Gründen sehe ich mich gezwungen, die Sonderkommission in den Fall einzubeziehen. Daher werde ich Colonel Bouquil umgehend verständigen müssen.«

»Ich trommle in der Zwischenzeit alle verfügbaren Kollegen zusammen und würde vorschlagen, dass wir uns in einer Stunde im Besprechungsraum treffen.«

ZEHN

Malbec lief von Büro zu Büro, informierte die Kollegen und erteilte erste Anweisungen. Nach anfänglicher Überraschung ging es im Commissariat innerhalb von Sekunden zu wie in einem Bienenstock. Hektik breitete sich aus.

Thibault, Blanc und Taurel übernahmen Recherche und Telefonate.

»Lässt sich herausfinden, wo sich Trouchet derzeit aufhält?«, versuchte Malbec die Aktivitäten zu koordinieren.

»Bisher noch nicht. Aber wir sind dran. Heute steht ja ein Ruhetag auf dem Programm der Tour. Vielleicht ist Trouchet in Gap geblieben, obwohl ich das für unwahrscheinlich halte«, sagte Blanc.

Thibault war skeptisch. »Ich tippe eher darauf, dass er nach Paris zurückgeflogen ist.«

»Durchaus möglich, aber zum jetzigen Zeitpunkt sind dies nur vage Vermutungen«, erwiderte Malbec.

»Fest steht hingegen immerhin, dass die morgige Etappe der Tour in Montélimar startet und durch die südlichen Cevennen nach Lodève führen wird, so dass Trouchet auch bereits nach Montélimar gereist sein könnte«, ergänzte Blanc.

Gedanken und Spekulationen schossen wild durch den Raum.

»Andererseits kann ich mir nicht vorstellen, dass er die halbe Tour im Begleitfahrzeug verfolgt.«

»Wir sollten das Sportministerium kontaktieren und nachfragen, welche Termine heute und morgen in Trouchets Kalender stehen.«

»Gibt es irgendwelche spektakulären Details zu seinen Familienverhältnissen?«

»Du meinst, eine Geliebte oder Ähnliches?«

»Hahaha – was verstehst du denn unter Ähnliches?«

»Kann jemand Trouchets finanzielle Verhältnisse hinterfragen? Schulden, Immobilienbesitz, Firmenbeteiligungen, Aktienspekulationen?«

»Das übernehme ich.«

»Wichtiger erscheint mir die Frage, ob es irgendwelche Querverbindungen zu Fuentes gab.«

»Fuentes?«

»Ja, der spanische Sportmediziner, zu dessen Dopingnetzwerk zahlreiche Radsportler gehörten.«

»Okay, ich klemme mich dahinter.«

»Besitzt Trouchet zufällig einen Waffenschein?«

»Sollte sich klären lassen.«

»Weitere Ansatzpunkte?«

»Ratet mal, wo unser Sportminister seine Ferien verbringt.«

»Keine Ahnung.«

»Vielleicht in Dubai? Oder auf Martinique?«

»Nein, wahrscheinlich eher in Saint-Tropez.«

»Warum willst du das wissen?«

»Weil er seinen Sommerurlaub in Goult verbringt.«

»In Goult? Das ist nicht weit von hier.«

»Ja, mit dem Auto höchstens eine gute Stunde vom Mont Ventoux entfernt.«

»Einem Bericht von ›Paris Match‹ zufolge, besitzt Trouchet ein stattliches Anwesen unweit des Ortes und verbringt dort zusammen mit seiner Familie regelmäßig die *grandes vacances* und auch so manches verlängerte Wochenende. Präsentiert wird das Ganze als kleine Homestory, garniert mit ein paar bunten Bildern von seinem Haus samt dem in diesen Kreisen obligatorischen Pool. Wenn man dem Bericht trauen kann, plant er angeblich, sich nach dem Ende seiner politischen Karriere dauerhaft dorthin zurückzuziehen.«

»Kann jemand herausfinden, ob Trouchet gerade in Goult anzutreffen ist?«

»Was ist denn hier los?«, fragte Cabanel irritiert, als er vom Schießtraining zurückkam.

»Roland, gut, dass du da bist. Wir haben gerade Trouchet am Wickel und brauchen jeden verfügbaren Mann«, freute sich Malbec.

Kurz darauf saß das gesamte Ermittlerteam im Besprechungsraum des Commissariats. Staatsanwalt Brice war sichtlich angespannt und trommelte mit dem Zeige- und Ringfinger seiner rechten Hand nervös auf dem Resopaltisch. »Wie Sie sich vorstellen können, haben wir es mit einer heiklen Angelegenheit zu tun, die viel Einfühlungsvermögen erfordert. Ich habe einen Durchsuchungsbeschluss für Trouchets Pariser Privatwohnung und sein Feriendomizil ausgestellt. Allerdings benötige ich in diesem Fall noch die Zustimmung des Generalstaatsanwalts für ein offizielles Ermittlungsverfahren. Eine Formsache, die in Kürze erledigt sein müsste. Dann werden wir die zuständigen Pariser Kollegen informieren und um ihre Unterstützung bitten.«

»Wir haben Kontakt zum Sportministerium aufgenommen. Einem leitenden Ministerialdirektor zufolge müsste sich Trouchet momentan in seinem Haus in Goult aufhalten. Morgen Vormittag wird er zurück in Paris erwartet«, ließ Malbec die Anwesenden wissen.

»Tja, daraus wird wohl nichts werden«, sagte Blanc mit einem feixenden Unterton.

»Ist die genaue Adresse von seinem Haus bekannt?«, wollte Brice wissen.

»Ja«, schaltete sich Sous-Lieutenant Taurel ein. »Und mit Hilfe von Google Earth sieht man sogar, dass sich im hinteren Teil seines Gartens ein kleines Boulodrome befindet.«

»Ich befürchte, da wird längere Zeit niemand mehr Pétanque spielen«, befand Cabanel trocken.

»Colonel Bouquil ist übrigens bereits auf dem Weg nach Carpentras. Er soll in einer Viertelstunde hier sein«, bemerkte Sergent Thibault nach einem Blick auf ihr Smartphone.

»Das ist gut so, dann können wir vor Ort noch einmal gemeinsam unser Vorgehen abstimmen«, entgegnete Brice. »Bouquil wird aufgrund seiner Funktion selbstverständlich den Einsatz leiten. Ich hoffe, dies ist in Ihrem Sinne, Capitaine Malbec?«

»Damit habe ich überhaupt kein Problem«, antwortete Malbec wahrheitsgemäß.

»Das habe ich erwartet.« Brice nickte zufrieden, dann wandte er sich abschließend eindringlich an alle. »Bitte vergessen Sie nicht: Der Fall erfordert strikte Geheimhaltung. Der eingeweihte Personenkreis muss vorerst so klein wie möglich bleiben. Und keinerlei Infos an die Presse, bevor wir uns nicht absolut sicher sind, dass Trouchet der Täter ist – aber das versteht sich hoffentlich von selbst.«

***

Verständlicherweise war Alain Bouquil anfangs skeptisch gewesen, da die Verdachtsmomente gegen Trouchet seine gesamten bisherigen Theorien über den Haufen warfen. Doch dann hatte er sich schnell von den Fakten überzeugen lassen und routiniert die notwendigen Schritte eingeleitet.

Wie Malbec von einem früheren Kollegen wusste, der zusammen mit Bouquil die Polizeischule besucht hatte, galt Bouquil als ebenso zielstrebig wie loyal. Einen vergleichbaren Eindruck hatte auch er bei den wenigen bisherigen Treffen mit ihm gewonnen. Ohne große Wichtigtuerei stellte er die nötigen Fragen und analysierte die Sachlage.

Schließlich bat Bouquil um eine kurze Pause, da er noch ein Telefongespräch mit seinem Vorgesetzten im Pariser Ministère de l'Intérieur führen wollte. Zwei Minuten lief er mit dem Handy am Ohr den Gang auf und ab, dann kehrte er in den Besprechungsraum zurück, um letzte Details mit Staatsanwalt Brice abzustimmen und noch ein paar Weisungen und Instruktionen zu erteilen, bevor sich alle anschickten, nach Goult aufzubrechen.

Eine halbe Stunde später fuhren ein Streifenwagen und zwei zivile Einsatzfahrzeuge als Konvoi über die Route nationale in Richtung Apt. Capitaine Guitton und Adjudant

Poinsot, die der Sonderkommission angehörten, waren ebenfalls mit von der Partie und saßen zusammen mit Colonel Bouquil im Auto.

Der Konvoi rauschte mit hohem Tempo in Richtung Osten. Erst kurz vor Goult schaltete der Streifenwagen das Blaulicht aus und fuhr mit reduzierter Geschwindigkeit den Berg hinauf. Malbec kannte Goult als ein ansprechendes provenzalisches Dorf mit authentischem Flair und ein paar beschaulichen Gassen. Gekrönt wurde der Ort von einem Château, das man nicht besichtigen konnte, da es sich in Privatbesitz befand.

Vor ein paar Jahren war Malbec einmal mit seinem Schulfreund Marcel dort gewesen. Marcel, der als Redakteur für das Feuilleton der Zeitung »Libération« arbeitete, hatte die Ostertage genutzt, um ihn zu besuchen und die Provence zu erkunden. Sie hatten das übliche Besichtigungsprogramm abgespult. Da aber Marcel ein großer Fan von Isabelle Adjani war, wollte er unbedingt einen Abstecher nach Goult machen, um in dem unweit des Marktplatzes gelegenen Café de la Poste einzukehren. Als Cineast wusste er, dass Goult einer der Hauptschauplätze von Adjanis berühmtestem Film »Ein mörderischer Sommer« gewesen war. Mehrere Szenen waren im Café de la Poste gedreht worden.

Marcel hatte Malbec erklärt, dass die Einrichtung seit Jahrzehnten nahezu unverändert geblieben sei, und mit verklärtem Blick den Tresen betrachtet, an dem Isabelle Adjani damals neben ihrem Filmpartner Alain Souchon gesessen hatte. Dann steuerten sie einen freien Tisch auf der schattigen Terrasse vor dem Café de la Poste an, das sich noch heute als eine ungewöhnliche Mischung aus Café, Restaurant und Zeitschriftenladen präsentierte.

Bei einem kühlen Glas Bier hatte ihm Marcel so sehr von Adjanis laszivem Filmauftritt vorgeschwärmt, dass sich Malbec den Film bei der nächsten Gelegenheit angesehen und Marcels Begeisterung geteilt hatte.

Er wischte seine Erinnerungen beiseite. Der kleine Konvoi ließ das Dorf sprichwörtlich links liegen, denn das Haus von Jean-Michel Trouchet lag ein kleines Stück außerhalb des Ortes auf einem Hügel.

Die drei Einsatzfahrzeuge verminderten ihr Tempo hundert Meter vor dem Ziel und näherten sich langsam dem schmucken Anwesen, dessen Zufahrt von alten Platanen gesäumt war. Es staubte, als die Wagen vor dem verschlossenen Metalltor bremsten.

Bouquil forderte Poinsot mit einem Nicken auf, die Klingel zu drücken. Es folgte ein kurzer Dialog, bei dem sich Poinsot als Mitglied der Gendarmerie nationale vorstellte und um sofortigen Einlass bat. Abwartend strich er sich über das unrasierte Kinn.

Nachdem fast eine Minute lang nichts geschehen war, stieg ein Teil der Einsatzkräfte aus. Malbec erspähte eine auf der Mauer platzierte Überwachungskamera. Eine kurze Diskussion, ob man das Tor mit Gewalt aufbrechen oder über die halbhohen Bruchsteinmauern klettern sollte, verstummte, als sich plötzlich die Torflügel wie von Zauberhand öffneten. Noch während sich die Metallflügel bewegten, stiegen die Einsatzkräfte wieder ins Auto.

Von einem knirschenden Geräusch begleitet, hielten die Fahrzeuge auf einem ungeteerten Parkplatz neben einem Land Rover Defender, einem Peugeot Cabrio und einem schwarzen Citroën DS5 – jenem Automodell, das von vielen französischen Ministern als Dienstwagen bevorzugt wurde. Auch Präsident François Hollande war in einem solchen Auto nach seiner Amtseinführung über die Pariser Champs-Élysées gefahren.

Großer Bahnhof am Rande von Goult. Die Motoren verstummten. Alle an der Aktion Beteiligten stiegen aus. Seltsamerweise blieb die Tür des Anwesens geschlossen, obwohl niemand die Ankunft der Fahrzeuge überhört haben konnte.

Malbec stützte sich mit den Unterarmen auf das Autodach und warf einen Blick auf das stattliche Anwesen.

Ein zweistöckiger Bau, der mit den *tuiles romaines* gedeckt war. Die von der Sonne ausgebleichten flachen Dachziegel waren ein untrügliches Zeichen für den Midi. Bei Trouchets Haus handelte es sich um eine Bastide, also um ein großes Landhaus, das früher der Gutsverwalter oder Gutsbesitzer bewohnt hatte. Es war von einem kleinen Türmchen flankiert, die hellblauen Fensterläden machten einen freundlichen Eindruck, und die Fassade musste erst unlängst gestrichen worden sein.

Malbec, der kurz vor sich hin geträumt und über die Fassadenfarbe nachgedacht hatte, zuckte erschrocken zusammen, weil Capitaine Cabanel unbemerkt zum Auto zurückgegangen war und mehrfach aggressiv hupte. Er war genervt, da offensichtlich niemand gewillt war, die Tür zu öffnen.

Die Anspannung war den Kollegen deutlich anzusehen. Ein Beamter scharrte ungeduldig mit den Füßen, während Capitaine Guittons rechte Hand stets über seinem Pistolenhalfter schwebte, so als wolle er signalisieren, dass man sich auch mit Gewalt Zutritt verschaffen könnte.

Schließlich öffnete ein vielleicht dreißigjähriger Mann, der sich später als persönlicher Mitarbeiter des Ministers erweisen sollte, die Haustür zur Hälfte, stellte sich als Pierre Sarraut vor und erkundigte sich nach dem Grund des unangekündigten Besuches. Erst auf Nachfrage teilte er mit, dass Jean-Michel Trouchet momentan nicht zu sprechen sei, da er einen Termin außer Haus wahrnehme.

Mit Bouquil und Malbec im Windschatten hielt ihm Staatsanwalt Brice einen Durchsuchungsbeschluss entgegen. Das schien den jungen Mann wenig zu beirren. So steif wie sein frisch gebügeltes weißes Hemd blieb er stehen und versuchte, Brice mit einem Verweis auf die Immunität des Ministers zurückzuweisen und den Männern den Zugang zum Haus zu verwehren.

Höflich, aber bestimmt erklärte Brice seinem Gegenüber die herrschende Rechtslage. Ein honoriges, aber vergebliches Unterfangen. Schließlich ging Brice mit einem Schulterzucken zwei Schritte zur Seite, drehte sich um und fixierte Colonel Bouquil. Dieser gab mit einem Kopfnicken das Kommando, mit der Hausdurchsuchung zu beginnen.

Der junge Mann protestierte lautstark, als er unsanft zur Seite geschoben wurde, während das Sondereinsatzkommando durch die Tür drängte, um das Anwesen routinemäßig auf den Kopf zu stellen.

Bouquil erteilte ein paar Anweisungen und gab Cabanel zu verstehen, er solle sich mit Poinsot und Thibault um das Obergeschoss kümmern.

In diesem Augenblick lief Sportminister Jean-Michel Trouchet sichtlich irritiert die Treppe herunter. Nachdem er sich auf den obersten Stufen einen schnellen Überblick über die Situation verschafft hatte, blieb er federnden Schrittes stehen.

»Was erlauben Sie sich?«, rief er aufgebracht. »Sie dringen mit Gewalt in das Haus eines Regierungsmitglieds ein. Das wird ein juristisches Nachspiel haben, darauf können Sie sich verlassen!«

»Ich werde sofort im Innenministerium anrufen und bei Manuel Valls eine Beschwerde einlegen«, pflichtete ihm der junge Mann servil bei. »Sie überschreiten Ihre Kompetenzen.«

»Wer ist hier der verantwortliche Einsatzleiter?«, fragte Trouchet barsch.

Colonel Bouquil stellte sich und Staatsanwalt Brice im militärisch knappen Ton vor, verwies auf den vorliegenden Durchsuchungsbeschluss und bat Trouchet, die polizeiliche Arbeit nicht weiter zu behindern.

Als sich der junge Mann erneut für seinen Minister starkmachen wollte, gebot ihm Trouchet mit einer kurzen Handbewegung, zu schweigen. »Dürfte ich erfahren, was gegen mich vorliegen soll?«

»Ja, selbstverständlich, Herr Minister. Es besteht der dringende Verdacht, dass Sie für den vierfachen Mord an Chalid und Leila Alkhateeb, Bahar Motahhari sowie Silvian Dupont verantwortlich sind.«

»Das ist doch absurd! Ich kenne diese Menschen gar nicht. Wo und warum sollte ich vier Menschen ermordet haben?« Trouchet fuhr sich nervös durch das gegelte Haar.

»Darüber werden die weiteren Ermittlungen Aufschluss geben. Die bisherigen Verdachtsmomente waren jedenfalls so schwerwiegend, einen einstweiligen Haftbefehl gegen Sie zu erwirken.«

»Bitte was?« Trouchet versuchte, ruhig zu bleiben, aber seine Anspannung war nicht zu übersehen. Erneut fuhr er sich durch die Haare.

»Sie haben richtig gehört, Sie sind vorläufig festgenommen.« Brice überreichte ihm ein vom Untersuchungsrichter ausgestelltes *mandat d'arrêt* sowie ein Fax mit dem Briefkopf des Innenministeriums – beide samt diverser Stempel und Unterschriften.

Trouchets überhebliches Lächeln war verschwunden. Mit ungläubig aufgerissenen Augen verfolgte er das Geschehen.

»Und dass Sie Silvian Dupont nicht kannten, nehme ich Ihnen auch nicht ab«, schaltete sich Malbec ein, der inzwischen neben Bouquil stand.

»Natürlich kannte ich Dupont. Wie Sie sicherlich nachvollziehen können, habe ich mich seit meiner Ernennung zum Minister in den letzten Jahren mit vielen Spitzensportlern getroffen und mich über ihre Interessen und Wünsche ausgetauscht«, versuchte Trouchet den Vorwurf zu entkräften. »Die Förderung des Sportes war mir als ehemaligem Spitzensportler immer ein wichtiges Anlieg…«

»Das mag sein«, unterbrach ihn Malbec und fügte provokativ hinzu: »Es gibt durchaus stichhaltige Gründe für die Annahme, dass Sie früher noch ganz andere Kontakte zu Silvian Dupont unterhalten haben.«

»Was meinen Sie damit?« Trouchet fixierte ihn streng. »Was soll diese Unterstellung? Monsieur – wie war doch gleich Ihr Name …?«

»Capitaine Malbec.«

»Malbec.« Trouchet schnaufte den Namen mit einem verächtlichen Unterton aus. »Ich habe keine Ahnung, wovon Sie da reden.«

Doch Bouquil ließ sich nicht beirren. Er nannte das Datum des Vierfachmordes und erkundigte sich nach Trouchets Alibi.

Der Minister wurde noch nervöser, als er mit einem Seitenblick registrierte, dass die Polizei bereits mit der Hausdurchsuchung begonnen hatte.

»Es tut mir leid, aber ich kann Ihnen beim besten Willen nicht sagen, was ich am besagten Tag gemacht habe. Ohne meinen Terminkalender fehlt mir da der Überblick. Ich werde meinen Assistenten bitten, das zu überprüfen. Aber abgesehen davon werde ich mich ohne meinen Anwalt nicht weiter zu dem Thema äußern. Ich hoffe, Sie haben dafür Verständnis.«

In diesem Moment tauchte Trouchets Ehefrau am oberen Ende der Treppe auf und zog Cabanels Blick auf sich.

Raphaela Béart war eine mehr als attraktive Erscheinung. Die ehemalige Miss Schweiz war zwar Ende dreißig, wenn nicht Anfang vierzig, aber sie strahlte immer noch mehr Eleganz und Sex-Appeal aus als die zwanzigjährigen Models auf der »Fashion Week« in Mailand. Als sie die Treppe herunterging, äußerte sie vehement ihre Missbilligung über die Störung ihres Hausfriedens und legte ihrem Mann eine Hand auf die Schulter. Eine zärtliche Geste von Beistand und Trost. Während die Einsatzkräfte Trouchets Haus Zimmer für Zimmer, Schrank um Schrank eingehend durchsuchten, gewährte ihm Brice den Wunsch, sich in sein Arbeitszimmer zurückzuziehen, um mit seinem Anwalt zu telefonieren.

Malbec war inzwischen ins Obergeschoss gegangen, um zusammen mit Cabanel das Schlafzimmer des Hauses zu inspizieren. Thibault übernahm das Badezimmer.

Der in hellen Tönen gehaltene Raum wurde von einem mächtigen Boxspringbett dominiert. Die Rückwand war mit bordeauxrotem Samt bezogen und wurde von zwei gerafften golddurchwirkten Vorhängen eingerahmt. Auf der anderen Zimmerseite stand ein Schminktisch im Louis-seize-Stil.

Wie Malbec von einem Freund, der als Steuerfahnder arbeitete, wusste, versteckten die meisten Menschen wichtige Unterlagen und Wertgegenstände im Schlafzimmer. Ein anderes klassisches Versteck war die Küche und dort meist der Kühlschrank oder der Backofen. Malbec nahm sich den Nachttisch und den Bettschrank vor.

Nachdem er ein paar Minuten auf den Knien auf dem Boden herumgerutscht war, stand er auf und blickte zufällig aus dem Fenster. Er musste in die Sonne blinzeln, doch sah er aus den Augenwinkeln heraus, dass sich eine schemenhafte Gestalt an der hinteren Seite des Gartens zwischen die Büsche zwängte und im Dickicht verschwand.

Einer spontanen Eingebung folgend, stürzte Malbec die Treppe hinunter.

»Wo ist Trouchet?«

»Auf der Toilette«, entgegnete Sergent Thibault verunsichert und deutete auf die Tür hinter sich.

»Bist du dir sicher?«

»Ja, er ist vor drei Minuten hineingegangen, weil er einem dringenden Bedürfnis nachkommen wollte.«

Malbec blieb skeptisch. »Bist du dir sicher, dass er noch immer dort ist?«

»Ja, der kann nicht weg sein. Das Toilettenfenster ist sogar vergittert. Ich habe mich selbst davon überzeugt«, erwiderte Simone Thibault irritiert.

»Monsieur Trouchet?«, rief Malbec mit Nachdruck und trommelte gegen die Tür.

Keine Antwort.

Er drückte die Klinke. Die Tür war verriegelt.

»Merde«, grummelte Thibault neben ihm.

Noch einmal rief Malbec Trouchets Namen. Keine Reaktion. Kurzerhand trat er einen Schritt zurück und warf sich zum Erstaunen der Kollegen mit seiner linken Schulter gegen die Tür, die sofort krachend nachgab.

Die Toilette war leer. Das weiße Gitter vor dem Toilettenfenster stand weit offen und erwies sich als eine Attrappe, die sich mit einem geübten Handgriff problemlos entriegeln ließ. Der Sportminister hatte sich durch die Fensteröffnung gezwängt und das Weite gesucht.

»Trouchet ist durch den Garten geflohen!«, schrie Malbec, der bezweifelte, dass dieser Fluchtversuch von Erfolg gekrönt sein würde.

Sekunden später brodelte es im Haus. Türen knallten, Stimmen überschlugen sich. Drei oder vier Kollegen waren hektisch in den Garten gestürmt, um die Verfolgung aufzunehmen. Trouchet war ehedem einer der besten Mittelstreckenläufer der Welt gewesen und anscheinend immer noch gut in Form. Der Abstand wuchs beständig, schließlich geriet er in einem Waldstück außer Sichtweite, so dass sich seine Spur verlor.

Bouquil versuchte indes, das weitere Vorgehen zu koordinieren, und hatte bereits einen Helikopter zur Unterstützung angefordert. Taurel wurde angewiesen, im Haus die Stellung zu halten, während die anderen sich auf die drei Fahrzeuge verteilten, um Trouchet mögliche Fluchtwege abzuschneiden.

Das Landschaftsprofil in diesem Teil der Provence war von Feldern und Weinbergen geprägt, so dass die Beamten annahmen, Trouchet würde sich in dem Waldstück verstecken, das sich nach Nordosten in Richtung Roussillon erstreckte.

Trotz der nach nicht einmal einer halben Stunde eingetroffenen Unterstützung aus der Luft schien der Sportminister wie vom Erdboden verschluckt. Seine Fitness und Ortskenntnis hatten ihm wohl geholfen.

Mittlerweile waren weitere Einsatzkräfte nach Goult abkommandiert worden, sogar Spürhunde waren im Einsatz. Doch Trouchet blieb verschwunden. Vielleicht hatte er sich auch in einem leer stehenden Haus oder einer Scheune irgendwo in der Nähe versteckt.

Objektiv betrachtet, schien die überstürzte Flucht sinnlos. Ohne viel Bargeld konnte er nicht allzu weit kommen, zudem war er als Sportminister bekannt wie der sprichwörtliche bunte Hund. Über seine Flucht wurde bereits vom Lokalradio bis zum Internet auf allen Nachrichtenkanälen berichtet.

Trouchets Ehefrau und sein persönlicher Mitarbeiter Pierre Sarraut, der inzwischen seine Schnöselhaftigkeit abgelegt hatte, wurden vernommen, doch schienen beide von der Flucht des Sportministers überrascht worden zu sein.

Sarraut schwitzte und spielte ständig unruhig mit seinen Fingern, hatte aber offenbar weder mit der Flucht noch mit den Morden etwas zu tun. Im Gegenteil: Er war vollkommen perplex angesichts des Mordvorwurfs.

Raphaela Béart hingegen schwieg eisern.

Unterdessen lief die Fahndung weiter auf Hochtouren. Bis in den späten Abend hinein durchkämmten mehrere Einsatztruppen die Region. Aufgrund der eintretenden Dunkelheit wurde die Aktion eingestellt. Man verzichtete darauf, Helikopter mit Wärmekameras einzusetzen, und folgte Bouquils Vorschlag, das weitere Vorgehen am nächsten Morgen in einer großen Lagebesprechung abzustimmen, die im Hôtel de Ville von Goult stattfinden sollte. Zwei Streifenwagen sollten einstweilen über Nacht vor Ort die Stellung halten.

***

Ermattet fuhr Malbec nach Hause. Es war ein anstrengender Tag gewesen. Wenn er Glück hatte, konnte er vielleicht noch ein paar Stunden schlafen. Um sieben Uhr musste er schon wieder im Rathaus von Goult sein.

Catherine brauchte er um diese Zeit auch nicht mehr anzurufen. Außerdem war sie sowieso nicht zu Hause, da sie für zwei Tage nach Sanary-sur-Mer gefahren war, um eine Freundin zu besuchen.

Malbec parkte, drehte den Zündschlüssel und der Motor erstarb. Die Gasse vor seinem Haus war vollkommen in Dunkelheit getaucht. Durch das offene Seitenfenster hörte er eine Katze leise miauen, dann breitete sich Stille aus.

Er blieb noch kurz im Auto sitzen und dachte nach. Trouchets Verhalten blieb ihm ein Rätsel. Er hätte doch einen Killer beauftragen können. Warum erschießt man jemanden am helllichten Tag?

Als er unter der Dusche stand, überkam Malbec auf einmal ein richtiger Heißhunger, denn er hatte seit dem Frühstück nichts mehr gegessen. Er hatte keine Lust zu kochen, im Kühlschrank war zwar noch etwas Käse, aber er hatte kein einziges Stückchen Brot mehr im Haus. Es war kurz vor Mitternacht, und bei den Nachbarn konnte er jetzt auch nicht mehr klingeln.

Just in diesem Moment erinnerte er sich daran, dass er vor drei Wochen eine Portion einer *daube à la provençal* eingefroren hatte, ein gulaschartiges Wintergericht, das man stundenlang vor sich hin köcheln ließ. Malbec hatte damals Lamm- anstelle des klassischen Rindfleischs gewählt.

Er stand am Herd und rührte stetig mit dem Kochlöffel, damit der teilweise noch gefrorene Block nicht anbrannte, dann setzte er schnell einen Wassertopf auf, um sich Nudeln zu kochen. Nebenbei trank er eine Flasche eiskaltes Bier. Er hatte Durst, so dass die Flasche fast leer war, als das Essen dampfend vor ihm auf dem Tisch stand.

Mit vollem Magen ging Malbec schließlich ins Bett. Er schlief schnell ein, doch jagten ihn wirre Träume durch die Nacht. Als er in den frühen Morgenstunden durch einen Anruf geweckt wurde, reagierte er erst ziemlich spät, da er die Klingelgeräusche zunächst in seinen Traum eingebaut hatte.

Verschlafen tastete er auf dem Nachttisch nach dem Mobiltelefon.

»*Oui?*«

»Malbec, wir haben ihn!«

»Wen habt ihr?«

»Wir haben Trouchet geschnappt!«

»Was?«

Von einem auf den anderen Augenblick war Malbec hellwach und ließ sich von Adjudant Blanc in knappen Worten berichten, dass Trouchet in der Nacht versucht hatte, in der Nähe von Saint-Saturnin-lès-Apt ein Auto aufzubrechen und es kurzzuschließen. Dabei musste er so ungeschickt vorgegangen sein, dass ein Nachbar ihn bemerkt und die örtliche Gendarmerie benachrichtigt hatte.

»Super! Ist Bouquil schon verständigt?«

»Ja, er hängt bereits am Telefon und stimmt mit dem Innenministerium das weitere Vorgehen ab. Die Lagebesprechung in Goult wurde abgesagt und ins Commissariat verlegt.«

»Okay. Ich bin in einer Viertelstunde da. Wo ist Trouchet jetzt?«

»Bei uns in der Arrestzelle.«

»Gut. Bis gleich!«

In Windeseile hatte sich Malbec die Zähne geputzt und sich angezogen. Auf das Rasieren konnte er mit seinem Dreitagebart sowieso verzichten.

Als er im Auto am Ortsschild von Calmont-les-Fontaines vorbeifuhr, berichtete der Nachrichtensprecher im Radio gerade, der Sportminister Jean-Michel Trouchet sei immer noch auf der Flucht, und rief die Bevölkerung zur Mithilfe auf, warnte aber davor, dass Trouchet im Besitz einer Schusswaffe sein könnte.

Malbec atmete durch. Glücklicherweise musste niemand mehr etwas befürchten. Erstens befand sich Trouchet in Polizeigewahrsam, außerdem war die vermeintliche Tatwaffe noch gestern Abend bei der Hausdurchsuchung in einem Werkzeugkasten in der Garage gefunden worden. Alles deutete darauf hin, dass die Luger 06 Parabellum einst dem Großvater von Raphaela Béart gehört hatte, da dieser als Offizier in der Schweizer Armee gedient hatte. Eine ballistische Untersuchung würde schon bald ein sicheres Ergebnis liefern.

Die Straßen waren leer. Malbec fuhr so schnell er konnte. Beim Beschleunigen drückte er das Gaspedal ein paarmal fast bis zum Anschlag durch, so dass der Motor aufheulte – Chantal Kleber wäre von seinem Fahrstil sicher begeistert gewesen.

Der Parkplatz vor dem Commissariat war trotz der frühen Stunde schon gut gefüllt. Ein ereignisreicher Tag stand an. Malbec schnaufte kurz durch. Sobald die Meldung über Trouchets Verhaftung von den Nachrichtenagenturen verbreitet worden war, würde es hier keine ruhige Ecke mehr geben. Angesichts des Fahndungserfolges würde es sich der Präfekt nicht nehmen lassen, die Pressekonferenz selbst zu leiten. Und da er nicht Trouchets Partei angehörte, konnte er sich dabei sicherlich ungehemmt profilieren.

Hinsichtlich der Pressekonferenz erhoffte sich Malbec, dass dieser Kelch an ihm vorübergehen würde, schließlich war Colonel Bouquil als Leiter der Sonderkommission für diesen Auftritt zuständig. In ein paar Stunden würden zahllose Fernsehteams und Journalisten wie Geier über der Beute kreisen und versuchen, ein paar Informationshäppchen aufzuschnappen. Die Übertragungswagen der TV-Stationen würden sich wie Eitergeschwüre in der Provence festsetzen. Dieser Belagerungszustand würde sicherlich einige Tage anhalten. Dann war das Thema durch und bis zum Prozess erst einmal medial abgefeiert.

Capitaine Cabanel kam ihm mit einem unbekannten Polizisten mit dickem Schnauzbart entgegen. »Darf ich dir Charles Monod vorstellen? Er ist der Chef de Police von Saint-Saturnin-lès-Apt und hat heute Nacht Trouchet verhaftet.«

»Tolle Arbeit.« Malbec reichte Monod die Hand und beglückwünschte ihn.

»Monod wollte wissen, ob er noch benötigt wird«, sagte Cabanel.

»Nein, ich denke, Sie können jetzt nach Hause fahren und sich aufs Ohr legen. War ja eine aufregende Nacht.«

»Ja, das war sie«, entgegnete Monod, der zufrieden grinste.

»Lassen Sie uns bitte spätestens morgen Ihr Protokoll zukommen. Sollten wir noch Fragen haben, melden wir uns.«

»Alles klar.« Monod lief mit stolzgeschwellter Brust aus dem Commissariat, und Malbec war sich sicher, dass er so schnell keinen Schlaf finden würde. Dass man einen Mörder dingfest machte, ereignete sich im Leben eines Dorfpolizisten auch nicht alle Tage. Wahrscheinlich würde er sich in Saint-Saturnin erst einmal entsprechend feiern lassen.

»Bouquil hat sich eben gemeldet und mitgeteilt, er würde in ein paar Minuten hier sein«, schaltete sich Blanc ein.

»Super! Sitzt Trouchet bereits im Vernehmungsraum?«, fragte Malbec Capitaine Cabanel.

»Ja, und sein Anwalt ist schon verständigt«, antwortete dieser.

Cabanel berichtete Malbec, Bouquil habe veranlasst, dass Trouchets Ehefrau vorsichtshalber an einen unbekannten Ort in Sicherheit gebracht wurde. Sie werde von Capitaine Guitton verhört, um eventuellen Verdachtsmomenten der Mitwisserschaft nachzugehen oder diese gegebenenfalls auszuräumen. Trouchets Töchter waren bei den Schwiegereltern in der Schweiz und würden dort von der Polizei abgeschirmt.

Malbec trank einen doppelten Espresso, während er auf Bouquil wartete. Er wollte die Vernehmung nicht allein führen, schließlich ging es auch darum, die Vorschriften einzuhalten, damit es später keinen Grund für ein Revisionsverfahren gab.

Das Koffein entfachte schnell seine Wirkung. Malbec lief den Gang hinunter, nickte einem Kollegen zu, der vor der Tür des Vernehmungsraumes saß, und warf einen Blick durch den Einwegspiegel.

Mit hängenden Schultern saß Trouchet da wie ein Häufchen Elend und hielt den Blick starr auf die Wand gerichtet. Seine Kleidung war verschmutzt. An seinem Hemd fehlte ein Knopf, und der Ärmelsaum war eingerissen. Die noblen Lederhalbschuhe waren mit Dreck überzogen. Wahrscheinlich war er auf der Flucht durch einen Wassergraben oder einen Bachlauf gerannt.

Malbec versuchte sich vorzustellen, wie sich Trouchet fühlen musste, nachdem sein ganzes bisheriges Leben wie eine Seifenblase zerplatzt war und nichts mehr je so sein würde wie zuvor. Ähnlich wie im Fall von O.J. Simpson war sein Ansehen irreparabel beschädigt, und seine Kinder hatten einen Mörder zum Vater. Abgesehen davon, war seine politische Karriere zerstört.

Malbec war so in seine Überlegungen versunken, dass er sichtlich erschrak, als Colonel Bouquil an ihn herantrat, um ihn zu begrüßen.

ELF

Obwohl Malbec mehr als zwölf Stunden im Commissariat verbracht hatte und dementsprechend erschöpft war, erfüllte ihn – wie meist nach einem aufgeklärten Fall – ein tiefes Gefühl von Zufriedenheit. In einem kurzen Moment der Ruhe hatte er Sophie Dupont angerufen. Es war ihm ein dringendes Anliegen gewesen, ihr persönlich zu berichten, dass Jean-Michel Trouchet den Mord an ihrem Mann gestanden hatte. Bis in den Abend hinein ging es zwar turbulent zu, aber der Druck war mit einem Schlag von ihm abgefallen.

Beschwingt fuhr Malbec über die hügelige Landstraße. Die Sonne stand schon tief, so dass er die Sonnenblende herunterklappen musste. Er freute sich auf das Wiedersehen mit Catherine.

Passend zu seiner Stimmung lief im Radio »Summer Wine«. Malbec ließ sich von Lana del Rays sehnsuchtsvollem Gesang verzaubern.

Catherine empfing ihn an der Haustür mit einer herzlichen Umarmung und einem zärtlichen Kuss. Malbec hatte sie am Nachmittag mit zwei kurzen Textnachrichten informiert, aber sie hatte schon zuvor von Trouchets Verhaftung gehört, da es auf allen Nachrichtenkanälen stundenlang kein anderes Thema gab.

Catherine, die ein tief ausgeschnittenes weißes Sommerkleid mit Rüschen trug, führte Malbec in die Küche und schenkte ihm ein Glas kaltes Wasser ein. »Du wirst Durst haben.«

»Ja, und gegessen habe ich den ganzen Tag auch noch nicht viel.«

»Das wird deiner Figur nicht schaden«, bemerkte sie spitz und knuffte ihn liebevoll in den Bauchansatz. »Aber keine Sorge, du bekommst auch noch etwas Leckeres zu essen. Möchtest du vorher einen Apéritif?«

»Ja, gern, was schlägst du vor?«

»Da du ja keinen Pastis trinkst, wie wäre es mit einem Orange Colombo?«

»Einem was?«

»Orange Colombo – das ist ein provenzalischer Apéritif auf der Basis von Roséwein, abgerundet mit Bitterorangenaroma.« Catherine öffnete den Kühlschrank und deutete auf eine im Seitenfach stehende Flasche. »Habe ich erst letzte Woche gekauft. Das Ganze wird auf Eis mit einer Zitronenscheibe kredenzt und ist so erfrischend wie lecker.«

»Oh, das klingt interessant.«

»Mach es dir doch schon mal auf der Terrasse bequem«, forderte sie ihn auf.

Drei Minuten später kam Catherine mit einem Tablett, auf dem sie zwei Gläser mit einer rötlich schillernden Flüssigkeit sowie ein Schälchen mit *chips à l'ancienne* herausbrachte.

»Eine Kleinigkeit vorweg, damit du mir nicht verhungerst«, sagte sie und stellte das Tablett auf einem Tisch ab, der im Halbschatten einer Platane stand.

»Danke.«

»Am Nachmittag hieß es in den Nachrichten, Trouchet sei von seinem Amt als Sportminister zurückgetreten.«

»Ja«, Malbec musste grinsen, »aber damit ist er letztlich nur seiner Abberufung durch den Präsidenten zuvorgekommen.«

»Ich bin neugierig. Erzähl, hat Trouchet gestanden? Wie habt ihr ihn verhaftet?«

»Jetzt lass uns doch erst einmal anstoßen«, sagte Malbec lachend und bremste Catherines Wissbegier.

»Santé!« Ihre Gläser klirrten dezent.

»Dieser Colombo schmeckt wirklich gut«, befand Malbec, bevor er in einer Kurzfassung berichtete, wie sich die Ereignisse gestern zugespitzt hatten. Ohne große Umschweife erzählte er von Trouchets Flucht und dessen nächtlicher Verhaftung.

Catherine musste bei der Vorstellung lachen, dass Trouchet zu Fuß geflüchtet war und seine Verfolger abgehängt hatte.

»Hat er sofort gestanden?«, fragte sie.

»Nein, erst hat er zwei Stunden lang geschwiegen, doch dann, nachdem er sich mit seinem Anwalt beraten hatte, legte er ein mehr taktisches als umfassendes Geständnis ab.«

»Was meinst du mit taktisch?«

»Nun, ich denke, er hat dabei mehr das ihn erwartende Strafmaß im Auge gehabt, als dass er seine wahren Beweggründe offenbarte.«

Catherine sah Malbec fragend an.

»Trouchet behauptete, er sei von Dupont schon seit Längerem mit Details aus seiner Verwicklung in frühere Dopingmachenschaften erpresst worden. Durch diesen Druck sei er tablettenabhängig geworden, zudem habe er regelmäßig Kokain konsumiert, so auch an jenem Morgen, als er Dupont aufgrund einer weiteren Forderung zur Rede stellen wollte. Dupont habe angekündigt, darüber in seiner Autobiografie zu schreiben, ihm aber gleichzeitig angeboten, seinen Namen gegen eine Zahlung von einhunderttausend Euro in diesem Zusammenhang nicht zu erwähnen.«

»Verständlich, dass Trouchet kein Interesse hatte, dass sein Name in diesem Kontext erwähnt werden würde.«

»Richtig. Deswegen auch der spätere Einbruch in Duponts Haus, den er ebenfalls zugegeben hat. Und da er von Duponts wöchentlichen Trainingsfahrten auf den Mont Ventoux wusste, ist er ihm hinterhergefahren und hat ihn an dem besagten Parkplatz zum Anhalten genötigt, weil er ihn zur Rede stellen wollte. Es soll zu einem Disput und einem kleinen Gerangel gekommen sein. Angeblich hat Dupont Trouchet gedroht, ihn bloßzustellen, wenn er nicht auf seine Forderungen eingehen würde, daraufhin hat Trouchet seine Waffe gezückt, um ihn einzuschüchtern. Seiner Aussage zufolge hat sich ein Schuss gelöst, und er ist in Panik geraten.«

»Aber wieso hatte Trouchet denn die Waffe überhaupt dabei?«

»Angeblich hat er sie einem Bekannten verkaufen wollen, der alte Waffen und Militaria sammle.«

»Das klingt aber wenig plausibel. Und warum hat er die Familie in dem Auto erschossen?«

»Chalid Alkhateeb soll die Tat vom hinteren Teil des Parkplatzes aus beobachtet haben, anschließend sei er ausgestiegen und habe ihn als Mörder beschimpft. Trouchets Aussage zufolge hat er ihn daraufhin mit vorgehaltener Waffe gezwungen, sich wieder in sein Auto zu setzen, und in einer Kurzschlussreaktion zu schießen angefangen«, erklärte ihr Malbec.

»Seltsam.«

»Ja, vor allem, wenn man bedenkt, dass er die Waffe zweimal nachladen musste. Das Kind im Auto will er übrigens nicht bemerkt haben.«

»Et maintenant?«

»Jetzt sitzt Trouchet in Untersuchungshaft, und alles wird dem juristischen Reglement gemäß mit viel Gedöns weiter verlaufen. Irgendwann im nächsten Jahr wird er sich dann vor Gericht verantworten müssen«, sagte Malbec und machte eine kleine Pause, bevor er mit einem Unterton, der keinen Widerspruch duldete, hinzufügte: »Aber eigentlich möchte ich heute nicht mehr über dieses Thema reden.«

»Ist ja schon gut«, erwiderte Catherine einlenkend.

»Abgesehen davon bin ich ziemlich hungrig. Kann ich dir in der Küche behilflich sein?«

»Nein, lass mal. Das schaffe ich schon allein. Du wirst nach deinem langen Tag sicher erst einmal duschen wollen.«

Als Malbec erfrischt auf die Terrasse zurückkehrte, war der Tisch schon liebevoll gedeckt. Vom Weinkühler über Kerzenhalter bis zu weißen Stoffservietten, die aufgerollt in silbernen Serviettenringen steckten, war alles da.

Malbec ging zu einem etwas abseits stehenden Stuhl, machte es sich bequem und legte seine Füße auf eine halbhohe Bruchsteinmauer. Für ihn waren es die ersten Minuten des Tages, in denen er für einen Moment innehalten konnte.

Dann mischte sich das dezente Klackern von Töpfen und Besteck in die ruhige Abendstimmung.

Malbec stand auf und folgte den Geräuschen. »Was gibt es denn?«, fragte er Catherine in der Küche.

»Lass dich überraschen. Noch zwei oder drei Minuten, dann bin ich fertig. Du kannst schon mal den Rosé aus dem Kühlschrank holen und die Flasche öffnen.«

Malbec entkorkte den Wein, ging zurück zur Terrasse und stellte die Flasche in den bereits mit Eiswürfeln gefüllten Weinkühler. Er setzte sich und wartete mit verschränkten Armen auf Catherine, die wenig später die Terrasse betrat und eine große dunkelblaue Salatschüssel mit einem auffordernden *»Voilà«* auf den Tisch stellte. Es handle sich um einen Sommersalat mit gekochten Lammzungen, erklärte sie, woraufhin sich auf Malbecs Stirn ein paar skeptische Falten breitmachten.

»Ich habe noch nie eine Lammzunge gegessen«, gestand er, als ihm Catherine mit dem hölzernen Salatbesteck eine Portion auf den Teller häufte.

Er probierte vorsichtig, aber das lauwarme zarte Fleisch schmeckte ihm zu seiner Überraschung hervorragend und passte gut zu dem mit rohem Fenchel und einer Birne zubereiteten Salat, der mit einem Limetten-Senf-Dressing angemacht war.

»Wirklich ausgezeichnet«, lobte Malbec. »Das hätte ich nicht gedacht.«

»Das freut mich. Ich war kurz misstrauisch, ob es dir schmecken würde, denn *langues d'agneau* sind selbst auf den Speisekarten provenzalischer Restaurants eine Rarität. Doch ein Lamm besteht ja nicht nur aus Schulter, Keule und Filet, wie mir der Metzger heute erklärte, als er mir die frischen Lammzungen ans Herz legte«, erklärte Catherine und erhob ihr Glas. »Lass uns anstoßen!«

»Und dieser Bandol ist auch ein edles Tröpfchen«, urteilte Malbec, nahm einen weiteren Schluck und erfreute sich an dem feinen Zitrusfrüchtebouquet, dann hob er die Flasche aus dem Weinkühler und studierte das Etikett. »Domaine La Suffrène 2011 – den Namen sollte ich mir merken.«

Malbecs Anspannung löste sich allmählich, das zweite Glas Wein ließ ihn ruhiger werden. Als sich die Dunkelheit über die Terrasse legte, streichelte er anfangs vorsichtig Catherines Oberschenkel, dann ließ er, nachdem sie sich geküsst hatten, seine Hand weiter hinaufwandern.

Catherine lehnte sich entspannt zurück.

Malbec beugte sich vor. »Komm, lass uns hinaufgehen«, flüsterte er ihr ins Ohr und griff nach ihrer Hand.